Fröhliche Kirsch-Weihnachten

Weitere Bücher von Keira Andrews

In deutscher Sprache

Weihnachten

Fröhliche Kirsch-Weihnachten
Ein Holzfäller unterm Weihnachtsbaum
Der Weihnachts-Deal
Der Weihnachts-Sprung
Das Weihnachts-Veto
Santa Daddy (Deutsche Ausgabe)
Im Notfall

Contemporary

Flitterwochen Allein

Action & Abenteuer

Jenseits des Ozeans
Codename: Valor
Testphase Valor

Fantasy

Vermählt mit dem Barbaren: Band 1 (Barbaren Dilogie)
Der Schwur des Barbaren: Band 2 (Barbaren Dilogie)

Historische Romantik

Geisel des Piraten

Sport

Nur ein Bett
Wertvoller als Gold
Kalter Krieg

Fröhliche Kirsch-Weihnachten

VON KEIRA ANDREWS

Fröhliche Kirsch-Weihnachten
Geschrieben und veröffentlicht von Keira Andrews

Cover von Dar Albert
Formatiert von BB eBooks
Übersetzung: Xenia Melzer
Proofing: Veronika Kothmayer

ISBN: 978-1-998237-76-0

Danksagung

Großer Dank geht an Anara, DJ, Mary, Leta und Rai für ihre Freundschaft und Hilfe. <3

Anmerkung der Übersetzerin

Bei dem Originaltitel, *Merry Cherry Christmas* und der Geschichte selbst, geht es um ein Wortspiel, das sich leider nicht sinngemäß übersetzen lässt. ‚popping the cherry‘ ist ein Ausdruck dafür, die Jungfräulichkeit zu verlieren. Jeremys Spitzname ist Cherry, der auch auf seinen Beziehungsstatus zutrifft. Da sich diese Anspielung durch das gesamte Buch zieht, möchte ich sie hier einmal klärend erwähnt haben.

F LACH AUF SEINEM Rücken – und nicht so, wie er das wollte – konnte Jeremy nicht atmen.

Ich werde als Jungfrau sterben.

Der eisige Asphalt des Weges auf dem Campus war auf brutale Weise gnadenlos. Eiskalte Regengeschosse schlugen gegen Jeremys Gesicht, als ob Mutter Natur mit einem Maschinengewehr das Feuer eröffnet hätte. Der Sturz hatte ihm alle Luft aus den Lungen gedrückt und er blinzelte zu der verschwommenen Straßenlaterne hoch, die mit Weihnachtslichtern geschmückt war. Ohne seine Brille wirkten die Lichtexplosionen aus Blau und Weiß in der Dunkelheit gewaltig.

Er konnte Lachen hören und fragte sich, ob er das mit der Jungfrau laut ausgesprochen hatte. Männliche Stimmen johlten und heulten und wenn Jeremy es nicht geschafft hätte, sich die Brille bei seinem Ausrutschen auf dem Eis herunterzuschlagen, hätte er wahrscheinlich auch gesehen, wie sie mit den Fingern auf ihn zeigten.

„Scheiße, Bro, das war episch!"

„Gigantisch!"

„Zu dumm, dass wir es nicht aufgenommen haben."

„Hört auf, Arschlöcher zu sein." Ein Bariton schnitt durch das Gelächter und näherte sich Jeremy, eine schattenhafte Gestalt blockte die verschwommenen Lichter, als die Person sich über ihn beugte. „Geht es dir gut, Mann? Du bist schlimm gestürzt."

Jeremys Lungen wollten immer noch nicht funktionieren und als er zu antworten versuchte, kam es als ein keuchendes Quieken heraus. Mehr Gelächter hallte durch die frostige Nacht. Er brauchte seine Brille, aber er schien seinen Arm nicht zwingen zu können, sich zu bewegen, um sie auf dem tückischen Weg zu suchen. Sein Körper war verspannt, Schmerz strahlte von seinem Rücken aus. Er würde wahrscheinlich nicht *sterben*, aber es tat höllisch weh. Sein Gesicht brannte, als mehr eiskalter Regen herunterprasselte.

„Hast du dir den Kopf angeschlagen?", fragte die tiefe, besorgte Stimme, bevor sie schnappte: „Jungs, haltet endlich die Klappe! So lustig war es auch wieder nicht!"

„Mann, komm schon. Holiday Hootenanny wartet auf niemanden. Wenn wir die Strip-Show von Santa und seinen kleinen Helferinnen verpassen, werde ich pissig. Es geht ihm gut. Oder, Kumpel?" Eine weitere Gestalt beugte sich über Jeremy und eine Faust schlug auf seine Schulter, auf eine Art und Weise, die wahrscheinlich aufmunternd gemeint war, den pulsierenden Schmerz aber nur schlimmer machte. „Wie ein heftiger Tackle. Drückt dir die Pisse aus dem Leib, aber es ist nicht weiter schlimm." Dann riss die Hand Jeremy auf seine Füße.

Die tiefere Stimme protestierte. „Stopp! Im Ernst, er hat sich vielleicht den Kopf angeschlagen." Die Hände dieses Typen waren sanft, hielten Jeremys Schultern mit beruhigender Stärke. Ohne Jeremys Brille war das Gesicht seines Retters immer noch ein verschwommener Fleck, sogar auf Armeslänge.

Jeremy zwang sich zu einem Atemzug, auch wenn die kalte Luft seinen zusammengepressten Lungen nicht half. Seine Stimme klang kratzig. „Ich glaube, meinem Kopf geht es gut. Danke."

„Bist du sicher?" Sein Retter hielt immer noch Jeremys Schultern, sein Atem bildete Wolken in der kalten Luft. „Wie heißt du?"

„Ich?", fragte Jeremy, weil er nie *nicht* absolut peinlich war. Er errötete, aber wenigstens waren seine blassen Wangen wahrscheinlich schon rosig von der Kälte. Wie bei den meisten Rothaarigen, konnte sein Erröten aus dem Weltraum gesehen werden.

Der Typ lachte mit einer weiteren Brise warmen Atems. „Ja, du. Ich bin Max. Wie heißt du?"

„Oh. Uh, Jeremy?"

„Du klingst nicht sehr sicher."

Jemand anderes sagte: „Komm schon, dieses Wetter ist beschissen. Dem Jungen geht es gut. Er steht und redet."

„Wenn man bedenkt, wie viele Gehirnerschütterungen du wahrscheinlich schon hattest, solltest du wissen, dass das rein gar nichts zu bedeuten hat", erwiderte Max. Sein Tonfall klang wie ein Augenverdrehen.

„Ich bin definitiv Jeremy. Jeremy Rourke."

„Okay, Jeremy Rourke. Ich habe wohl keine Möglichkeit, das zu verifizieren, es sei denn, ich schaue in deine Brieftasche. Also, welcher Tag ist heute?"

„Freitag?"

Max' Stimme klang, als würde er die Stirn runzeln. „Du scheinst da auch nicht allzu sicher zu sein."

„Ich habe die ganze Woche für die Prüfungen gelernt. Es ist alles verschwommen. Meine letzte ist am Mittwoch. Also ja … Es ist Freitag."

„Okay. Welches Datum haben wir?"

„Äh …" Jeremy rechnete rückwärts von dem Prüfungsdatum am Mittwoch. „Der dreizehnte Dezember." Er stöhnte. „Freitag der Dreizehnte – natürlich. Im Ernst, ich habe mir nicht den Kopf angeschlagen. Es geht mir gut. Danke." Er zitterte, seine dünne Regenjacke half nicht viel, den Wind abzuhalten und seine Jeans war durchweicht, weil er auf dem Boden gelegen war. Der eiskalte Regen prasselte auf sie herunter.

„Pimenta, lass uns GEHEN!", schnaubte jemand. „Der Junge braucht keinen Babysitter."

Seine Freunde ignorierend, tastete Max Jeremys Hinterkopf ab. „Überhaupt nicht empfindlich?"

„Nein!" Oh, gütiger Gott, dieser Max-Typ berührte ihn. Jeremy trug seine Haare kurz und ordentlich, widerstand aber nur knapp dem Drang, sie oben zu glätten, für den Fall, dass sie bei dem Sturz durcheinandergeraten waren. „Ich habe es geschafft, meinen Kopf oben zu halten, als ich gefallen bin."

Max lehnte sich zurück und senkte seine Hände. „Okay, wenn du dir sicher bist."

Fünf verschwommene Gestalten standen auf dem Weg um sie herum. „Könntest du nur meine Brille suchen?", fragte Jeremy. „Ich kann nicht wirklich etwas sehen."

„Absolut", sagte Max. „Sie muss-" Das *Knack-Knirsch* ertönte laut in der Nacht und alle schienen zu erstarren. „*Verdammt*", hauchte Max.

Nach einem Moment der Stille johlten Max' Freunde wieder vor Lachen, einer von ihnen schnappte nach Luft und brüllte: „Heilige Scheiße, Kumpel. Die ist hinüber!"

Max bellte sie an, die Klappe zu halten, während er in die Hocke ging. Er stand wieder auf. „Ja, äh, ich bin auf deine Brille getreten. Das Gestell ist gebrochen und die Gläser sind gesprungen. Nun, eines ist gesprungen und das andere ist ..."

„Ist kaputt", sagte jemand.

Obwohl es ihn heiß und kalt durchlief, befahl Jeremy sich, nicht in Panik auszubrechen. Wie würde er ohne seine Brille über den Campus zu seinem Studentenwohnheim kommen? Er platzte heraus: „Aber ich kann nichts sehen!" und zuckte angesichts des Entsetzens in seiner Stimme zusammen.

Es schmerzte zu atmen. *Oh Gott, bitte, lass das ein böser Traum sein.* Aber er wachte nicht auf. Er war allein in der Dunkelheit und hätte genauso gut eine Augenbinde tragen können. Der Campus der U of T war riesig und breitete sich über Dutzende Blöcke in Downtown Toronto aus. Der Gedanke zu versuchen, hektische Straßen zu überqueren, ohne etwas sehen zu können, bereitete ihm Übelkeit. Sogar im Tageslicht hätte er sich schrecklich exponiert und unsicher gefühlt, aber in der Nacht?

Er griff blind nach Max' Arm, beinahe flehend. *Verlass mich nicht!* Er schaffte es, sich auf die Zunge zu beißen, um nicht noch armseliger zu klingen.

Max schien seine unausgesprochenen Worte zu hören. Er griff wieder nach Jeremys Schultern. „Alles ist gut, Jeremy. Ich werde dir helfen, nach Hause zu kommen."

„Gehen wir jetzt auf diese Party oder nicht?", wollte jemand wissen. „Dieser Eisregen-Scheißdreck tut mir im Gesicht weh."

„Ich treffe euch dann dort", sagte Max. „Ich habe seine Brille kaputtgemacht. Ich werde ihn nicht hier draußen allein lassen."

Es ertönte Grummeln, aber auch Zustimmung. Eine Stimme sagte: „Ich hoffe, deine Nacht wird noch deutlich besser, Junge."

„Hey, du solltest mit zu der Party kommen!", meinte der Typ, der ihm auf die Schulter geschlagen hatte. „Hol deine Kontaktlinsen oder was auch immer und komm und besauf dich. Ich wette, du könntest einen Drink vertragen."

Ein weiterer fügte hinzu: „Darum bist du der Kapitän des Teams, Maxwell – du nimmst den ahnungslosen Ersti unter deine Fittiche. Immer so verantwortungsbewusst."

Max schnaubte. „Wie du meinst, Honey."

Honey? Jeremy kniff die Augen zusammen und wünschte sich, dass er mehr von diesem Typen sehen könnte. Hatte er das richtig verstanden? Hatte Max ihn so genannt? Vielleicht hatte Jeremy doch eine Gehirnerschütterung.

Eine weitere Stimme erklang etwas weiter entfernt. „Wir werden ein paar Biere für dich mitsaufen, Bro! Beeil dich!" Jeremy versuchte, auf dem rutschigen Gehweg das Gleichgewicht zu halten. Seine Sneaker hatten keine Chance gegen das Eis; die Mischung aus Schnee und Regen – der jetzt praktisch Hagel war – ließ nicht nach. Er sagte: „Ich bin sicher, ich komme klar. Du solltest auf deine Party gehen." Obwohl er unbedingt wollte, dass dieser Max bei ihm blieb.

„Ich bringe dich zuerst nach Hause. Wohnst du im Studentenwohnheim?"

„Ja, in der St. George." Der Adrenalin-Schub wegen des Verlustes seiner Brille schien zumindest die Schmerzen in seinem Rücken zu dämpfen. „Ich bin ohne meine Brille wirklich blind. Es tut mir leid."

„Schon gut. Um ehrlich zu sein? Ich will wirklich nicht auf diese Party. Mein Ex wird da sein. Kannst du gehen? Dieses Wetter ist absolut beschissen. Sie hatten wohl noch keine Gelegenheit, die Wege zu salzen. Ich muss meine richtigen Winterstiefel rausholen."

„Ich auch. Nun, ich muss welche kaufen."

„Ja, diese Chucks werden nicht reichen." Mit einer Hand sanft auf Jeremys Schulter, führte Max ihn vom Weg herunter. „Es ist besser, auf dem Gras zu gehen. Mehr Reibung."

Das Gras knackte unter Jeremys Sneakern, weil es mit einer dünnen Schicht Eis bedeckt war. Jeremy blinzelte zu den alten Gebäuden auf, die sich um den Rasenbereich erhoben. Sie waren bedrohliche, braune Formen und die Straßenlaternen waren große Windräder aus Licht. Die Feiertagsdeko und Lichter erhöhten nur die Verwirrung.

„Ähm, kannst du mir sagen, wenn wir zu einem Randstein oder so kommen?", bat Jeremy. „Ohne meine Brille ist die Welt wie das beschissenste Monet-Gemälde für mich."

Max lachte. „Verstanden. Verschwommene Lilien-Teiche und so Scheiß."

„Ja. Ich bin wirklich extrem kurzsichtig. Meine Dioptrien sind bei minus neun, falls dir das etwas sagt."

„Nicht wirklich. Was haben die meisten Leute?"

„Null ist gut. Ich habe irgendwo gelesen, dass minus drei der Durchschnitt ist für Leute mit Brille."

„Wow. Du trägst keine Kontaktlinsen?"

„Meine Augen sind zu trocken. Was für ein Glück."

„Das ist beschissen. Du hast eine Ersatzbrille in deinem Zimmer, oder?"

„Meine alte. Sie wird für heute reichen." Er würde sich eine Kopie seines Rezepts besorgen müssen und – Jeremy verspannte sich angesichts des mittlerweile vertrauten Zusammenziehens vor Schmerz und Furcht. Seine Mom hatte sich immer um diese Dinge gekümmert, aber ihr letzter Austausch von Textnachrichten war im besten Fall peinlich gewesen und seine Eltern waren die letzten Menschen, mit denen er sich auseinandersetzen wollte. Dass dieses Gefühl auf Gegenseitigkeit beruhte, half nicht. Überhaupt nicht.

„Geht es dir gut? Du siehst aus, als ob du dich gleich übergibst. Scheiße, wenn du doch eine Gehirnerschütterung hast, sollten wir dich in die Notaufnahme bringen." Max beugte sich näher zu ihm, aber er müsste auf fünfzehn Zentimeter an Jeremys Gesicht herankommen, damit dieser ihn wirklich sehen konnte und darum war er immer noch verschwommen.

„Mir geht es gut. Ich denke nur gerade an mein Rezept. Ich bin mir nicht sicher, wo es ist. Meine Mom hat es wahrscheinlich."

„Sag ihr, dass sie einfach ein Foto mit ihrem Handy machen soll."

„Gute Idee." Jeremy nickte, schob die Gedanken an zu Hause von sich und ging vorsichtig auf dem knirschenden Gras, das jetzt leicht weiß aussah. Der Wind blies, der eiskalte Regen verwandelte sich in Schnee.

„Warum hast du keine Stiefel? Ich nehme an, du bist ein Erstsemester? Bist du nicht von hier?"

„Victoria."

„Oh, cool. Ich liebe BC. Vancouver Island ist wunderschön."

„Ja, das kann sein? Wir haben nicht oft Schnee. In der Regel regnet es. Ich hatte Winterausrüstung, aber ich bin rausgewachsen."

„In Toronto brauchst du definitiv Stiefel." Max packte Jeremys nackte Hand, das Leder seiner Handschuhe war kühl und weich. „Und du brauchst Handschuhe. Kumpel, du musst am Erfrieren sein!"

Jeremys Herz machte *BUMM* und er hoffte, dass es zu dunkel war, um sein rotes Gesicht zu sehen. Max hatte seine Hand nur für eine Sekunde gehalten – und er hatte nicht wirklich *seine Hand gehalten* – aber es war ein Thrill. Ein trauriger, armseliger kleiner Thrill.

„Ja, ich habe vergessen, meine Handschuhe von zu Hause mitzunehmen und ich hatte vor, einkaufen zu gehen. Es war immer noch mild und jetzt ist der Winter plötzlich da."

„Nimm meine, während wir zurückgehen." Max drückte das Leder in Jeremys Hand.

„Nein, das ist nicht fair."

„Ich bin an die Kälte gewöhnt. Außerdem glaube ich, dass du vielleicht ein wenig unter Schock stehst, also zieh sie an." Sein Tonfall war befehlend, aber freundlich.

„Okay, aber es geht mir gut." Jeremy musste zugeben, dass es eine Erleichterung war, seine tauben Hände in das warme, weiche Futter der Handschuhe zu schieben. Sie waren ihm zu groß, darum krümmte er seine Finger, damit sie nicht herunterfielen. „Danke." Es war eine noch größere Erleichterung, dass jemand die Führung übernahm. Sich um ihn kümmerte.

„Kein Problem. Okay, wir müssen in einer Minute über die Straße."

Die Explosionen aus Licht der Straßenlampen füllten den dunklen Himmel, als sie ans Ende des Rasenbereichs kamen. Autos rasten vorbei, die Scheinwerfer und roten Rücklichter riesig, sie fuhren schnell, trotz des Wetters. Jeremy starrte hinunter auf den rutschigen, verschwommenen Gehweg und ging vorsichtig. Seine Sneakers fanden auf der Eisschicht überhaupt keinen Grip und er ruderte mit den Armen und klammerte sich an Max.

Max lachte gutmütig. „Ich habe dich." Er legte seinen großen Arm um Jeremys Schultern.

Jeremys Atem stockte und nicht nur, weil seine Rippen dort schmerzten, wo er auf dem Boden aufgeschlagen war. Er war an Max' Seite geschmiegt und Max war gute dreißig Zentimeter größer als er. Und *muskulös*. Und es war warm wie eine Umarmung. Jeremy war seit Monaten nicht mehr umarmt worden, nicht seit …

„Leg deinen Arm um meine Taille", sagte Max.

„Okay." Jeremy gehorchte und liebte, wie es sich anfühlte, sich an einem anderen Mann so festzuhalten. Als wären sie feste Freunde oder etwas in der Art. Ein weiterer armseliger Thrill raste an seinem wunden Rückgrat nach unten.

„Wir haben ungefähr drei Meter, dann kommt eine Kante. Ich sage dir wann."

Max ging langsam, seine Schritte waren vorsichtig. Jeremy konnte seine Füße nicht wirklich sehen, nahm aber an, dass Max etwas Robusteres als Sneaker trug, weil er sich besser halten zu können schien als Jeremy. Sie schlurften zum Rand, wo sie anhielten, um auf die Ampel zu warten.

„Danke für das hier", sagte Jeremy und blinzelte die riesigen Bälle aus Licht um ihn herum an. Ihm wurde bewusst, für wie selbstverständlich er es hielt, die Welt scharf zu sehen. „Es ist irgendwie angsteinflößend, wenn man nichts sehen kann."

„Kumpel, ich würde mir in die Hose machen." Max drückte Jeremys Schultern, wo er ihn sicher hielt. „Also gut, wir gehen runter auf die Straße. Sie ist auch noch nicht gesalzen."

Sie überquerten die Straße und Max führte ihn auf der anderen Seite wieder auf den Gehweg. Dann gingen sie den Gehweg entlang, die Arme umeinander gelegt.

Denken die Leute, dass wir feste Freunde sind?

Trotz allem war es aufregend. Was peinlich war und wahrscheinlich der Grund, warum Jeremy im echten Leben noch nie einen festen Freund gehabt hatte. Weil er der größte Verlierer am Campus war.

„Weißt du schon, welches Hauptfach du nehmen wirst?", fragte Max.

„Biochemie."

„Wow. Du musst klug sein."

„Ja?" Das war er, aber natürlich würde er das nicht sagen. „Ich interessiere mich wirklich sehr für Genausprägung und Entwicklung."

Max pfiff. „Das klingt sehr wissenschaftlich."

„Das haben sie in der Broschüre auch gesagt." Jeremy war dämlich stolz, als Max über seinen lahmen Witz lachte. Er fragte: „Was ist dein Hauptfach?"

„Soziologie. Ich wollte immer Jura studieren. Hoffentlich habe ich die LSATs letzten Monat nicht vergeigt."

Max' Stimme war angespannt geworden und Jeremy tätschelte ungelenk seine Taille. „Ich bin sicher, dass du hervorragend warst."

„Danke. Es dauert noch ein paar Tage, bis ich die Ergebnisse bekomme. Warten ist das Schlimmste."

„Absolut. Ich-“ Jeremy rutschte aus, er klammerte sich an Max und ruderte wild mit seinem linken Arm. Max schlitterte und sie kämpften um ihr Gleichgewicht.

„Das war knapp“, sagte Max, ein warmer Schwall seines lachenden Atems streifte über Jeremys Wange. „Noch eine Straße, die wir überqueren müssen, oder?“

Jeremys Herz raste, als er sich umschaute. „Ähm, ich glaube schon?“ Der Niederschlag war jetzt komplett in Schnee übergegangen und die Welt bestand nur aus schattenhaften Gebäuden, blendenden Lichtern und Weiß. Er schauderte bei dem Gedanken, sich hier allein zurechtfinden zu müssen. „Danke, dass du mir hilfst.“

„Schon gut. Da vorne kommt der nächste Gehsteig.“

Sie schafften es bis zum Studentenwohnheim, ein plötzlicher Wind knallte die äußere Tür hinter ihnen zu, brachte das Glas zum Klirren. Sie stapften ihre Füße an der Matte ab und Jeremy zog an Max' Handschuhen, die sich leicht entfernen ließen, weil sie so groß waren.

Er reichte sie ihm zurück. „Noch einmal danke. Ich bin sicher, dass ich jetzt klarkomme.“ Er holte seine Geldbörse heraus und hielt sie dicht vor sein Gesicht, um nach seiner Zugangskarte zu suchen.

„Kumpel, du kannst wirklich nichts sehen, huh?“

Er verzog das Gesicht. „Nein. Aber es ist in Ordnung. Ich habe genug von deinem Freitagabend verschwendet.“

„Ich habe dich bis hierher gebracht. Ich will nicht, dass du dir auf den letzten Metern noch den Kopf anschlägst. Außerdem würde ich lieber warten, bis sie gesalzen haben, bevor ich wieder rausgehe. Wenn es für dich cool ist, dass ich ein bisschen abhänge?“

Jeremys Herz setzte einen Moment aus. Abhängen? Mit *ihm*? „Natürlich.“ Er fischte die Karte heraus, ließ sie prompt fallen und öffnete dann für sie. „Ich bin im vierten Stock.“

Max kümmerte sich um die Knöpfe im Aufzug. Unter dem gleißenden Licht der Neonlampe konnte Jeremy sehen, dass er mittelbraune Haut hatte und in der Tat groß war, was Sinn ergab, so wie er Jeremy unter seinen Arm gezogen hatte. Die Einzelheiten seines Gesichts waren immer noch verschwommen unter einer blau-weißen Mütze – wahrscheinlich von der U of T – und Jeremy wollte seinen Retter unbedingt in all seiner Herrlichkeit sehen. Als sie sein Stockwerk erreichten, sperrte er seine Tür schnell auf, wobei er beinahe noch einmal die Schlüsselkarte fallen ließ.

Jetzt musste er nur noch seine alte Brille finden.

„Äh, tut mir leid, dass es so unordentlich ist." Sein Laken und die Decke waren ein knittriger Haufen auf seinem Bett, was er nicht wusste, weil er beides klar sehen konnte, sondern weil das immer so war. Er hatte sein Bett noch nie gerne gemacht, weswegen seine Mom ihn immer genervt hatte.

Der Schmerz war ein schneller Schlag in die Kehle und er würgte ihn hinunter.

Max lachte. „Ja. Das hier ist keine Unordnung, glaub mir. Kann ich dir helfen, deine Brille zu finden?"

„Ich muss nur nachdenken, wo ich sie verstaut habe." Er seufzte. „Ich bin mir sicher, dass es an einem sehr logischen, sicheren Ort war."

Max lachte. „Da bin ich mir sicher. Es ist kein großes Zimmer. Hast du überhaupt einen Zimmergenossen? Diese Seite sieht kaum bewohnt aus."

„Ja, Doug. Er ist aus Hamilton und fährt jedes Wochenende nach Hause, um seine feste Freundin zu sehen. Er ist nur von Montag bis Donnerstag hier und ist schon weg, weil sein Studiengang keine Dezember-Prüfungen hat."

„Glücklicher Mistkerl."

Meinte Max eine feste Freundin zu haben oder keine Prüfungen? Jeremy murmelte zustimmend. „Oh! Ich glaube, ich weiß, wo sie ist."

Er zog eine Plastikbox unter seinem Bett hervor und fummelte am Deckel herum. Praktisch mit dem Kopf in der Box ging er den Inhalt durch – Papierkram für die Krankenversicherung, ein zusätzliches Ladekabel für seinen Laptop, Doppel-A Batterien für seine Maus, Kondome –

ein peinliches Jaulen schluckend, warf Jeremy die Trojaner-

Schachtel – ungeöffnet – zurück auf den Grund der Box und hoffte, dass er Max' Sicht verdeckte. Der dünne Teppich auf dem Boden half nicht sonderlich, seine Knie zu schützen, und er suchte mit wachsender Frustration.

„Sie muss hier drin sein!"

„Schon gut. Wir werden sie finden." Max klang absolut sicher und irgendwie half das, obwohl er unmöglich wissen konnte, ob es stimmte.

Jeremys Finger schlossen sich um das harte Lederetui und er zog es mit einem triumphierenden Schrei heraus. Max applaudierte und Jeremy musste lachen. Er öffnete das Etui schnell, die Scharniere knackten, und setzte sich sein Drahtgestell auf die Nase.

Seine Sicht war schlechter geworden, darum war das Poster mit dem Periodensystem, das er über seinem Bett hängen hatte, ein wenig undeutlich. Aber alte Gläser waren immer noch deutlich besser als nichts. Er schaute hinter sich zu Max.

Heilige. Scheiße.

Max' kurze, dunkelbraune Haare waren wellig und am Oberkopf etwas länger, zerzaust von der Wollmütze, die neben ihm auf Dougs Bett lag. Er hatte tiefbraune Augen, volle, rötliche Lippen und einen starken und stoppeligen Kiefer mit einem kleinen Grübchen im Kinn, an dem Jeremy lecken wollte.

Er hatte seine ledernen Ankle-Boots ausgezogen und sie neben Jeremys Sneakern stehenlassen, sein Mantel hing am Türknauf. Er hatte ein Loch am großen Zeh in seiner roten Socke und seine Jeans schmiegte sich an seine muskulösen Oberschenkel, ein Knie angezogen, während er auf Dougs Bett lümmelte, mit seinem Oberkörper an der Wand lehnend. Das Waldgrün seines dünnen Pullis betonte kräftige Arme und eine schmale Taille.

Max winkte. „Kannst du mich jetzt sehen?"

Und *wie.* „Jep!" Jeremy kam eilig auf die Füße und unterdrückte den Ausbruch von Anziehung, bevor er sich selbst mit einem Steifen demütigte. Was sollte er jetzt machen? Max sah aus, als ob er eine Weile bleiben würde – genau, er wartete, dass das Wetter besser wurde.

Jeremy zog sich verspätet seinen Regenmantel aus. Seine Jeans war unangenehm feucht, aber er würde sie nicht vor dem Typen, den er gerade erst kennengelernt hatte, wechseln. Vor allem nicht, weil der fragliche Typ *herumfläzte* und drohte, ihn hart zu machen. Seine Socken schmatzten, darum schälte er sie herunter und ließ sie mit einem feuchten Klatschen neben seine Schuhe fallen.

„Möchtest du etwas trinken?" Jeremy öffnete den kleinen Kühlschrank in der Ecke. Doug hatte ihn mitgebracht und gesagt, dass Jeremy ihn mitbenutzen konnte, solange immer genug Platz für ein Sixpack war.

„Gerne."

Jeremy ging in die Hocke und schob seine alte Brille auf seiner Nase nach oben. Es fühlte sich seltsam vertraut und gleichzeitig fremd an, sie wieder zu tragen, wie alte Kleidung anzuprobieren, die nicht wirklich passte. „Ich habe Wasser und Moosehead und … Milch."

Max lachte. „Hey, Kalzium ist wichtig, oder? Aber ich nehme ein Bier."

Als Jeremy sich aufrichtete, versuchte er, sein schmerzliches Zusammenzucken zu verbergen. Er gab Max eine Flasche, behielt eine für sich und machte sich eine geistige Notiz, Dougs Vorräte zu ersetzen. Er ging vorsichtig zu seinem eigenen Bett und setzte sich an den Rand. Seine bleichen Füße waren nackt und er knüllte den dünnen Teppich mit seinen Zehen zusammen.

„Bist du sicher, dass du keinen Arzt brauchst?" Max runzelte die Stirn, während er den Deckel von seiner Flasche drehte. Sein ausgestrecktes Bein war so lang – und der Raum zwischen den Betten so schmal – dass Jeremy sich hätte vorlehnen und diese exponierte Zehe berühren können, ohne sich groß zu bewegen.

„Mein unterer Rücken ist wund, aber ich werde ihn kühlen. Mein Hintern hat den Großteil des Sturzes abgefangen."

„Sei aber vorsichtig mit deinem Steißbein. Wenn dein Hintern morgen wund ist, lass es anschauen."

„Jep. Ja." *Wir reden einfach über wunde Hintern, wie man das so macht. Keine große Sache.* „Ähm, ich bin sicher, dass alles in Ordnung ist." Jeremy nahm einen Schluck aus seiner Flasche und starrte Max' Zehe an, die aus der roten Socke schaute. Ansonsten würde er Max anstarren und wahrscheinlich wie ein absoluter Stalker wirken.

Ein elektronisches *Pingen* ertönte und Max holte sein Handy aus seiner Tasche und stöhnte. „Ich werde definitiv nicht auf diese Party gehen. Mein Ex fragt, wo ich bin. Als würde ich ihm irgendetwas schulden, nachdem er mit mir Schluss gemacht hat."

Jeremy hätte sich beinahe verschluckt. *Er?* Max' Ex war ein *er?*

Max schnaubte, murmelte etwas vor sich hin, bevor er sich an Jeremy wandte. „Wir sind ungefähr einen Monat im September miteinander gegangen. Es war überhaupt nicht ernst. Ich bin zu jung für etwas Ernstes. Und ich hatte bereits darüber nachgedacht, es zu beenden, als er es gemacht hat, also." Er zuckte mit den Schultern. Dann hielt er inne und las eine weitere Nachricht. „Jetzt tut er so, als ob wir *Pläne* gehabt hätten. Was soll der Mist? Nein. Zur Hölle, nein."

„Okay. Du bist also …"

Max tippte auf sein Handy. „Schwul. Uh-huh."

„Oh." Jeremy wurde schwindlig, weil Max das so lässig sagte. Furchtlos, als wäre es nichts.

Jetzt runzelte Max die Stirn, immer noch das Telefon in der Hand. „Was?"

„Nichts! Ich bin nicht – für mich ist das absolut in Ordnung. Ich habe nur nicht erwartet, dass jemand wie du …" *Wie ich ist.*

Max hob eine dicke Braue. „Jemand wie ich?"

Oh Gott, Jeremy verbockte das hier in epischem Ausmaß. *Darum rede ich nicht mit Leuten!* Er wedelte mit seiner Hand. „Du siehst aus, als wärst du der stereotypische Kapitän des Football-Teams. Oder vielleicht Fußball? Baseball? Hockey? Lacrosse? Aber ich denke Football, weil du so groß bist." Sein Gesicht wurde heiß.

Zum Glück lachte Max. „Jep, Football-Team. Die Saison ist vorbei und wir sind hier nicht in den Staaten. Nicht viele Leute an der U of T interessieren sich für Football. Wir waren Zweiter und Sechster, darum kann ich ihnen kein Vorwurf machen."

„Stimmt. Es ist keine große Sache, wie Kapitän des Eishockey-Teams zu sein." Er fügte schnell hinzu: „Nicht, dass es nicht beeindruckend ist! Ich bin von gar nichts der Kapitän." *Bitte, halt jetzt den Mund.*

Max lachte. „Schon gut."

Schweiß prickelte an Jeremys Nacken und anstatt den Mund zu halten, sagte er: „Und es ist gut, dass du, ähm, schwul bist." Er stand auf und ging zu seinem Schreibtisch in seiner Ecke des Zimmers, er konnte plötzlich nicht mehr stillhalten, obwohl ihm alles wehtat. Er stellte sein Bier ab und trank von dem lauwarmen Wasser aus dem Glas, dass er früher am Tag dort abgestellt hatte. „Ich meine nicht *gut*. Nicht, dass es schlimm ist!"

„Kumpel, entspann dich. Ich werde dich nicht anspringen."

„Ich weiß!" Mann, er wollte nicht, dass Max dachte, er wäre homophob. „War einer dieser Jungs dein fester Freund?"

„Huh?" Max hob seine Hüften an und schob sein Handy in seine Tasche. „Warum sagst du das?"

Jeremy zwang seinen Blick von Max' Gemächt weg. „Du hast einen von ihnen Sweetheart oder so genannt."

„Was? Wir müssen noch einmal über die Gehirnerschütterung reden, weil – oh! Du meinst Honey. Er ist mein Zimmergenosse – wir haben ein Kellerapartment im Annex. Sein richtiger Name ist Cedric, aber während der Erstsemesterwoche hat er einen Wettbewerb im Hühnerflügel-Essen gewonnen. Hat fünfzig Flügel in wenigen Minuten verputzt."

Jeremy verzog das Gesicht. „Mir wird schlecht, wenn ich nur daran denke."

„Ihm war schlecht, als er es gemacht hat." Max grinste. „Hat sich übergeben, bevor er seinen Preis aus dem Dollar-Store bekommen hat. Die Soße war Honig-Knoblauch und das ist zu seinem Spitznamen geworden. Für uns ist es normal, darum vergesse ich, wie es für andere Leute klingt."

„Spielt er auch Football?"

„Jep, er war unser Quarterback. Wir stehen uns alle ziemlich nahe."

„Und es ist ihnen egal, dass du …" Jeremys Herz schlug schneller. Es war surreal, darüber zu reden. Es war surreal, dass er überhaupt mit jemandem redete! Dass dieser Mann in seinem Zimmer war. Dass dieser wunderschöne Mann *wie er* war. Abgesehen davon, dass er eine Million Mal selbstbewusster und gut aussehend war. Er war auch sicher klug, wenn er sich für Jura bewarb. Wie alle anderen an der Uni, schien Max zu wissen, was er wollte.

„Dass ich queer bin? Nein, Mann. Das ist kein Problem. Ich bin mir sicher, dass es irgendwo noch ignorante Arschlöcher gibt, aber hier auf dem Campus oder Downtown muss man sich über sie in der Regel keine Sorgen machen. Ich hatte noch nie ein Problem." Er hielt inne und warf Jeremy einen wissenden Blick zu. „Wenn du nervös bist oder neugierig oder so …"

Jetzt schlug Jeremys Herz so heftig, dass er es hören konnte. „Bin ich nicht. Ich weiß, dass ich schwul bin. Ich bin definitiv schwul. Das weiß ich, solange ich mich erinnern kann. Das ist nicht der schwierige Teil." Er zwang sich, Max weiter anzusehen. Er hatte es tatsächlich zum ersten Mal seit Monaten laut ausgesprochen. Die Worte schwebten in der Luft. In die Welt hinaus.

Max nickte. „Cool."

Jeremy leerte das Glas Wasser und trat nervös herum. Da – er hatte es jemandem an der Uni erzählt. Es war nicht so schlimm. Obwohl er sich vielleicht noch übergeben würde, er hatte es getan.

„Gehst du mit jemandem? Hast du Spaß?"

Er schüttelte heftig den Kopf und öffnete seine Schreibtischschublade, um die Büroklammern neu zu ordnen.

„Warum nicht? Du bist wirklich niedlich."

Jeremy schnaubte. „Du bist nur nett." Er schob die Büroklammern herum, seine Ohren wurden heiß. Er konnte sich vorstellen, wie auffällig die Sommersprossen auf seinen Wangen aussahen, als er errötete. Wie hässlich.

„Das ist also der Teil, der dir Probleme bereitet?"

„Ein Teil davon, glaube ich."

„Kumpel, du bist absolut niedlich. Alle lieben Rothaarige. Bist du Mitglied im Queer-Club am Campus? Da lernst du eine Menge Leute kennen. Bist du neunzehn?" Als Jeremy nickte, sagte er: „Geh in die Bars an der Church Street und häng im Village rum. Es gibt auch noch jede Menge andere queere Anlaufstellen in der Stadt. Du musst nicht nervös sein."

Jeremy lachte bellend auf und schloss die Schublade mit einem Knall. „Du hast keine Ahnung, mit wem du es zu tun hast. Nervös zu sein ist mein natürlicher Seinszustand. Ich habe es jetzt erst zwei Mal laut ausgesprochen."

Max zog seine Brauen zusammen. „Moment, welchen Teil?"

„Dass ich ... du weißt schon. Schwul bin." Er musste sich endlich daran gewöhnen. Er musste aufhören, sich anzuspannen, wenn er es sagte, weil er auf eine Zurückweisung wartete. Er musste sich zusammenreißen, wie alle anderen am Campus auch. Alle anderen in Toronto, wie es schien. Die Gehwege und U-Bahnen waren vollgestopft mit Menschen, die herumeilten und sie alle schienen genau zu wissen, wohin sie unterwegs waren.

Zu ruhelos, um zu sitzen, trat er an das Fenster zwischen den Betten in dieser Schuhschachtel von einem Zimmer und zog den Vorhang zurück. „Es schneit noch."

„Ich werde nicht zu lang bleiben, mach dir keine Sorgen."

„Nein, ich meinte nicht, dass du gehen sollst!" Jetzt war er unhöflich, wo Max doch alles getan hatte, um zu helfen. Ein *Held* gewesen war. „Wirklich." Jeremy marschierte zum Schreibtisch, um sein Bier zu holen, bevor er sich wieder auf die Seite des Bettes setzte, Max gegenüber.

„Cool." Max nippte an seinem Bier. „Du hast dich also noch nicht vor vielen Leuten geoutet?"

„Nur vor meinen Eltern. Ich darf es meinem kleinen Bruder noch nicht sagen, oder sonst irgendjemandem in der Familie. Ich glaube, sie hoffen, dass es nur eine Phase ist. Oder sie schämen sich einfach nur für mich. Oder beides.“

„Scheiße. Das ist brutal. Es tut mir leid.“

Jeremy tat es achselzuckend ab. „Wie auch immer.“ Das Letzte, was er wollte, war, in Tränen auszubrechen. „Mein Zimmergenosse, Doug, weiß es. Obwohl ich es ihm nie direkt gesagt habe – wir mussten diese Formulare ausfüllen, über Allergien und was wir mögen und was nicht. Ich habe es da mit aufgeschrieben.“ Er räusperte sich, nahm eine Stadionsprecherstimme an. „'Hey, ich bin Jeremy, ich komme von der Westküste. Ich habe eine Ananas-Allergie, ich wärme kalte Pizza immer auf und ich stehe auf Männer. Schön, dich kennenzulernen.' Vielleicht nicht mit exakt diesen Worten.“

Max schaute ihn aus schmalen Augen an. „Moment, du wärmst kalte Pizza auf? In der Mikrowelle oder im Ofen?“

Jeremy war erleichtert, dass Max die Sache mit Jeremys Eltern nicht weiterverfolgte. „Ich ziehe den Ofen vor, aber im Zweifelsfall reicht die Mikrowelle.“

„Wow. Ich bin erschüttert. Kalte Pizza, die die ganze Nacht in der Schachtel gelegen hat, ist bei mir praktisch eine eigene Nahrungsgruppe. Ich weiß nicht, ob wir Freunde sein können.“

„Oh.“ Freunde? Stand das zur Debatte? Jeremy wusste, dass Max scherzte, aber der Gedanke, sich mit diesem wunderschönen, selbstbewussten Senior anzufreunden, verursachte in seinem Hirn offensichtlich einen Kurzschluss. „Äh …“

Max zwinkerte ihm zu und *Himmel,* dieses Grübchen in seinem Kinn sollte illegal sein. „Ich werde die erhitzte Pizza wohl gestatten. Dein Zimmergenosse hat also kein Problem mit dir?“

„Ja. Ihm scheint es egal zu sein. Er ist gechillt. Kommt jede Woche und geht in seinen Unterricht und macht seine Hausaufgaben. Dann fährt er für drei Tage nach Hause. Perfekter Mitbewohner, könnte man sagen.“

„Nicht so sehr, wenn du versuchst, Freunde zu finden.“

Jeremy zuckte mit den Schultern. „Das ist aber meine Schuld.“

„Hmm. Und was ist das mit deinen Eltern?“

Er versuchte, auch das abzutun. „Es ist … Es lief nicht gut. Sich zu outen, meine ich." Untertreibung des Jahres. Der Schmerz schwoll an, so riesig und gleichzeitig so schrecklich hohl. „Ich will nicht darüber reden."

„Es tut mir leid. Das ist heftig."

Nickend nahm Jeremy einen weiteren Schluck aus der kalten Bierflasche. Seine Finger waren feucht vom Kondenswasser und er zog an dem grünen Etikett.

„Keine Freunde von der High School hier?"

„Nein. Kara ist an der McGill und wir haben gesagt, dass wir uns auf alle Fälle treffen würden, weil Montreal nur sechs Stunden Fahrt entfernt ist – nicht, dass ich ein Auto habe, aber es gibt den Zug." Er seufzte und versuchte ein sorgloses Lächeln. „Wir sind wohl zu beschäftigt. Sie hat einen neuen festen Freund. Alle meine Freunde von der High School scheinen eine hervorragende Zeit an der Uni zu haben. So richtig Spaß. Was großartig ist! Ich freue mich wirklich für sie."

„Es ist aber beschissen, den Kontakt zu verlieren. Ist mir auch passiert. Ist Kara deine beste Freundin?"

„Nicht wirklich. Ich hatte nie einen besten Freund, nicht mal, als ich klein war. Die Leute, mit denen ich etwas zu tun hatte, sind jetzt alle überall verstreut und … haben Ziele. Ich sehe sie auf Insta oder wo auch sonst, aber ich habe selbst nichts zu posten."

„Du hast vor deiner Tür eine ganze Stadt. Ich will wetten, die Leute würden deine Fotos gerne sehen."

„Vielleicht." Jeremy stöhnte. „Was für eine Mitleidsparty. Ich werde jetzt den Mund halten."

Max schien es nicht zu stören. „Nein, schon gut. Also, was ist das Problem? Bist du zu nervös, um Freunde zu finden?"

„Dämlich, ich weiß. Ich wohne in Downtown Toronto mit einer Million Menschen und ich kann niemanden kennenlernen."

Max verlagerte sein Gewicht auf Dougs Bett und setzte sich in den Schneidersitz. Seine nackte Zehe schaute immer noch aus seiner roten Socke heraus. „Ich verstehe das, Mann. Die Stadt kann wirklich einsam sein. So viele Leute, aber sie sind Fremde.“

„Ja. Aber es ist nicht so, dass ich noch nie in der Stadt war. Victoria ist nicht riesig, aber ich bin oft genug mit der Fähre rüber nach Vancouver. Toronto sollte nicht so einschüchternd sein.“

„Diese Stadt ist eine Herausforderung. Die Universität ist eine Herausforderung. Von zu Hause wegzugehen ist eine Herausforderung. Vor allem, wenn es mit deinen Eltern angespannt ist.“

Jeremy atmete lang aus. Er war sich nicht sicher, wie der Kapitän des Football-Teams überhaupt ansatzweise verstehen konnte, wie es war, nicht dazu zu passen, aber irgendwie schien Max das zu können. „Ich bin vor der Orientierungswoche hierhergekommen, und ich habe versucht, Spaß zu haben. Leute kennenzulernen und Freunde zu finden. Aber nach ein paar Veranstaltungen war es einfach …“ Er schüttelte seinen Kopf. „Ich habe ständig an zu Hause und meine Eltern gedacht. Meinen Bruder, mit dem ich nicht einmal reden darf, abgesehen von E-Mails an seinen überwachten Schul-Account. Er ist in der siebten Klasse und meine Eltern erlauben ihm noch kein Handy. Er hat mir eine Postkarte geschickt, als Teil eines Schulprojekts, aber er ist damit beschäftigt, ein Kind zu sein.“

„Ging es bei dem Projekt um uralte Kommunikation?“ Max nickte in Richtung der Pinnwand, die über Jeremys Schreibtisch hing. „War es das?“

„Etwas in der Art und ja.“ Jeremy stand auf und nahm die glänzende Postkarte mit dem Foto der Rockies von der oberen Ecke weg. Die einzige andere Sache, die er dort hängen hatte, war sein Stundenplan, was dämlich war, weil er den schon am zweiten Tag auswendig gekonnt hatte. Er reichte Max die Postkarte.

„Moment, er nennt dich ‚Cherry‘?“ Max grinste. „Und du dachtest, ‚Honey‘ wäre seltsam!“

„Nein, nicht seltsam!“ *Ich habe nur gedacht, dass er dein fester Freund ist, aber anscheinend hast du keinen, was nicht so aufregend sein sollte, wie es ist.*

„Ich ziehe dich nur auf.“

„Ach so. Und ja, Sean konnte ‚Jeremy' nicht aussprechen, als er klein war. Hat mich ‚Cherry' genannt und wegen meiner Haare ist mir der Name geblieben."

Max lächelte, las die Postkarte, die nur aus ein paar Zeilen bestand, in denen Sean ihm erzählte, dass er ihn vermisste und dass er ihn bei Super Mario fertigmachen würde, wenn Jeremy nach Hause kam. Jeremy hatte die unordentliche Handschrift einhundert Mal gelesen. Er wünschte sich, er wüsste genau, wann er nach Hause kommen würde. Sie hatten ihn nicht hinausgeworfen, aber …

„Es muss lustig sein, einen kleinen Bruder zu haben."

„Ja." Jeremy nahm die Postkarte und pinnte sie sorgsam wieder an, bevor er sich wieder gegenüber von Max hinsetzte.

Max meinte vorsichtig: „Es muss schwierig gewesen sein, ihn zu verlassen und hierherzukommen, wo du niemanden kennst und noch dazu Stress mit deinen Eltern zu haben."

„Ja", wiederholte Jeremy. „Die Orientierungswoche war Folter, weil ich versucht habe, sozial zu sein und zu lächeln, obwohl ich einfach nur weinen wollte."

Max' Brauen zogen sich zusammen, seine Mundwinkel wanderten vor Mitgefühl nach unten und *Scheiße*, Jeremys Augen brannten. Nein. Er würde jetzt nicht weinen. Er weigerte sich, zwang sich zu einem Lachen. „Mann, diese Mitleidsparty kommt so richtig in Schwung. Bist du dir sicher, dass du dich nicht lieber eisigen Gehwegen und deinem klammernden Ex stellen möchtest?"

Max lachte leise. „Kein Stress. Und ich mache dir keine Vorwürfe. Das alles ist beschissen. So richtig."

Das Mitgefühl und die Freundlichkeit dieses Fremden schnürten Jeremys Kehle zu, aber er atmete hindurch. Keine Tränen wurden vergossen. „Danke."

„Was ist mit deinen Kursen? Es muss Leute in deinem Hauptfach geben, die du kennenlernen kannst."

„Im ersten Jahr geht es nur um Pflichtkurse in diesen riesigen Vorlesungssälen. Im September hätte ich mit den Leuten reden sollen, aber ich war so …" Er zog einen Streifen des feuchten Bier-Etiketts ab. Das richtige Wort fiel ihm nicht ein. Armselig? Feig?

Wund. Zerbrechlich.

Das fühlte sich zu … real an, um es laut auszusprechen. Stattdessen sagte Jeremy: „Allen anderen scheint es so leicht zu fallen. Ich möchte mich nur verstecken. Wie … ich weiß nicht, aber so ist es. Verstehst du?"

„Ja. Und sei dir nicht so sicher, dass es den anderen allen hervorragend geht. Sie sind vielleicht nur besser darin, es vorzutäuschen."

Jeremy lächelte. „Vielleicht."

„Wenn ich es dir sage, all die selbstbewussten Leute, die du am Campus herumlaufen siehst, sind wahrscheinlich genauso durcheinander wie du."

„Unmöglich. Ich habe null Freunde gefunden, ich lade mein ganzes Trauma vor einem Fremden ab, der viel zu nett ist, ich werde an Weihnachten allein sein und ich werde definitiv als Jungfrau sterben."

Oh fuck. *Das* hatte er laut ausgesprochen. Dieses Mal sicher. Ihm wurde so heiß, dass ihn schwindelte und er Übelkeit aufsteigen spürte.

„Oooh, Kumpel." Max lachte, ein tiefes, sexy Rumpeln, aber es war nicht unfreundlich. „Du hast wirklich gerade eine Pechsträhne."

„Es tut mir leid. Du bist nicht mein Therapeut. Ich kenne dich nicht einmal! Ich weiß nicht mehr, was ich rede. Ignoriere mich."

„Und du bist nicht einmal betrunken." Max grinste – Himmel, die Grübchen. „Zumindest glaube ich das nicht."

„Definitiv nicht. Kann ich dieses Geständnis auf eine Gehirnerschütterung schieben?"

„Absolut." Aber Max' Lächeln verschwand und er faltete seinen großen Körper auf, bewegte sich flüssig, bis er vor Jeremy kniete. Er hob seinen Zeigefinger. „Folge dem mit den Augen."

„Ich habe nur einen Witz gemacht. Ich habe mir wirklich nicht den Kopf angestoßen." Jeremy war sich sehr bewusst, dass Max' andere Hand nur wenige Zentimeter von seiner Hüfte entfernt auf der zerknitterten Decke ruhte. „Ich schwöre."

„Tu es mir zuliebe. Mit Gehirnerschütterungen ist nicht zu spaßen. Honey hat einmal weitergespielt, obwohl er ins Krankenhaus hätte gehen müssen." Er schauderte. „Es war schlimm."

Darum ließ Jeremy Max' Experimente über sich ergehen, er stellte sich zum Schluss hin und schloss seine Augen, um seinen Gleichgewichtssinn zu prüfen. Als er seine Augen erneut öffnete, ruhte sein Blick auf Max' Adamsapfel. Ein rauer Schatten war auf seiner glatten braunen Haut zu sehen und Jeremy folgte diesem Schatten über das Kinngrübchen zu Max' vollen, lächelnden Lippen. Dann begegneter er diesem braunen Blick unter Wimpern, die so dicht waren, dass Max aus dieser Nähe aussah, als würde er einen Eyeliner auf seinen unteren Lidrändern tragen.

Jeremy hatte noch nie in seinem Leben so unbedingt an einer anderen Person hochklettern wollen.

„Habe ich bestanden?", krächzte er.

Lächelnd ließ Max sich auf Dougs Bett fallen und leerte sein Bier. „Du hast bestanden. Okay, was machst du morgen?"

„Lernen." Jeremy saß wieder am Rand seines Bettes und ging im Kopf das Periodensystem durch, um eine demütigende Erektion zu vermeiden.

„Lerne am Vormittag und dann arbeiten wir unsere To-do-Liste ab." Max zählte die Punkte an seinen langen Fingern ab. „Erstens: Wir ersetzen deine Brille. Zweitens: neue Stiefel. Ich kenne einen guten Laden auf der Queen West, der immer etwas heruntergesetzt hat. Drittens: Wir besorgen dir einen Wintermantel und Handschuhe und all das. Wir können zu Winners gehen."

Für einen Moment konnte Jeremy nur starren. „Du – das musst du nicht tun. Ich kann das allein."

Max ignorierte ihn, hob einen weiteren Finger. „Viertens: Wir suchen dir einen Aufriss. Wir gehen ins Village."

Aufregung und Furcht rasten durch Jeremy. „Was? Ich? Morgen? Das ist ... *Morgen*?"

„Warum warten?", fragte Max, als wäre es eine richtige Frage, als würde er ständig Dinge einfach machen, ohne sie zuerst tagelang zu analysieren. Wochen. Monate. *Jahre.*

Max stand auf und er musste einen Meter achtundachtzig sein. Jeremy war nur einen Meter dreiundsiebzig und Max ragte über ihm auf – was seltsam angenehm war. Es hatte ihm gefallen, unter Max' Arm geschmiegt zu sein. Max nahm sich seinen Mantel vom Türknauf und fischte etwas aus seiner Tasche.

„Ich nehme an, sie ist jetzt nicht mehr von großem Nutzen, aber es hat sich falsch angefühlt, sie ermordet auf dem Weg liegenzulassen." Er legte die verdrehten Metallreste von Jeremys Brille auf den Schreibtisch. „Es tut mir leid, dass ich sie geschrottet habe."

„Es war ein Unfall. Du hast wirklich mehr getan, als die meisten Leute."

Max zuckte mit den Schultern. „Es ist die Jahreszeit des Schenkens, schon vergessen? Sieh es als ein frühes Geschenk. Außerdem brauche ich eine Ablenkung von der Warterei auf meine LSAT-Ergebnisse. Das wird lustig. Ich werde deine gute Fee sein."

Jeremy hätte wahrscheinlich lauter protestieren sollen, aber sein Brustkorb fühlte sich seltsam warm und eng an. Max' Freund hatte etwas davon gesagt, dass er einen Ersti unter seine Fittiche nahm, darum war das anscheinend etwas, das er öfter machte? Es hieß nicht, dass Jeremy etwas Besonderes war – nur, dass Max großzügig war.

„Ich werde meine gläsernen Schuhe herausholen", scherzte Jeremy, aber dann verblasste sein Lächeln. „Danke. Ich meine es ernst."

„Gern." Max zog sein Telefon heraus. „Gib mir deine Nummer." Jeremy machte es und dann war Max mit einem Winken verschwunden.

Jeremy hätte vielleicht wirklich gedacht, dass die ganze Sache nur ein Gespinst seines einsamen Kopfes war, aber die blau-weiße Mütze lag vergessen auf Dougs Bett. Jeremy ließ seinen Schwanz ungehindert hart werden – was ungefähr drei Sekunden dauerte – und hob die Mütze an ihrem flauschigen Bommel hoch. Die Wolle hatte eine weiche Fleece-Fütterung und er vergrub tief einatmend sein Gesicht darin.

Sie roch, wie jede Mütze das tat – schaler Stoff und getrockneter

Schweiß und ein Hauch Kokosnuss, vielleicht? Wahrscheinlich von Max' Shampoo. Wenn Jeremy sein Gesicht an Max' Kopf drücken, seine Nase in dieses Nest aus Beinahe-Locken tauchen würde, würde die Kokosnuss seine Sinne füllen?

Jeremy faltete die Mütze und steckte sie sorgsam in die Tasche seiner Regenjacke, damit er sie morgen nicht vergessen würde. *Morgen*, wenn er Max wiedersehen würde. Wenn er tatsächlich Pläne hatte, mit jemandem abzuhängen. Und nicht nur irgendjemandem. Max hatte Zeit mit ihm verbracht und ihm zugehört und hatte so gewirkt, als ob es ihn wirklich interessierte.

Auch wenn Max nur nett zu der armseligen Ersti-Jungfrau war, konnte Jeremy nicht leugnen, dass es sich wirklich, wirklich gut anfühlte, dass jemand sich um ihn kümmerte. Jemanden zu haben, dem er wichtig genug war, dass die Person ihren Samstag aufgab, um mit *ihm* abzuhängen. Es war das beste Weihnachtsgeschenk, das er sich erhoffen konnte, auch wenn es nur für einen Tag war.

Kapitel Zwei

ALS MAX' WECKER losging, warf er automatisch seine Decke zurück, kam nackt auf die Füße und jaulte wegen der Kälte. Er hatte sein Handy am Ladekabel auf seinem Schreibtisch gelassen und machte die wenigen Schritte, um auf den Bildschirm zu drücken, bevor Honey gegen die Wand schlug und schon wieder sein billig gerahmtes Maple Leafs Poster von der Wand fiel.

Max kannte die Tyrannei der Snooze-Taste nur zu gut und er musste seinen Wecker außer Reichweite aufbewahren, wenn er eine Chance wollte, seinen Hintern für den Beintrainingstag ins Fitnessstudio zu verfrachten. Wie üblich war sein erster Gedanke nach *zu kalt* und *mach, dass der Lärm aufhört,* dass das Jurastudium immer näher rückte, begleitet von dem vertrauten, sauren Gefühl in seinem Magen.

Aber heute folgte dem eine Erinnerung, die ihn zum Lächeln brachte. Er brach die Kardinalsregel für den Morgen, ließ sich wieder aufs Bett fallen und zog seine Decke noch einmal über sich. Nur für eine Minute. Sein Hirn war ohnehin zu aufgewühlt, als dass er wieder einschlafen könnte, während er die seltsame Nacht noch einmal abspulte, die er gehabt hatte.

Vielleicht nicht seltsam – eher … unerwartet. Er hatte vorgehabt, sich zu betrinken und Spaß mit den Jungs zu haben, aber es tat ihm nicht leid, dass er die Party verpasst hatte. Im Studentenwohnheim mit einem traurigen kleinen Ersti abzuhängen und dabei ein seltsam intensives Gespräch über dessen Ängste zu führen, war …

Was? Nicht *spaßig* in dem Sinne gewesen. Max' Dad würde sagen, dass der arme Jeremy mehr Probleme hatte als *TV Guide*. Dann würden Max und seine Schwester fragen, *„Was ist* TV Guide?"*, um Arschlöcher zu sein, und Dad würde theatralisch seine Hände in die Luft werfen und schreien, „Kinder heutzutage!"

Max lachte und vermisste plötzlich seinen Dad. Wenigstens würde er ihn bald über die Feiertage sehen. Und bis dahin würde er seine LSAT-Ergebnisse haben.

Sein Magen drehte sich um, darum warf er die Decke zurück, zwang sich, aufzustehen, und zog dann seine Jogginghose an. Er schlurfte in den Flur, schloss die Badezimmertür hinter sich und befahl sich, aufzuhören, darüber nachzudenken. Hey, vielleicht hatte er bei den LSATs versagt und die Entscheidung würde für ihn getroffen werden.

Dieser Tage wusste er nicht, worauf zur Hölle er hoffen sollte.

Er gähnte mit weit offenem Mund, während er pisste, erinnerte sich dabei an seine Pläne für diesen Tag und stellte fest, dass er wieder lächelte. Er wechselte die gedankliche Gangschaltung und kehrte zurück zu Jeremy. Es war nicht so, dass er es *genoss,* dass Jeremy so verloren war. Aber es hatte ihm gefallen, Zeit mit ihm zu verbringen. Es hatte ihm gefallen, ihn sicher nach Hause zu bringen.

Vielleicht hatte Honey recht und er stand irgendwie darauf, ahnungslosen Neulingen zu helfen. Es gab ihm ein gutes Gefühl. Genau wie etwas zu spenden oder etwas Geld in einen Hut zu werfen, wenn jemand um Wechselgeld bat. Daran war nichts falsch.

Der niedliche Baby-Schwule brauchte definitiv einen Schubs in die richtige Richtung. Es würde Spaß machen, mit ihm einkaufen zu gehen, und ihm zu helfen, sich im Village zurechtzufinden.

Max putzte sich seine Zähne mit der Hüfte gegen die Waschkommode gelehnt und fragte sich, ob er je so ahnungslos gewesen war. Vielleicht schon, aber er war definitiv nie so ängstlich gewesen, wie Jeremy es zu sein schien, wenn es darum ging, Leute kennenzulernen und flachgelegt zu werden. Scheiße, das war der beste Teil der Universität.

Aber Max würde ihm helfen. In kürzester Zeit würde Jeremy selbstbewusst über den Campus stolzieren, seine Jungfräulichkeit eine ferne Erinnerung. Der Junge hatte eindeutig keine Ahnung, dass er absolut sexy war. Unter anderen Umständen wäre Max in Versuchung, diese Kirsche selbst zu vernaschen.

Cherry ist ein passender Spitzname, dachte er und erinnerte sich dabei an die Postkarte. Er lächelte um seine elektrische Zahnbürste herum. Mmm, die roten Haare und anbetungswürdigen Sommersprossen. Wie Jeremy sich auf die Unterlippe biss und errötete. Diese Ernsthaftigkeit – wie ein Welpe ohne jede Ruhe. Ein trauriger Welpe, der einen Knochen brauchte.

Über seinen eigenen dämlichen Witz lachend, spuckte er die Zahnpasta in das Waschbecken. Ein weißer Film aus Seifenresten hatte sich dort gebildet und wahrscheinlich war er an der Reihe, das Bad zu putzen, aber darum würde er sich später kümmern. Er stellte seine Zahnbürste zurück auf das Ladegerät und ignorierte den widerlichen Ring darunter, der ebenfalls weggeschrubbt werden musste.

Sein Hirn entfernte sich problemlos von weiteren Gedanken an Arbeiten und er holte seine Trainingsklamotten, während er erneut lächelnd an Jeremy dachte. Jeremy brauchte einen Freund, was der Grund war, warum Max weggegangen war, bevor er noch mehr in Versuchung geriet, zu sehen, wie heftig er ihn zum Erröten bringen konnte.

Er würde eine so verdammt gute Fee sein. Er würde Jeremys Selbstbewusstsein aufbauen und ihn dazu bringen, sich zu entspannen und Spaß zu haben. Jeremy würde für so viele Typen wie Katzenminze sein. Zur Hölle, sie würden definitiv Schlange stehen, um Jeremys Erster zu sein.

Max runzelte die Stirn, während er in seinem Rucksack nach seinen Kopfhörern suchte. Es gab da draußen jede Menge zwielichtige Gestalten. Er würde Jeremy im Auge behalten und sicherstellen müssen, dass sein erstes Mal nicht mit einem Arschloch war, das ihn benutzte und dann wegwarf.

In der Küche schnappte er sich eine zu reife Banane und schnitt eine Grimasse, während er sie aß. Mit verhangenem Blick und stöhnend schleppte Honey sich an ihm vorbei zur Kaffeemaschine und schaffte es irgendwie, einen Pod hinein zu fummeln. Er rieb sich mit seiner Hand über seine streng geflochtenen Haare. Sein Raptors-T-Shirt war am Kragen zerrissen und enthüllte einen frischen Knutschfleck auf seiner dunklen Haut.

„Morgen!", schrie Max praktisch, weil er ein Arschloch war.

Honey grunzte.

„Gute Party?"

Er grunzte erneut. „Du hättest kommen sollen. Die Stripper waren episch." Er pfiff leise, um seine Anerkennung zu zeigen. „Da war eine Schnecke mit den größten Titten, die ich je gesehen habe. Und du hättest den Santa-Typen geliebt." Honey spannte demonstrierend seine muskulösen Arme an. „Wo warst du überhaupt? Hattest du einen Aufriss?"

„Nein. Ich war bei diesem Ersti. Jeremy. Das Wetter war beschissen und ich hatte keine Lust, wieder über den Campus zu marschieren."

Honey stupste die Kaffeemaschine mit dem Finger an, als ob sie dadurch schneller arbeiten würde. „Das hatte ich vergessen." Er runzelte die Stirn. „Dem Jungen geht es gut, oder?"

„Ja. Aber nicht dank euch Arschlöchern."

„Heh, wer braucht uns, wenn der Heilige Maxwell die Sache übernimmt?"

Max zeigte ihm den Stinkefinger, bevor er seine Wasserflasche aus der uralten Brita im Kühlschrank füllte. „Er hat Hilfe gebraucht. Tut es genau genommen immer noch. Ich werde ihm helfen, eine neue Brille zu kaufen."

„Huh. Okay."

„Und später nehme ich ihn mit zum Village, also streicht mich beim Poker."

„Kumpel, das ist das letzte Treffen vor den Feiertagen. Ty wird wütend sein, wenn du ihm keine Gelegenheit gibst, gleichzuziehen, bevor wir die Auszahlung machen."

„Er wird es überleben. Ich habe Jeremy gesagt, dass wir abhängen."

Nachdem er einen lauten, dankbaren Schluck von seinem Kaffee genommen hatte, wobei seine Hände die Tasse voller Ehrerbietung umfassten, meinte Honey: „Kannst du ihn nicht morgen mit ins Village nehmen?"

„Vielleicht. Ich kann ihn fragen." Jeremy hatte wahrscheinlich keine Pläne, darum würde Max es ihm überlassen.

„Wirst du ihn anmachen?"

„Was? Nein!" Trotz seines schnellen Abstreitens durchlief ein niedriger Puls an Lust Max' Bauch bei diesem Gedanken. „Ich helfe nur. Er ist nervös."

„Der Babyvogel hat einen gebrochenen Flügel?"

„Etwas in der Art. Er hat sich gerade geoutet und seine Eltern reden nicht wirklich mit ihm."

„Oh, Scheiße." Honey schüttelte seinen Kopf. „Das ist beschissen."

„Ja, er hat keine Freunde. Er tut mir leid."

„Du kannst ihn heute Abend mitbringen. Wenn du nicht auf ihn stehst, und er weiß, wie man spielt, ist alles gut."

Sie hatten eine strikte Keine-Dates-Regel seit dem ersten Jahr, nachdem Tyler jede Woche eine neue Frau mitgebracht und sich mehr für ihre Brüste interessiert hatte, als das Spiel zu spielen. „Okay. Vielleicht. Kommst du ins Fitnessstudio?"

„Sehe ich so aus, als würde ich ins gottverdammte Fitnessstudio kommen?"

Max lachte und nahm sich auf dem Weg hinaus eine weitere Banane. Er stellte sicher, dass er die Tür so laut wie möglich zuknallte.

EIN PAAR STUNDEN später entdeckte Max mit schmerzenden Oberschenkelmuskeln Jeremy, der vor dem Brillengeschäft an der Bloor West auf und ab ging. Als Max sich mit einem Winken näherte, entspannte

Jeremy sich sichtlich.

„Hey!", rief Max. „Tut mir leid, dass ich zu spät bin. Die U-Bahn hatte Verspätung. Du weißt schon, wie üblich bei der TTC."

Jeremy lächelte, sah aber unsicher aus. „Stimmt. Ich dachte, dass du vielleicht deine Meinung geändert hast."

„Nein, Mann. Ich würde dich nicht hängenlassen. Kein Empfang im Tunnel, sonst hätte ich dir geschrieben."

„Kein Problem." Er schüttelte seinen Kopf. „Es tut mir leid. Ich bin ganz …" Er wedelte mit seinen Händen.

Jeremy hatte wirklich ein paar Probleme mit Angststörungen. Ein Teil von Max wollte ihn umarmen und ihm sagen, dass alles gut werden würde, aber das wäre wahrscheinlich seltsam, darum sagte er stattdessen: „Schon gut. Komm." Er ging voran in den Laden, über ihm erklang eine Glocke. Die hellen Lichter an der Decke wurden von Girlanden und weißen Lichterketten, die an den oberen Enden der Reihen an Regalen und Spiegeln an drei Wänden des Ladens befestigt waren, unterstützt. „Santa Claus is Coming to Town" spielte.

„Gibt es irgendwelche Marken, die du besonders magst?", fragte Max. Der Laden war voll und das Verkaufspersonal beschäftigt.

„Nicht wirklich. Was auch immer ganz gut aussieht."

„Du meinst, was auch immer *brill*ant aussieht." Er zwinkerte Jeremy zu. „Hast du gemerkt, was ich gemacht habe?"

„Mmhmm!" Jeremy grinste und sah ein wenig nervös aus. Seine Wangen wurden rosa. „Ich wünschte, ich hätte Kontaktlinsen. Es ist so schwierig, mich mit dem neuen Gestell zu sehen. Vielleicht sollte ich sie einfach bitten, die Gläser in diesem zu ersetzen." Er schob das Drahtgestell an seiner Nase nach oben. „Die hatte ich für den Großteil der High School. Ich weiß, dass sie mir gut passt."

„Ja, aber ‚gut' ist nicht das, wonach wir suchen. Komm, wir sehen uns um."

Sie gingen an den Regalen entlang und Jeremy fand ein paar, die er anprobierte. Max dachte, dass Jeremy seinen Stil kannte, obwohl sie alle dünne Metallgestelle waren. Jeremy schob seine Brille vorsichtig in die

Tasche seines Regenmantels. Die andere Tasche wölbte sich nach außen.

Max fragte: „Freust du dich, mich zu sehen, oder was?"

Jeremy blinzelte ihn fragend an. „Entschuldige?"

Er stupste Jeremys volle Tasche an. „Schlechter Scherz."

„Oh! Das ist deine Mütze. Du hast sie vergessen." Er zog die Wollmütze heraus und reichte sie ihm.

„Scheiße, danke. Ich habe mir heute keine angezogen, weil es keine Minustemperaturen hat. Aber ich werde sie zu Weihnachten in Pinevale sicher brauchen. Nicht, dass ich keine anderen Mützen habe, aber die hier mag ich am liebsten." Er stopfte sie in seinen Rucksack.

„Kein Problem." Jeremy stand sehr nahe vor einem Spiegel und probierte die Gestelle an.

Max musterte eine aus, die zu schmal war, aber die anderen beiden waren in Ordnung. Er fragte: „Hast du je Plastikgestelle probiert? Etwas, das ein wenig auffälliger ist?"

„Nein. Meine Mom sagt, dass dunklere Gestelle für mein Gesicht zu wuchtig sind."

„Ah. Ich nehme an, du hast das Rezept von ihr bekommen?"

„Ja." Jeremy setzte sich wieder seine alte Brille auf. „Wir haben geschrieben. Es war in Ordnung." Er nahm eines der möglichen Gestelle. „Ich nehme einfach das hier."

„Ich finde nicht, dass das in die *Brill*ant-Kategorie fällt. Komm, du solltest dich über das, was du aussuchst, freuen." Er musterte die Rahmen neben ihnen und suchte ein paar aus. „Probiere die an."

„Im Ernst, der Rahmen hier ist in Ordnung. Du wirst dich langweilen, wenn ich alle anprobiere."

„Du probierst nicht alle an. Mir zuliebe. Es sei denn, du magst das andere Gestell wirklich."

Jeremy seufzte. „Nicht wirklich. Na gut."

Eines nach dem anderen probierte er die Gestelle an und lehnte sich dabei praktisch in den Spiegel, der auf einem Tisch stand. Max konnte nicht umhin, den Anblick zu genießen. Verdammt. Er hatte einen niedlichen kleinen Hintern in dieser Jeans. „Wie geht es deinem Po?", erkundigte Max sich und hatte Mühe, den Blick abzuwenden. „Wund?"

„Ein bisschen, aber es geht." Jeremy schaute sich nervös um und schien zu überprüfen, ob ihnen jemand zuhörte.

Max wurde klar, dass ein wunder Hintern … zweideutig klingen konnte. Ehe sein Hirn weiter das Kaninchenloch von Jeremys Hintern hinunterfallen konnte, wurde er abgelenkt, als Jeremy ein größeres, schwarzes Brillengestell anprobierte. Er richtete sich auf. „Oh ja. Ich liebe diesen Look."

Jeremy beugte sich näher zum Spiegel, wodurch seine Jacke noch weiter nach oben rutschte. „Findest du?"

„Zur Hölle, ja. Mir gefällt dieser klassische Vibe, aber nicht zu dick und klobig, was das Plastik betrifft. Es sieht dennoch elegant aus. Das ist heiß. Dieses große, dunkle Gestell betont deine Augen."

Besagte haselnussbraune Augen weiteten sich. „Meine?"

„Nein, die der Frau da drüben, die seit fünf Minuten die Verkäuferin wegen eines Kratzers in ihrer neuen Brille ankeift, als ob sie nicht diejenige war, die sie fallengelassen hat."

Jeremy lachte. „Shh!" Er drehte sich wieder zum Spiegel, bis er nur noch wenige Zentimeter entfernt war. „Du findest nicht, dass es, nun, mein Gesicht verdeckt?"

Max stellte sich hinter ihn, um ihn genauer zu betrachten. „Nein, ich finde, es bringt dir mehr Aufmerksamkeit. Dein anderes Gestell ist einfach da. Keine Aussage. Kein Stil. Nur funktional. Das hier ist so ‚Bamm! Ich habe eine Brille, Miststück!'"

„Okay." Jeremy biss sich auf die Lippe und *verdammt*, das war anbetungswürdig.

„Vertrau mir, das hier ist der Hammer. Aber es ist deine Entscheidung."

„Es kann wohl nicht schaden, etwas Neues auszuprobieren."

„Das ist der Gedanke, oder? Du wirst in kürzester Zeit flachgelegt werden."

Ein Paar mittleren Alters, das in der Nähe stand, lachte und Jeremy senkte seinen Kopf. Er fischte seine alte Brille heraus und setzte sie auf, aber Max stoppte ihn.

„Setz das neue Gestell auf und gib mir für eine Sekunde dein Handy", sagte Max. Als Jeremy es ihm reichte, wischte Max zur Kamera und sagte ihm, dass er lächeln sollte. Er machte ein paar Aufnahmen, schaute sie an, wählte schnell den Sieger aus und löschte die anderen. Er gab das Handy zurück, nachdem Jeremy seine alte Brille wieder aufgesetzt hatte. „Da ist dein nächster Instagram-Post. Wie lautet dein Name? Ich folge dir."

„Oh. Ähm, ‚Jeremy-Unterstrich-Wissenschafts-Nerd.' Ich weiß, ich weiß."

„Was? Das ist niedlich. Passt zu deiner Marke." Max öffnete die App auf seinem Handy und suchte den Nutzernamen. „Anfrage geschickt." Er schaute zu, als Jeremy seine App checkte.

Jeremy lachte, seine Brauen erhoben sich über das Metallgestell. „Zukünftige-Jura-Sportskanone", las er vor. „Das ist auch passend zur Marke."

„Jup." Max lächelte, aber die Nervosität war wieder da. War er ein zukünftiger Anwalt? Würde er seinen Namen in den Sozialen Medien ändern müssen, wenn er kein Jura studierte?

Als ob es das ist, worüber ich mir Sorgen machen sollte.

„Ich bin mir sicher, dass du bei den LSATs großartig warst."

Er blinzelte Jeremy überrascht an. „Ich kann es wohl nicht verbergen, hmm? Danke." Max trat um eine Frau in einem dicken Winterparka herum, die ein heulendes Kind hinter sich herzog, das ein blinkendes Rentiergeweih trug. „Wie dem auch sei, wir sollten dein Rezept abgeben und zu Winners gehen."

Sie setzten sich an einen der Tische und ein Optiker vermaß Jeremys Augen mit einem Ding, das wie ein Lineal aussah. Jeremy musste sein Rezept auf seinem Handy aufrufen, das Foto befand sich in einem Nachrichtenthread. Das Handy lag auf dem Tisch und Max warf einen Blick auf die Nachrichten.

Okay, er machte mehr, als nur einen Blick darauf zu werfen. Neugierde beförderte den Ball in die Endzone und er wechselte in den

Stalker-Modus und las die sichtbaren Nachrichten. Die erste kam von Jeremy, ein höfliches Hallo und die Frage, wie es allen ging, dann eine Bitte um ein Foto des Rezepts. Dann die Antwort seiner Mutter.

Es geht uns gut. Wir sind mit Packen beschäftigt. Du bist noch bei uns versichert, darum schick mir die Rechnung. Versuch, auf dieses Gestell besser aufzupassen. Lass es uns wissen, sobald du deine Noten hast.

Max wandte schnell den Blick ab und drehte ein Karussell aus Lesebrillen, das in einer Ecke des Tisches stand. Er wand sich innerlich vor Schuld, weil er die Nachrichten gelesen hatte. Die seltsam waren. Sie waren höflich, und es war gut, dass seine Eltern ihn nicht zwangen, für die neue Brille zu zahlen. Aber dann war da dieser Seitenhieb, dass er vorsichtiger sein sollte. Und sie waren damit beschäftigt, wofür zu packen? Aber dann wollte sie die Noten von Jeremys Prüfungen wissen. Es war dieses Hin und Her.

Jeremy hatte gesagt, dass er über die Feiertage allein sein würde, wofür seine Familie also auch packte, anscheinend kam er nicht mit? Würde er im Wohnheim festsitzen? Max nahm an, dass eine Handvoll anderer Studenten da sein würde, darum würde es vielleicht nicht so schlimm sein? Vielleicht würde er sich sogar mit einigen von ihnen anfreunden? Vielleicht.

Der Optiker sagte, dass die neue Brille per Express am Montag gegen Ende des Tages geliefert werden würde und gab die Summe in die Kasse ein. Jeremy bezahlte mit einer Kreditkarte und Max fragte sich, ob das eine Karte war, die seine Eltern zahlten. Offensichtlich ging ihn das nichts an, aber Jeremy hatte nicht erwähnt, dass er einen Job hatte. Sie verließen den Laden und gingen ein paar Blöcke nach Spadina, um eine Straßenbahn zu erwischen.

Um die Straßenlampen waren glitzernde Girlanden gewunden und Grünzeug mit roten Beeren steckte in Pflanzkübeln, in denen im Sommer Blumen blühten. Die Schaufenster der Läden sahen aus wie Weihnachtsexplosionen und Menschen hasteten mit Tüten vorbei, was Max daran erinnerte, dass er die Geschenke für seine Familie besorgen musste, bevor er nach Hause fuhr, weil es in Toronto viel mehr Möglichkeiten gab.

Sie saßen nebeneinander auf zwei Sitzen, während die Straßenbahn rumpelnd und ruckelnd Richtung Süden fuhr. Sie füllte sich schnell, erwischte jede rote Ampel und Menschen kamen und gingen bei jedem Halt.

Max knickte ein, als sie in Richtung College Street krochen. „Du hast gesagt, dass du über die Feiertage allein sein wirst? Willst du nicht nach Hause nach BC reisen?" *Und wofür packen deine Eltern? Warum begleitest du sie nicht?*

Jeremys Lächeln war schmal. „Sie fliegen mit Sean nach Hawaii. Machen eine Kreuzfahrt um die Inseln und so. Sie geben sehr viel Geld dafür aus, dass ich hier sein kann, und wegen meiner ganzen Prüfungen kann ich ohnehin nicht mit. Es ist absolut in Ordnung."

„Okay." Max nickte und tat so, als würde er für eine Nanosekunde glauben, dass irgendetwas an der Situation mit Jeremys Eltern „absolut in Ordnung" war. Er verlagerte sein Gewicht, sein Knie rammte gegen den Sitz vor ihnen, während er sich Jeremy wochenlang allein in seinem kleinen, spartanischen Studentenzimmer auf einem leeren Campus vorstellte.

Max gefiel dieser Gedanke überhaupt nicht. Genaugenommen hasste er ihn.

Wie konnte er helfen? Er fing automatisch an, einen Plan zu formen, ging die Optionen in seinem Kopf durch wie die verschiedenen Spielzüge auf dem Footballfeld.

„Die beste Möglichkeit, sich mit Typen zu treffen, die während der Feiertage hier sind, ist eine Dating-App. Nun, ‚daten' kann etwas euphemistisch sein. Hast du dich irgendwo angemeldet?"

Mit großen Augen schüttelte Jeremy seinen Kopf. „Ich habe sie mir im App-Store angeschaut, aber …"

Seltsamerweise war Max froh zu hören, dass er nicht online nach Typen gesucht hatte. Was null Sinn ergab, denn wenn er Jeremy helfen wollte, flachgelegt zu werden, wäre das hilfreich. Er holte sein Handy heraus und deutete auf ein Icon. „Diese hier ist gut, wenn du sie dir anschauen möchtest."

„Ähmm. Okay!", quiekte Jeremy. „Das ist aufregend, dass du Jura studieren möchtest", fing er an und wollte offensichtlich unbedingt das Thema wechseln.

„Vielleicht." Jetzt war Max an der Reihe, wortkarg zu werden.

Jeremy runzelte die Stirn. „Du klingst nicht allzu sicher."

Erwischt. Er tat es lachend ab. „Ich bin nur wegen der LSATs gestresst."

Die Wahrheit war, dass er seine Zweifel noch mit niemandem diskutiert hatte, nicht einmal mit seiner Schwester oder Honey. Aber Jeremy hatte ihm alle möglichen Dinge erzählt. Er hatte Max seine Geheimnisse anvertraut, obwohl sie sich gerade erst kennengelernt hatten. Vielleicht sollte Max sich ihm auch anvertrauen.

Es war irgendwie schön, dass Jeremy neu war – dass er nicht schon alles über Max wusste und keine vorgefassten Ansichten hatte. Er würde ihn nicht so verurteilen, wie es Max' Freunde und Familie vielleicht tun würden. Nicht, dass sie so drauf waren. Max war ihnen gegenüber wahrscheinlich absolut unfair.

Aber er sollte Jeremys gute Fee sein – selbstbewusst und forsch. Kapitän des Teams. Er würde nicht sein ganzes inneres Drama auf dem Jungen abladen, dem er half.

Jeremy sagte: „Ich verstehe, dass du nicht darüber reden willst. Es gibt eine Menge, das ich in der Regel für mich behalte. Bis ich im Grunde einen nervösen Zusammenbruch habe und all meinen Scheiß auf arglose gute Samariter ablade. Gern geschehen."

Max lächelte. „Oh, du hast das schon gemacht?"

„Tatsächlich bist du mein Erster."

Die Worte waren unschuldig, aber sie erweckten eine Lust, die Max' Eier kribbeln ließ. Er war noch nie sonderlich auf Jungfrauen gestanden, aber er musste zugeben, dass an Jeremy etwas war, das ihn anzog. Vielleicht lag es daran, dass Jeremy körperlich kleiner war und Max in der Regel Typen bevorzugte, die muskulös waren und eher seiner Größe entsprachen. Er wollte sich auf eine Art und Weise um Jeremy kümmern, an die er nicht gewöhnt war. Zumindest nicht in Zusammenhang mit Sex.

Er war auf dem Spielfeld und in der Umkleide immer ein Mentor gewesen, aber dabei ging es um Bruderschaft und das Team. Er hatte sich nie gestattet, seine Teamkollegen sexy zu finden. Mit Jeremy war das anders. Der Gedanke, sein Erster zu sein, ließ seinen Schwanz pulsieren.

„Wolltest du schon immer ein Anwalt werden?"

„Ja. Wahrscheinlich eine langweilige Geschichte."

Jeremy zuckte mit den Schultern. „Wir werden hier noch eine Weile sein."

Metall kreischte, als die Straßenbahn bei Dundas langsamer wurde. Alle Restaurants und Läden hatten Schilder auf Chinesisch und Englisch und es befanden sich an einem Samstagnachmittag jede Menge Leute auf den Gehwegen von Chinatown. Einige drängten sich aus der Straßenbahn, andere quetschten sich hinein. Eine klobige Tasche traf Max am Kopf, die Frau entschuldigte sich eingehend, während er ihr mit einem Lächeln abwinkte.

Ihm wurde klar, dass er sich nicht erinnern konnte, wann er zuletzt jemandem von seiner Mom erzählt hatte. Die Jungs wussten, dass sie gestorben war, als er ein Kind gewesen war, aber sie hatten sich nicht hingesetzt und ein tiefes, bedeutungsvolles Gespräch darüber geführt. Nicht, dass es einen Grund gab, jetzt mit Jeremy in der Spadina-Straßenbahn eines zu führen. Seltsam, dass er das irgendwie wollte?

„Dass ich ein Anwalt werden möchte, hat viel mit meiner Mom zu tun. Sie ist bei einem Autounfall gestorben, als ich neun Jahre alt war. Sie war eine Anwältin bei Legal Aid."

„Oh. Das tut mir wirklich leid." Jeremy fügte schnell hinzu: „Dass sie gestorben ist – nicht, dass sie Anwältin war."

Max lächelte ihn an. „Ich habe gewusst, wie du es gemeint hast."

Jeremy verzog das Gesicht. „Manchmal sage ich das Falsche oder ich denke nur, dass ich das getan habe, und ich mache alles schlimmer, indem ich super-peinlich bin. So wie jetzt."

Sie saßen sehr nahe beieinander – Straßenbahnen waren für unrealistisch kleine Menschen gebaut – und Max stupste ihn freundlich mit der Schulter an. „Schon gut. Du musst dir keine Sorgen machen. Wir unterhalten uns nur."

„Du hast leicht reden. Aber ja, ich bemühe mich. Also, deine Mom war eine Pflichtverteidigerin?"

„Genau. Sie hat sich den Arsch aufgerissen, um Menschen zu helfen. Meine Großeltern kamen ursprünglich aus Goa in Indien und sie sind nach Kanada ausgewandert, bevor sie geboren wurde. Sie haben alles gegeben, damit meine Mom Jura studieren konnte und sie hat so hart gearbeitet. Sie war die Beste in ihrer Klasse und es gab Druck, dass sie Staatsanwältin wird. Aber sie war entschlossen, Menschen zu vertreten, die wirklich ihre Hilfe brauchten."

„Sogar wenn sie schuldig waren?"

„Ja. Aber das Rechtssystem ist so kaputt. Sie wollte es wirklich in Ordnung bringen, verstehst du?" Er atmete tief ein und dachte dabei an ihre leidenschaftlichen Reden über die Ethnien- und Geschlechter-Ungleichheit am Essenstisch. „Leichter gesagt als getan, aber ich wünschte, sie hätte die Chance gehabt." Ehe er dämlich emotional werden konnte, sagte er: „Wie dem auch sei, mein Dad hat in Teilzeit als Marketingmanager gearbeitet und er hat sich um unsere Schule gekümmert und gekocht. Jetzt führen er und meine Stiefmutter eine Ahornsirup-Farm."

„Cool. Oder sollte ich sagen süß." Jeremy zog seine Nase kraus. „Das war furchtbar."

Das war niedlich. „Ich werde es durchgehen lassen", sagte Max mit seiner besten Richterstimme. „Was ist mit dir? Deine Eltern, meine ich." Scheiße, sensibles Thema. Er fügte hinzu: „Woher kommt deine Familie?"

„Ursprünglich aus Glasgow und Cork."

„Das würde man nie vermuten, wenn man dich so ansieht", zog Max ihn auf.

Wie er gehofft hatte, brachte das Jeremy zum Lachen. „Schockierend, ich weiß." Er schob den Ärmel seiner Jacke nach oben, um die untere Hälfte seines blassen, sommersprossigen Unterarms zu zeigen. „Ich bin sicher zum Teil Kobold."

Ehe Max wusste, was er machte, strich er mit seinen Fingerspitzen über Jeremys Haut. „So viele Sommersprossen."

„Äh, ja." Mit hüpfendem Adamsapfel zupfte Jeremy seine Jacke nach unten.

Max zwang sich, woanders hinzusehen, und sprang auf. „Scheiße! Das ist unser Halt." Er schrie: „Entschuldigung!" und erzwang sich einen Weg für sie zur mittleren Tür. Sie entkamen in die frische Luft und gingen die Queen Street hinunter. Max schaute auf die Adresse auf seinem Handy. „Weißt du, wir hätten wahrscheinlich Bathurst nehmen sollen. Tut mir leid."

„Schon gut. Du kannst mir mehr darüber erzählen, ein Anwalt zu sein. Und ich bin wirklich neugierig, wie eine Ahornsirup-Farm funktioniert."

„Hast du als Kind keine Klassenfahrt gemacht?"

„Nein. Das ist in BC nicht wirklich ein Ding, glaube ich? Sie machen wahrscheinlich irgendwo in BC Ahornsirup, ich bin mir nicht sicher."

„Ja, das macht Sinn. In Ontario wird viel produziert, aber Quebec ist das Epizentrum. Ahornsirup ist dort sehr intensiv. Das Geschäft, meine ich. Die Sirupe variieren."

Jeremy blieb am Eingang eines Stoffladens stehen, um Platz für zwei riesige Kinderwägen zu machen, die auf sie zukamen. „Weißt du, wie man ihn macht?"

„Ja. Meine Stiefmutter ist der Boss, aber Meg und ich haben geholfen, während wir auf der High School waren. Meg ist meine Schwester. Technisch gesehen meine Stiefschwester – Valeries Tochter aus ihrer ersten Ehe. Valerie ist meine Stiefmutter. Sie ist cool. Sie und mein Dad haben geheiratet, als ich zwölf war und Meg zehn. Dad und ich sind von Scarborough auf die Farm in der Nähe von Pinevale gezogen."

„Klingt schön."

„Das habe ich in der siebten Klasse nicht so gesehen, aber ich habe meine Meinung geändert."

„Verträgst du dich mit Meg?"

„Ja, da hatte ich wirklich Glück." Er lächelte und fragte sich, was Meg von Jeremy halten würde. Er entschied, dass sie ihn wirklich mögen würde. „Sie ist die Beste. Dein kleiner Bruder klingt auch cool."

„Das ist er." Jeremys Lächeln war angespannt. „Und es ist wirklich cool, dass deine Mom dich inspiriert hat, ein Anwalt zu werden."

Von einem wunden Punkt zum nächsten. Nicht, dass ein Anwalt zu werden ein sensibles Thema sein sollte, so wie Jeremys Bruder das war. Max sollte sich darüber freuen! Ihm sollte nicht unterschwellig übel sein. Als sie eine Ecke erreichten, ratterte eine Straßenbahn vorbei. Ein Taxi hupte und ein Typ vor dem Tim Hortons schrie etwas über Kühe, die Gras fressen.

„Absolut. Wie dem auch sei, Zeit, dich für den Winter zu rüsten." Er deutete auf Winners und sie überquerten die Straße.

Es ging an diesem Tag darum, Jeremy zu helfen – er musste nichts über Max' Angst hören und den Gedanken, Lehramt zu studieren, anstatt Jura. Das Wort *Lehramt* auch nur zu denken, machte ihn vor Scham ganz unruhig. Als er voran in den Laden und die Explosion aus Feiertagsfunkeln ging, zischte die Stimme, die zu unterdrücken er sich so bemüht hatte.

Ich kann meine Mom nicht enttäuschen.

Zeit für Max, sich auf seine Mission als gute Fee zu konzentrieren. Er legte einen Arm um Jeremys Schultern und genoss, wie gut er dorthin passte. „Der Winter kommt und du musst dich vielleicht nicht mit Drachen herumschlagen, aber der kalte Wind ist schlimmer."

„Drachen?" Jeremys rote Brauen trafen sich.

„Tut mir leid. Nur ein *Game of Thrones* Moment."

"Oh! Klar." Jeremy verzog das Gesicht. „Ich bin manchmal so dumm."

„Whoa. Langsam reiten. Alles ist gut." Er hatte den Eindruck, dass dieser Junge sich wegen *viel* zu vieler Dinge Sorgen machte. Er stupste Jeremys Schulter spielerisch an. „Diese letzte Staffel war so grauenvoll, dass ich dir keinen Vorwurf machen würde, wenn du alles aus deinem Gedächtnis löscht. Und weißt du, mich würden Drachen im Winter nicht stören. Wenigstens können sie Feuer spucken.“

Jeremy grinste über Max' dämlichen Witz und Max führte ihn zu der Wand mit den Mützen. Weitere Insta-Fotos waren in Vorbereitung.

Kapitel Drei

„GUTES TIMING! HEY, kleiner Bruder. Wie läuft es?" Ein gedrungener Blonder mit wilden Haaren hielt seine Hand für ein Packen-Schütteln hin.

„Äh, gut!", sagte Jeremy, nahm die Hand des anderen Mannes und versuchte, nicht komplett peinlich zu sein. Die Veranda knarzte unter ihren Stiefeln. Es war kurz nach fünf Uhr und bereits dunkel. Bunte Feiertagslichter funkelten am Geländer der Veranda.

„Ty, das ist Jeremy", sagte Max. „Jeremy, das ist Tyler." Er nahm Tylers Hand und machte ein Packen-Schütteln mit einem Vorbeugen und einer halben Umarmung.

„Wie geht es deinem Hintern?", fragte Tyler. „Du bist heftig gestürzt."

„Gut!", quiekte Jeremy. Er wollte wirklich, dass die Leute aufhörten, sich nach dem Zustand seines Hintern zu erkundigen.

Während Tyler Max etwas über seine Fantasy-Football-Liga erzählte, folgte Jeremy ihnen nach drinnen und schaute sich neugierig um. Als Max gefragt hatte, ob es ihn störte, ihren Besuch im Village auf den nächsten Abend zu verschieben, hatte Jeremy freudig zugestimmt. Der Gedanke, tatsächlich flachgelegt zu werden, war sowohl erregend als auch angsteinflößend. Auf diese Art konnte er mehr Zeit mit Max verbringen und den Stress hinauszögern, potenziell einen Typen aufzureißen.

Ihm war klar, dass jemanden aufzureißen nicht stressig sein sollte, aber seine Gedanken wirbelten durcheinander und sein Magen drehte sich um und er war nur zu froh, es aufzuschieben. Vor allem weil es bedeutete, dass sie zu Max' Bleibe gingen, als wären sie offiziell befreundet oder so. Bekannte zumindest.

Max' Wohnung befand sich im Keller eines Hauses im Annex, Zugang hatte man über eine absperrbare Treppe direkt im Foyer. Es gab noch eine zweite abgeschlossene Tür, die nach oben führte. Jeremy zog seine neuen Stiefel unten an der Treppe aus und stellte sie zu der Ansammlung auf der Plastikmatte.

Sein Neuerwerb waren, wie Max sie bezeichnete, „Übergangsstiefel", wenn es eisig oder sulzig genug war, dass man keine Turnschuhe tragen wollte, aber nicht kalt oder verschneit genug, um die schweren Geschütze aufzufahren. Es waren braune Blundstone-Imitate aus synthetischem Leder, aber überraschend bequem. Jeremy hatte ein ähnliches Paar zu Hause, das er dummerweise nicht mitgebracht hatte, weil er vorgehabt hatte, etwas Passendes für den echten Winter zu kaufen.

Max hatte darauf bestanden, dass er beides brauchte, weil man nicht in klobigen Stiefeln durch die Bars ziehen wollte. Der Gedanke, in egal welchen Schuhen, durch die Bars zu ziehen, verursachte Jeremy kalte Schweißausbrüche, aber das hatte er für sich behalten.

Er hängte seinen neuen blauen Mantel an einen der Haken in der Wand, die bereits von Mänteln überquollen. Seine Regenjacke befand sich in einer der Einkaufstüten, die er in die Ecke stellte, zusammen mit einem neuen, dicken Parka, der, wie das Schild versprach, ihn bis zu Temperaturen von minus fünfzig Grad Celsius warmhalten würde. Gott helfe ihm, wenn es je so kalt wurde, was, wie Max ihm versichert hatte, in Toronto nie passierte. Anscheinend kam es aber ein paar Mal im Winter zu minus dreißig oder sogar minus vierzig durch den kalten Wind. Jeremy zitterte schon bei dem Gedanken.

Das Apartment war nicht so dunkel, wie Jeremy es bei einem Keller erwartet hätte. Es gab IKEA-Stehlampen in jeder Ecke des Wohnzimmers, zusammen mit überraschend großen Fenstern in der Nähe der Decke, die wahrscheinlich tagsüber eine ordentliche Menge Licht hereinließen. Ein riesiger Fernseher war an der Wand gegenüber einer durchgesessenen roten Velour-Couch angebracht und ein rechteckiger Esstisch stand seitlich zum Eingang einer schmalen Schlauchküche.

Die Wände waren beige gestrichen und ein paar Kunstposter hingen dort, so wie sie aussahen ebenfalls von IKEA. Er fragte sich, ob es Max oder Honey war, der das schwarz-weiß Foto der Brooklyn Bridge ausgesucht hatte. Es gab keine Deko oder einen Weihnachtsbaum, aber Honey würde über die Feiertage wahrscheinlich nach Hause fahren, genau wie Max.

Das Aufflammen des Schmerzes, als Jeremy an seine Eltern und Sean dachte, die zu ihrer Weihnachtskreuzfahrt nach Honolulu flogen, stach heiß in seinen Brustkorb. Er hatte vorhin in den Nachrichten geschaut, ob es irgendwelche Flugzeugabstürze gegeben hatte. Bis jetzt war alles gut. Jeremy holte tief Luft und schloss all diese hässlichen Sorgen weg. Max ging ein Risiko ein, indem er ihn zum Pokern einlud und er würde einen guten Eindruck machen.

Sogar mit seiner leicht verschwommenen alten Brille konnte er Max' Freunde gut sehen. Honey, der leuchtend bunte Plastikschüsseln trug, die mit Chips vollgeladen waren, grüßte Jeremy mit einem strahlenden Lächeln. Er war dunkelhäutig, groß und gebaut wie, nun, wie ein Footballspieler. Mike war ebenfalls groß, füllig mit kurz geschnittenen dunklen Haaren und hellbrauner Haut.

Sie sammelten sich um den rechteckigen Esstisch, der sicher geerbt war, ausgehend von den Kratzern und dem großen Fleck auf dem hellen Holz, der wahrscheinlich von Rotwein stammte. Im Keller war Teppich verlegt, der ebenfalls einige verblasste Flecken aufwies, aber das Apartment selbst wirkte nicht schmutzig. Auf dem Kaffeetisch neben der Couch standen ein paar benutzte Gläser, aber insgesamt war es sauber. Jeremy fragte sich, wie Max' Zimmer aussah, aber er konnte schlecht herumschnüffeln.

Er spielte mit dem Ärmel eines neuen Pullis, den Max ihn ermuntert hatte zu kaufen. Er hatte Max so gut an ihm gefallen, dass Jeremy gesagt hatte, dass ihn fror und dann hatte er ihn beim Mittagessen auf der

Toilette eines Cafés angezogen. Er war fuchsia, was Jeremy nie ausgewählt hätte, aus Angst zu schwul auszusehen. Was, wie er wusste, dämliche internalisierte Homophobie war, aber er wappnete sich dennoch, dass Max' Freunde irgendeinen Kommentar abgaben. Das taten sie nicht. Sie aßen Chips und unterhielten sich weiter über Fantasy-Football, während Max und Honey Getränke in roten Plastikbechern servierten.

Jeremy fragte sich, was seine Eltern sagen würden, wenn sie den rosa Pulli sahen. Außerdem was sie sagen würden, wenn sie die Kreditkartenrechnung bekamen, obwohl er seiner Mom gegenüber erwähnt hatte, dass er Winterkleidung kaufen musste. Er hatte mehr gekauft, als er vorgehabt hatte, aber sie würden nicht wütend sein, oder? Er war immer verantwortungsvoll mit seiner Karte umgegangen, die sie ihm für Notfälle und Anschaffungen gegeben hatten, als er achtzehn geworden war.

Obwohl jetzt alles seltsam und angespannt war, würden sie ihn nicht vor die Tür setzen. Oder? Er hatte ein paar Ersparnisse von seiner Arbeit in einem Elektroladen während der High School, aber die würden nicht lang reichen, wenn seine Eltern aufhörten zu zahlen. Er hatte seine Mahlzeiten für den Rest des Semesters bezahlt, aber was dann? Was, wenn —

„Alles in Ordnung?", fragte Max leise und stupste Jeremys Knie unter dem Tisch mit seinem eigenen an.

Automatisch nickend, nahm Jeremy seinen Becher und schluckte die Mischung aus Jack und Coke, die irgendwie widerlich war. „Ich bin nur durchgegangen, was du mir über Poker beigebracht hast."

Honeys Augen leuchteten auf. „Was haben wir da? Eine Jungfrau in unserer Mitte?" Er mischte mit großartiger Geste zwei Stapel Karten zusammen, seine Daumen ließen je eine Seite nach unten flattern.

Jeremy spürte hilflos, wie sein Gesicht heiß wurde und er wusste, dass er knallrot war, obwohl Honey nur gemeint hatte, dass er bei Poker eine Jungfrau war. Er spielte mit seiner Brille und nahm noch einen Schluck.

Max sagte: „Er ist ein Naturtalent, freu dich also nicht zu früh."

„Mach dir keine Sorgen, Kumpel", meinte Mike. „Wir werden sanft sein. Während wir dir allll dein Geld abknöpfen."

„Ich dachte, wir spielen nur um Kleingeld." Jeremy dachte erneut an die Kreditkarte und die was wenns. Er und Max hatten bei einem Waschsalon haltgemacht, der einen uralten Wechselautomaten hatte, für die ebenso uralten, mit Münzen betriebenen Waschmaschinen, darum hatte er eine Tüte voller Vierteldollar, sowie ein paar Münzen, die er in seiner Geldbörse gefunden hatte.

„Das tun wir", versicherte Max ihm. „Aber dieses Idioten werden wegen ein paar Nickel und Dimes ganz aufgeregt."

„Das ist ja der Spaß daran", meinte Honey, während er die Karten verteilte. „Also gut, lass uns sehen, was du draufhast, Junge."

Jeremy war sicher, dass er nicht viel hatte. Max hatte eine Packung Karten an der Kasse bei Winners gekauft und ihm beim Mittagessen die Grundlagen beigebracht.

Jetzt spielten sie Poker und knabberten Chips. Als eine Pizza kam, bestand Max darauf, dass er sie bezahlte. Sie hatten vorhin Alkohol gekauft, darum hatte Jeremy zumindest etwas beigesteuert, indem er für eine Flasche gezahlt hatte. Der Alk stieg ihm definitiv zu Kopf, sein Gesicht war angenehm warm.

Hier saß er und spielte Karten und trank wie ein echter Uni-Student, anstatt sich allein in seinem Zimmer zu verstecken und zu lernen. Klar, er hatte immer noch zwei Prüfungen, aber er konnte morgen lernen, bevor er sich wieder mit Max traf.

Du wirst in kürzester Zeit flachgelegt werden.

Nein. Jeremy befahl seinem Arschloch-Hirn, damit aufzuhören, sich darüber Sorgen zu machen. Es war nicht so, dass er jemanden aufreißen *musste*. Außerdem war das morgen. Heute Nacht war er einer der Jungs. Er leerte seinen Becher und blinzelte seine Karten an. Er schlug sich gar nicht so schlecht, auch wenn sein Haufen Münzen schrumpfte.

„Bescheren wir dir deinen ersten Rausch?", erkundigte Honey sich.

„Nein!", beharrte Jeremy, ehrlicherweise beleidigter, als gerechtfertigt war. „Ich war schon oft betrunken.“

Max hob eine Braue. „Definiere ‚oft‘. Reden wir über eine Doppelzahl?“

Jeremy öffnete und schloss seinen Mund. „Nun. Wahrscheinlich nicht. Aber ich war mehr als einmal betrunken!“

„Wir haben einen wilden Mann in unserer Mitte“, meinte Tyler. „Womit hast du dich zum ersten Mal betrunken? Bei mir war es Baby Duck.“

Alle stöhnten und Jeremy schauderte bei dem Gedanken an das super-süße Blubbergetränk. Max sagte: „Meg und ich haben das oberste Regal von Dad und Valeries Flaschen im Alkoholschrank genommen und alles mit Coke gemischt. Wir haben so heftig gekotzt.“

Jeremy verzog das Gesicht, ordnete die Karten in seiner Hand neu an. „Bei mir war es Smirnoff Ice.“

Alle stöhnten erneut und lachten. Mike sagte: „Das habe ich schon seit Ewigkeiten nicht mehr getrunken.“

Honey schnaubte. „Genau, weil dein Gaumen dieser Tage so verdammt vornehm ist.“

„Das hier ist *Craft*-Bier, nur damit du es weißt.“ Mike hob seine Flasche. „Ich bin verdammt vornehm.“

„Seit wann ist Rickard's ein Craft-Bier?“, fragte Max. „Das ist Molson, du Depp.“

Mike nahm einen tiefen Schluck aus seiner Flasche Rickard's White. „Das hier ist Weizenbier. Ich habe eine gottverdammte Zitrone hineingepresst.“

„Weißt du überhaupt, was Craft-Bier ist?“, fragte Tyler.

„Eindeutig nicht“, murmelte Jeremy und wurde dann rot, schockiert, dass er das laut ausgesprochen hatte.

Die anderen lachten schallend, während Mike seinen Brustkorb aufplusterte. „Langsam, Smirnoff Ice.“ Dann grinste er und versetzte Jeremy einen spielerischen Schlag auf die Schulter. Jeremy erwiderte sein Lächeln, als Mike einen weiteren Schluck von seinem Bier nahm. „Mir ist es egal, wie es heißt. Ich mag es.“

Sie aßen die Pizza auf und Honey gewann praktisch alle Münzen auf dem Tisch, bevor er meinte: „Lasst uns Eislaufen gehen. Das Stadion am Nathan Phillips ist dieses Wochenende bis Mitternacht geöffnet. Wir haben noch ein paar Stunden, weil wir früh angefangen haben.“

Alle schienen Lust zu haben und Jeremy fragte sich, ob er sich verabschieden sollte. Sie wollten wahrscheinlich nicht, dass er den ganzen Abend mit ihnen abhing. Max hatte bereits den ganzen Tag mit ihm verbracht und war viel netter gewesen, als er es sein musste. Außerdem war Jeremy nicht mehr auf Kufen gestanden, seit er ein Kind gewesen war.

Max stupste seinen Arm an. „Hast du Lust?“

Jeremy erwiderte: „Uh, ich komme auf dem Eis nicht so gut klar. Wie du dich vielleicht erinnerst.“

„Jetzt ist deine Gelegenheit, deine Rache zu bekommen, weil wir dich ausgelacht haben“, warf Honey ein. „Weil ich garantiere, dass einige von uns übelst herumstolpern werden.“

„Komm, das wird lustig.“ Mike grinste. „Wir sind betrunken genug, aber nicht so sehr, dass wir rausgeworfen werden oder so. Ich bestelle uns ein Auto.“

So fand Jeremy sich auf den Rücksitz eines Lyft gequetscht wieder, nachdem Tyler den Fahrer überzeugt hatte, sie alle mitzunehmen. Nicht nur gequetscht – er saß auf Max’ Schoß. Max’ Arm war um Jeremys Taille geschlungen und Jeremy saß steif da, kaum atmend.

Sie rumpelten über Straßenbahnschienen und er murmelte: „Tut mir leid.“

Aber Max lachte nur leise. Dann beugte er sich vor und sagte leise: „Entspann dich. Alles ist gut.“ Sein Atem geisterte über Jeremys Ohr und schickte ein Kribbeln an seinem Rückgrat nach unten.

Neben ihnen, auf dem mittleren Sitz, meinte Honey: „Maxwell mag es, wenn ein niedlicher Junge auf seinem Schoß sitzt.“

Vom Beifahrersitz fügte Mike hinzu: „Schoß. Gesicht. Er ist nicht wählerisch.“

Die Jungs lachten und Max zuckte mit den Schultern. „Wo ist da die

Lüge?" Er drückte Jeremys Taille.

War das ein freundschaftliches Drücken? Um Jeremy dazu zu bringen, sich zu entspannen? Oder bedeutete es, dass Max es *wirklich* mochte, dass Jeremy auf seinem Schoß saß? Machte Max ihn an? Oder war das alles nur freundliches Herumgealbere? Das musste es sein. Max war weit außerhalb von Jeremys Liga. Praktisch in einer anderen Stratosphäre.

Nein, Jeremy konnte nicht einmal daran denken, diesen Weg zu gehen. Max war nur nett. Ende. Jeremy würde keine Tagträume über mehr haben. Er würde nicht anfangen, sich in Max zu verknallen.

Na schön, das hatte er bereits getan, aber er erstickte das im Keim. Keine Schwärmerei mehr. Und er würde auch nicht mehr die Wärme von Max' Körper unter ihm genießen. Das Gewicht seines Arms. Das Kitzeln seines Atems in Jeremys Nacken. Er fragte sich –

Nein. Kein Fragen. Setz das Fragen aus. Er musste sich auf das Schlittschuhfahren konzentrieren und darauf, sich nicht zu blamieren.

Was nicht sonderlich gut lief, aber schlimmer hätte sein können. Das Eis war voll, Nathan Phillips Square war für die Feiertage bis zur Hutschnur dekoriert mit einer riesigen Menora und einem Weihnachtsbaum, Toronto City Hall ragte über allem auf. Obwohl er Downtown wohnte, wurde Jeremy bewusst, dass er heute mehr von der Stadt gesehen hatte als seit dem Beginn der Uni.

Feiertagsmusik erklang und er fragte sich, was die Leute in den Wohnungen, die sich in der Nähe des Platzes befanden, davon hielten. Er nahm an, dass es kalt genug war, dass sie ohnehin die Fenster geschlossen hielten. Die Temperatur war so weit gesunken, dass er froh über seine neue Winterausrüstung war. Max hatte ihm versichert, dass er den Großteil seiner Einkäufe im Apartment lassen konnte, damit er sie nicht überallhin mitschleppen musste. Jeremy war erfreut, dass er zumindest noch eine weitere Ausrede hatte, Max zu sehen und seine Sachen zu holen.

Ihr Atem formte Wolken in der kalten Luft und sie schoben ihre Füße in die geliehen Hockeyschlittschuhe – keine Zacken an der Spitze, zum Glück. Sie hatten sogar irgendwie den Nüchterntest der Security bestanden und stapften schon bald um die volle Eisfläche. Jeremy machte winzige Schritte, die Arme weit ausgebreitet. Das war so eine schreckliche Idee.

Doch als Max ihn angrinste, grinste er zurück. Es würde sicher damit enden, dass er wieder mit dem Hintern auf dem Eis landete, aber es machte Spaß. Er hatte *Spaß*. Max war da und wenn er stürzte, wäre er nicht allein. Seine alte Brille hätte etwas angezogen werden können und rutschte zu viel auf seiner Nase nach unten. Jeremy achtete darauf, sie immer wieder nach oben zu schieben.

Die Lichter waren durch die alten Gläser ein wenig verschwommen, die Girlanden, die um die drei gewaltigen gewölbten Balken über der Eisfläche gewunden waren, bildeten ein Durcheinander aus goldenem Licht. Der Rest des Platzes war voller Menschen und Stände für einen Pop-up Weihnachtsmarkt. Ein paar fette Schneeflocken schwebten herunter.

Über Lachen und Plaudern und fröhlichem Kreischen füllte „All I Want for Christmas is You" die Luft und Jeremy rutschte ein paar Schritte auf dem Eis. *Hilf mir, Mariah.*

Honey zischte an ihm vorbei und schrie: „Geh in die Knie!"

Max schnaubte. „Er hat leicht reden. Er ist mit Hockey aufgewachsen."

„Du nicht?", fragte Jeremy und schaffte mit steifen Beinen ein paar Zentimeter vorwärts.

„Nein, für mich war es immer Football. Okay, in die Knie gehen. Wir schaffen das."

Jeremy schaute zu, wie Max eine gute Geschwindigkeit erreichte, sein ruckeliges Übersetzen viel besser als das von Jeremy, als er das Ende der Eisfläche erreichte. Dann sauste ein kleines Mädchen mit Eiskunstlaufschuhen in alarmierender Geschwindigkeit an ihm vorbei. Für einen endlosen Moment ruderte Max mit seinen Armen, die Kufen rutschten und seine Füße flogen nach vorne.

Bamm!

Auf dem Hintern sitzend, fing er an zu lachen und Jeremy ging-fuhr mit kurzen, schnelleren Bewegungen in seine Richtung. „Geht es dir gut? Oh, Scheiße!" Jeremy hatte nicht bemerkt, wie viel Geschwindigkeit er so schnell erreicht hatte und jetzt kam er direkt auf Max zu, ohne anhalten zu können. Max hob die Arme, um seine Hüften mit starken, ledergekleideten Händen zu packen.

Tyler und Mike lachten sich kaputt und Max rief „Ihr könnt mich mal!", mit einem freundlichen Lächeln. Er hielt immer noch Jeremys Hüften. „Alles gut?"

„Du bist derjenige, der auf dem Eis liegt." Jeremy würde sich wahrscheinlich bald zu ihm gesellen, versuchte aber, vorwitzig zu sein. Zumindest selbstbewusst? Wahrscheinlich versagte er kläglich.

Aber Max lachte. „Ja. Dieses kleine Mädchen war gnadenlos. Hilfst du mir auf, Cherry?"

Jeremys Herz tat einen Sprung. Sein dämlicher Spitzname klang anders, wenn Max ihn sagte. Beinahe sexy oder so. Was offensichtlich alles in seinem Kopf stattfand. „Klar." Er gab Max seine Hand und zog.

Durch eine Wendung, die niemanden schockierte, landete Jeremy auf Max auf dem Eis. Sie lachten zu sehr, um etwas dagegen zu unternehmen, und Honey kam Eis spritzend zum Stehen, um zu lachen und auf sie zu zeigen. Max' Körper fühlte sich gut unter Jeremy an – muskulös, aber auch warm und weich. Seine behandschuhte Hand lag auf Jeremys Oberschenkel und Jeremy saß praktisch rittlings auf ihm, als er versuchte, sich hochzudrücken.

Er versuchte es vielleicht nicht so intensiv, wie er es gekonnt hätte.

Am Ende kamen Tyler und Mike zurück, mit dieser Gehen-Schlurfen-Fahren-Bewegung und sie halfen Honey, Max und Jeremy wieder auf ihre Kufen zu bekommen. Jeremy klammerte sich an Max' Arme und Max lächelte auf ihn herunter, seine braunen Augen wurden schmal, seine stoppeligen Wangen zeigten seine Grübchen. Dieses Grübchen am Kinn war verführerisch nahe …

Honey räusperte sich. „Wollt ihr Verlierer ein paar Tipps, wie ihr das Eis nicht mit euren Hintern wischt?"

Sie versuchten ein paar weitere Runden, bevor sie die Schlittschuhe zurückgaben und sich Becher mit minzig heißer Schokolade holten. Ein „Little Drummer Boy" Mix füllte die Luft und Jeremy nippte an dem süßen, warmen Kakao.

Max legte einen Arm um seine Schultern. „Das war ein schöner Tag."

„Ja." Jeremys Kehle war plötzlich wie zugeschnürt. Er wollte Max dafür danken, dass er so nett zu ihm war. Weil er – wie er hoffte – ein Freund war. Aber wenn er noch etwas sagte, würde er vielleicht in Tränen ausbrechen, darum nahm Jeremy noch einen Schluck von seiner heißen Schokolade.

Weitere Schneeflocken fielen, während die Temperatur weiter um den Gefrierpunkt verweilte. Eine fluffige Flocke landete direkt auf Max' Nasenspitze und Jeremy wischte sie lachend weg. Er schaute zu, wie sie auf seinem Handschuh schmolz. Er fragte sich, wie das einmalige Muster unter einem Mikroskop ausgesehen hätte. Als er den Blick hob, beobachtete Max ihn.

Ihre Blicke begegneten sich und Jeremys Atem stockte. Schneeflocken fielen zwischen ihnen herunter und Max' Blick sank nach unten. Er hatte seinen Handschuh ausgezogen und strich mit einer Fingerspitze über Jeremys Unterlippe.

„Schneeflocke", murmelte er.

Sie schauten zu, wie sie auf Max' Finger schmolz.

Max räusperte sich. „Also, hey, willst du morgen Abend ausgehen? Wir müssen dafür sorgen, dass du flachgelegt wirst, oder?"

Jeremy konnte nur nicken und für eine Minute ließ er seine wachsende, unleugbare Schwärmerei für Max expandieren, bis sie jeden Winkel seines Seins füllte und dabei so strahlend leuchtete wie die goldenen Glühbirnen, die die Nacht erhellten.

Kapitel Vier

D IE ROTE COUCH sackte noch weiter nach unten, als Honey sich
neben Max fallenließ und ihn so in Richtung Mitte zerrte. Den
Blick auf den Bildschirm gerichtet, während sein Spieler eine Wand
erklomm, wobei eine Bombe in der Ferne explodierte, sagte Max: „Hey."
Er packte den Kontroller fester und fluchte leise, als er zu spät herum-
ruckte, um einem Hinterhalt zu entgehen.

„Du bist tot", bemerkte Honey.

„Wirklich? War mir nicht aufgefallen." Max warf den Kontroller auf
das Kissen zwischen ihnen. „Ich sollte ins Fitnessstudio."

„Es ist schon drei Uhr. Scheiß drauf. Obwohl du vielleicht vor deinem Date noch ein bisschen Hanteltraining machen möchtest."

Während er müßig zuschaute, wie das Neustart-Menü des Spiels sich
auf dem Bildschirm immer wieder lud, meinte Max: „Ich gehe auf kein
Date. Ich habe dir doch gesagt, dass ich Jeremy mit ins Village nehme,
erinnerst du dich?"

„Oh, ich erinnere mich." Honey tippte auf seinem Handy.

„Was soll das heißen?" Als Honey nicht antwortete, stupste Max sein
Knie mit seinem nackten Fuß an.

Honeys Blick war immer noch auf sein Telefon gerichtet, als er antwortete. „Was habt ihr beide gestern gemacht?"

„Wir waren einkaufen. Haben zu Mittag gegessen. Dann sind wir
hierher zum Pokern gekommen."

„Mm-hmm. Dann Schlittschuhlaufen. Dann heiße Schokolade.

Dann seid ihr über den Weihnachtsmarkt geschlendert. Du weißt schon, wie bei einem *Date*."

Max schnaubte. „Mir dir und den Jungs! Das ist kein Date."

„Ihr habt den ganzen Tag zusammen verbracht." Honey scrollte träge mit seinem Finger, sein Blick war auf den Bildschirm seines Handys gerichtet. „Wie ein riesiges Date, das du nicht beenden wolltest."

„Was? Das ist albern. Ich verbringe jede Menge Tage mit dir. Ist das jetzt gerade ein Date? Hätte ich Schokolade mitbringen sollen?"

„Du weißt, dass ich zu Schokolade nie Nein sage." Honey zeigte ihm ein Grinsen, bevor er sich wieder seinem Handy widmete. „Der große Unterschied ist, dass du mich nicht ansiehst, als wärst du scharf auf meinen Schwanz in deinem Mund. Nicht mehr zumindest."

„Das hättest du wohl gerne." Er stupste Honeys Knie wieder mit dem Fuß an – härter diesmal. Honey trat zurück und sie trugen für ein paar Sekunden einen Fuß-Kampf aus. „Und wovon zur Hölle redest du? Ich helfe Jeremy. Er braucht einen Freund. Das ist alles."

„Uh-huh", stimmte Honey zu und tippte dabei mit seinen Daumen eine Textnachricht. „Du ziehst deine Sache mit dem gebrochenen Flügel durch. *Und* du willst etwas von ihm."

„Tue ich nicht!" Max erstarrte, geschockt von der Heftigkeit seines eigenen Leugnens.

Langsam hob Honey den Kopf und begegnete Max' Blick mit weit nach oben gezogenen Augenbrauen. „Warum bist du dann jetzt gerade so angepisst?"

Max zwang sich zu einem Lachen und gab einen *Pfft*-Laut von sich. „Bin ich nicht."

„Wenn du das sagst, Bro." Honey widmete sich wieder seinem Telefon.

Max schnappte sich den Kontroller und startete ein anderes Spiel, die vertrauten Soundeffekte von Schüssen füllten die Stille. Er spielte ein paar Minuten, die Schultern bis zu den Ohren hochgezogen und seine Bewegungen mit dem Kontroller waren ruckartig. Er wurde wieder getötet und warf den Kontroller hin. Er prallte vom Teppich ab.

„Ich versuche nur, ihm zu helfen."

„Okay. Aber was soll's, wenn du auf ihn stehst?"

„Das sollte ich nicht. Er ist ein Baby."

Honey senkte sein Handy. Seine Brauen zogen sich zusammen. „Er muss mindestens achtzehn sein?"

„Neunzehn."

„Du bist zweiundzwanzig. Wo liegt das Problem?"

„Er ist eine Jungfrau, kapiert? Sogar wenn ich mich zu ihm hingezogen fühle-"

„Was du tust. Es ist sogar *Mike* aufgefallen, Kumpel. *Mike*."

Max stöhnte. „Na schön, Jeremy ist niedlich." Es laut auszusprechen, machte ihn unruhig. Er hatte wirklich, wirklich, *wirklich* versucht, nicht darüber nachzudenken. „Aber er kann es nicht gebrauchen, dass ich ihn ausnutze."

„Ja, das würdest du nicht. So spielst du nicht. Du bist, abgesehen von meiner Mom, die verantwortungsbewussteste Person, die ich kenne. Du warst aus gutem Grund der Kapitän. Dieser jungfräuliche Hintern könnte in keinen besseren Händen sein."

Max verdrängte gnadenlos alle Gedanken an Jeremys wunderbaren Hintern. „Hör zu, es spielt keine Rolle, ob ich auf ihn stehe. Ich habe gesagt, dass ich ihm helfen würde, flachgelegt zu werden. Darum gehen wir heute Abend aus."

„Dann hilf ihm, *flachgelegt zu werden*." Honey nahm einen Schluck aus einer Flasche mit einem orangenen Sportgetränk. „Ich weiß, dass du ganz zärtlich und so sein wirst. Möchtest du, dass ich heute Nacht bei Alicia schlafe?"

„*Nein*. Ich werde Jeremy nicht vögeln. Es wäre nicht richtig. Ich fahre in ein paar Tagen nach Hause nach Pinevale." Das Durcheinander an Gefühlen, dass er sich sowohl auf Weihnachten freute, während er gleichzeitig Angst vor seinen LSAT-Ergebnissen hatte, wurde jetzt noch um die Schuld angereichert, dass er Jeremy über die Feiertage allein hier ließ. Er hasste es, daran zu denken, dass Jeremy ganz einsam in einem deprimierenden Studentenzimmer hockte.

Er wurde von einer Erinnerung getroffen, in der seine Mom sagte: *„Weihnachten kann für manche Menschen eine sehr einsame Zeit sein."* Er war sprachlos gewesen – Weihnachten war das *Beste*. Geschenke und Essen und keine Schule. Sein sieben – oder achtjähriges Hirn war nicht in der Lage gewesen sich vorzustellen, dass Menschen über die Feiertage einsam sein könnten.

Jetzt stellte er sich vor, wie Jeremys Familie offensichtlich auf einer Reise war und ihn in diesem leeren Zimmer zurückließ. Max' Brustkorb verengte sich. Er kannte Jeremy kaum. Das hier war, was, der dritte Tag? Er sollte sich nicht bereits mit ihm verbunden fühlen.

Klar, er fühlte sich zu Jeremy hingezogen. Das konnte er zugeben. Er fühlte sich zu einer Menge Typen hingezogen! Es hatte nichts zu bedeuten. Aber es war mehr als das. Wie konnte es bereits mehr als das sein? Warum hatte er den ganzen Tag auf die Uhr geschaut, gezählt, wann er Jeremy wiedersehen würde?

„Sogar wenn Jeremy mich wollen würde-"

„Oh, das tut er. Ihr seid beide wirklich, wirklich schlecht darin, es zu verbergen."

Trotz allem fühlte Max' Magen sich so leicht an, als hätte er gerade einen Pass abgefangen. „Du denkst, er mag mich?"

„Ja, er hat mir nach der dritten Stunde einen Zettel gegeben. Ich habe ihn in deinen Spind gelegt. Darauf stand ‚Denkt Max, dass ich niedlich bin? J-Schrägstrich-N.' Also, morgen in der ersten Stunde-"

„Schon gut, schon gut." Er musste lachen. „Fick dich." Max ließ sich wieder in die Kissen sinken und atmete laut aus. „Das war nicht der Plan."

„Du und deine Pläne." Honey zuckte mit den Schultern. „Lass dich einfach treiben. Spielen wir jetzt, oder was?"

Sie schnappten sich die Kontroller und fingen ein neues Spiel an. Max wurde weiter umgebracht, während seine Gedanken immer und immer wieder zu Jeremy wanderten. T-minus fünf Stunden.

Nicht, dass er zählte.

„NUR EINE SEKUNDE!" Jeremys aufgeregte Stimme drang durch die dünne Tür.

Max konnte hören, wie er herumrannte und als Jeremy die Tür aufriss, saß sein Brillengestell schief und die Hälfte seiner Haare stand wild ab. Max lachte. „Hast du dir einen runtergeholt?"

Jeremy wurde noch röter, schüttelte seinen Kopf und zupfte am Kragen seines blauen, zu großen Polo-Oberteils. Das er falsch herum trug. Für eine Sekunde dachte Max, jemand anderes wäre hier und er hätte Jeremy dabei erwischt, wie er ans Eingemachte ging.

Für eine Sekunde brannte die Eifersucht so heiß, dass Max nicht atmen konnte.

Was lächerlich war! Er sollte froh sein, falls Jeremy das Selbstbewusstsein gefunden hatte, einen Aufriss zu machen. Sie hatten sich gerade erst kennengelernt – Jeremy schuldete ihm rein gar nichts. Es gab keinen Grund, eifersüchtig zu sein. Definitiv keinen Grund, sich seltsam verletzt zu fühlen.

Doch als Max eintrat und dabei Jeremys Einkaufstüten vom Vortag trug, war das Zimmer leer und Max war unleugbar erleichtert. Seine Gedanken kehrten sofort zu dem Gedanken zurück, dass er Jeremy dabei unterbrochen hatte, wie er sich einen herunterholte und *Mann*, gefiel das Max' Schwanz. Eine imaginäre Diashow von Jeremy, wie er sich pumpte, klickte durch Max' Kopf und sein zuckender Schwanz würde sich zu voller Pracht erheben, wenn er diesen Scheiß nicht sofort unterband.

Er räusperte sich. „Es tut mir leid, wenn ich zu früh bin. Ich habe deine Sachen mitgebracht." Er stellte die Tüten auf den Boden. „Ich kann im Flur warten, wenn du möchtest?!"

„Nein, natürlich nicht. Ich habe die Zeit aus dem Blick verloren. Ich ..." Jeremy kämpfte mit dem Kragen seines Oberteils.

„Es ist verkehrt herum."

„Oh!" Jeremy rieb sich mit einer Hand über sein Gesicht. „Oh mein

Gott, ich bin ein Idiot." Seine Hände fielen an seinen Seiten nach unten. „Ich habe versucht, ein Foto zu machen. Für diese App, die du mir empfohlen hast. Ich dachte mir, dass ich ein Profil einrichten sollte, oder? Und ich möchte mein Gesicht nicht zeigen, darum …" Er deutete auf seinen Körper, der jetzt in dem riesigen, nach außen gewendeten Polo-Shirt steckte.

„Verstanden. Möchtest du, dass ich dir helfe?"

„Gern. Ist ja nicht so, dass ich vor dir noch peinlicher werden könnte. Obwohl, ich bin mir sicher, wenn ich mich anstrenge, kann ich einen Weg finden."

„Du bist ein kluger Junge. Du solltest dir niemals Grenzen setzen", zog Max ihn auf und kämpfte sich durch eine weitere Welle der Eifersucht bei dem Gedanken, dass tausende namenlose, gesichtslose Männer Jeremy auf dieser Dating-App abcheckten. Nun, theoretisch eine Dating-App, aber offensichtlich war sie hauptsächlich für Aufrisse. Was der Sinn der ganzen Sache war! Sogar wenn Honey recht hatte und Jeremy vielleicht auch auf Max stand, war das nicht der Plan. Max hatte versprochen, ihm zu helfen, sich mit der App zurechtzufinden und ihn mit ins Village zu nehmen.

„Ich sollte oben ohne sein, richtig?", frage Jeremy.

„Ja." Das war schließlich die Wahrheit.

Darum schaute Max zu, wie Jeremy sich das Oberteil auszog und einen schlanken, festen kleinen Körper entblößte. Den Max mit seinen Händen streicheln wollte. Mmm, diese dunkelrosa Nippel und die roten Haare um sie herum. Max wollte beißen und saugen und sehen, welche Arten von Berührung Jeremy mochte.

Eine dünne Schicht Haare bedeckte Jeremys sommersprossige Arme. Es gab noch einen weiteren Hinweis auf Rot direkt über dem Bund seiner dunklen Skinny-Jeans. Er war schlank und sein Bauch war weich. Max wollte mit seiner Zunge über diese blasse Haut navigieren. Er wollte hören, welche Laute Jeremy von sich gab, wenn er hart wurde.

„Max?"

Max blinzelte sich wieder zurück und sagte: „Du siehst großartig aus." Auch keine Lüge. Als Jeremy die Augen verdrehte, sagte Max nachdrücklicher: „Im Ernst. Du bist heiß. Komm, gib mir dein Handy."

Seine Lust unterdrückend und sich daran erinnernd, kein Arsch zu sein, machte Max ein paar Fotos und ließ dabei Jeremys Gesicht aus. „Möchtest du auf dem Bett posieren?"

Jeremy schüttelte seinen Kopf und streckte seine Hand nach dem Telefon aus. „Ich schaue sie mir später an. Ich weiß nicht einmal, ob ich überhaupt …" Er zog ein grünes Henley-Shirt an und zupfte dann an den Ärmeln. „Ist das in Ordnung? Oder sollte ich mich mehr herausputzen?"

„Das ist perfekt." Die waldgrüne Baumwolle schmiegte sich an seinen schlanken Körper und Max wollte mit seinen Händen über Jeremys Brustkorb streichen. Das tat er natürlich nicht. Operation: Sei kein Verdammter Arsch war in vollem Gang.

Max fügte hinzu: „Wir gehen zu Buddies. Buddies in Bad Times. Das ist eine queere Theatergruppe, aber sie machen auch Veranstaltungen und Club-Sachen. Es sollte ein gemischtes Publikum sein – nicht nur oberkörperfreie Typen, die landen wollen. Der Sonntagabend ist ziemlich entspannt. Weniger Druck."

Jeremy nickte unsicher. „Okay." Seine Schultern waren praktisch oben an seinen Ohren.

„Hey, du musst gar nichts machen. Wir können einfach nur Spaß haben. Abhängen. Du musst mit niemandem etwas anfangen."

„Stimmt. Ich weiß." Jeremy spielte mit seiner Brille.

„Kannst du gut sehen?"

„Es ist in Ordnung. Nur ein wenig verschwommen, verglichen mit meiner neuen Stärke. Aber ich bin nicht so blind, wie ich es ohne sie wäre. Danke noch einmal, dass du mir hilfst. Du warst so großartig. Du musst das alles nicht machen." Er schob seine Hände in seine Taschen und wiegte sich dazu auf seinen Füßen, die in Socken steckten.

„Nun, ‚das alles' war ziemlich toll. Ich hänge gern mit dir ab. Du bist cool."

Jeremy verdrehte die Augen. „Ich bin nicht cool."

„Bist du schon. Ich bin cool, darum muss ich es wissen."

Jeremy lachte widerwillig. „Okay."

Sie brachen auf – Jeremy trug seine neuen Übergangsstiefel und den Mantel – und Max in einem ähnlichen Outfit, nur dass er ein lässiges rotes Hemd zu seiner Jeans trug. Sie stiegen in die U-Bahn und spazierten von Bloor aus in Richtung Village, sie machten sich nicht die Mühe, die Linie zu wechseln, um einen Halt weiter bis nach Wellesley zu fahren. Es war gerade unter dem Gefrierpunkt, so frisch und ein wenig eisig, aber nicht zu kalt.

Buddies befand sich am südlichen Ende vom Village und in der Nähe der Yonge Street, wo sie aus der U-Bahn gekommen waren, aber Max wollte mit Jeremy die Church Street entlanggehen, durchs Herz der ganzen Sache. Obwohl Toronto insgesamt queer-freundlich war, waren Church und Wellesley die klassischen Schwulen-Bereiche. Es war historisch und so.

Glad Day befand sich auf der anderen Seite von Church, als sie nach Süden gingen und Max deutete darauf. „Das ist der älteste queere Buchladen der Welt. Er wurde in den Siebzigern eröffnet und war früher auf der Yonge. Jetzt hat er ein Café und einen Barbereich vorne. Sie veranstalten Trivia-Nächte und verschiedene andere Dinge. Ist eine coole Sache."

Jeremy nickte, schaute sich um wie ein echter Tourist, aber auf niedliche Art und Weise. Gruppen von Menschen befanden sich auf den Gehwegen, einige rauchten vor Bars und Restaurants. Max deutete auf Woody's auf der anderen Straßenseite. „Woody's ist auch berühmt. Gibt es schon lange und es war in dieser Show, *Queer as Folk*. Hast du die schon einmal gesehen? Super-weiß und nicht sonderlich gut, was die Repräsentation von Trans-Personen betrifft, aber es gab ein paar gute Sachen. Einige heiße Sex-Szenen."

„Ich habe eine Menge Clips gesehen. Ich hatte Angst, sie wirklich zu streamen, weil meine Eltern überprüft haben, was ich auf Netflix angeschaut habe. Aus irgendeinem Grund haben sie YouTube nie sonderlich viel Aufmerksamkeit geschenkt." Er schaute sich um. „Hier haben sie es gefilmt. Justin, der zum ersten Mal ausgeht. Brian kennenlernt.“

„Ja. Wenigstens bist du neunzehn, wenn du also etwas mit einem Dreißigjährigen anfangen willst, dann darfst du. Ich weiß aber nicht, ob ich das empfehlen würde.“

Jeremy grinste. „Ich glaube, Brian würde sagen, dass er neunundzwanzig war.“

„Oh ja, das würde er definitiv.“ Max lachte. „Diese Serie ist alt, aber ein paar Dinge bleiben.“

Sie gingen weiter, die gedämpfte Musik einer Drag-Show im Crews & Tangos drang auf die Straße, Lachen und Rufe hallten. Jeremy schaute sich überall um. „Ich hätte schon vor Monaten hierherkommen sollen. Es ist alles einfach … da. In der Öffentlichkeit.“

„Victoria ist eine kleine Stadt, aber es muss eine queere Szene geben?“

„Ja, aber ich hatte nie den Mut.“

Max liebte das Lächeln, das Jeremys Gesicht erhellte, als er zwei Männer vorbeikommen sah, die sich an den Händen hielten. Dann platzte er dummerweise heraus: „Sind deine Eltern wirklich gegen Schwule? Warst du darum so nervös? Redest du darum nicht wirklich mit ihnen?“

Natürlich verschwand Jeremys Lächeln, die Leichtigkeit seiner Schritte löste sich auf. Er schob seine Hände in seine Manteltaschen und schaute auf den gesalzten Gehweg. „Sie sind nicht absolut dagegen, aber … Es ist kompliziert.“

„Es tut mir leid. Scheiße. Ich bin ein Arschloch. Ich hätte das nicht erwähnen sollen. Meine Neugierde war zu stark.“

„Schon gut.“

„Nein. Vergiss, dass ich es erwähnt habe, ja? Lass uns Spaß haben. Hier rechts abbiegen. Wir sollten den Hintern reiben, damit wir Glück haben.“

„Äh, was?“

Sie bogen um die Ecke auf die Alexander Street und fanden eine bronzene Statue auf einem fetten rechteckigen Podest mit einer Plakette, die erklärte, wer Alexander Wood war und dass er von 1772 bis 1844 gelebt hatte. Der Statuen-Mann war gut gekleidet, mit einem Hut und Handschuhen in der Hand, einem Gehstock, einer ordentlichen Fliege und schönen Stiefeln.

Max sagte: „Er war ziemlich kontrovers. Er war ein Magistrat und ich nehme an, es gab Gerüchte, dass er schwul war. Wenn er einen Angriff auf eine Frau untersuchte, schaute er sich die Schwänze von Männern an, auf der Suche nach einem Kratzer, der angeblich ein eindeutiger Beweis war."

Jeremy wandte seinen Blick von der Statue zu Max, seine Augen weiteten sich. „Uh, was?"

„Komm rüber auf die andere Seite." Max führte ihn um die Statue zu der Plakette auf der Rückseite des Podests. Eine Plakette, die Wood auf den Knien zeigte, wie er das Gemächt eines Soldaten inspizierte. Die Hose des Soldaten war nach unten gezogen, darum war sein nackter Hintern auf der Bronze. Und verglichen mit dem Rest der Plakette und der Statue selbst, *glänzte* der Hintern.

„Das ist ..." Jeremy deutete mit seiner behandschuhten Hand. „Nicht, was ich erwartet habe."

„Ziemlich seltsam, huh?"

„Muss ich den Hintern reiben?"

Max lachte. „Nein. Komm. Buddies ist da hinten."

Nicht weit die Alexander Street hinunter, befand sich das Theater neben einem kleinen Park, wo ein paar Leute rauchten. Ein Poster vorne bewarb *O Blasphemische Nacht*. Im Inneren war der Raum in verschiedene Sektionen unterteilt. Der DJ spielte Feiertags-Remixes im Hauptraum, der wie ein kleines Lagerhaus war, mit einer Bar und einem ersten Stock. Glitzernde Dekorationen schmückten jedes metallene Geländer und Weihnachtsdiscokugeln spiegelten fröhlich.

Wie Max gehofft hatte, war es ein gemischtes Publikum. Sie hatten ihre Mäntel an der Garderobe abgegeben und Jeremy hatte seine Hände in den Taschen seiner Skinny-Jeans, während er sich nervös umschaute.

Zwei Frauen machten an der Treppe herum und Jeremy lächelte in sich hinein, als er sie sah.

„Hier kannst du dich entspannen", sagte Max. „Du selbst sein."

„Ja." Jeremy zeigte ihm ein seltsam trauriges kleines Lächeln. „Wenn ich nur wüsste, wer ich bin."

„Kumpel, das ist der ganze Sinn der Uni. Ich will damit sagen, Ja, auch das Studieren, aber du bist neunzehn. Du musst noch nicht alles kapiert haben."

„Wohl nicht. Du hast das aber schon."

Habe ich das? „Komm, lass uns etwas trinken. Das hier soll nicht meine Therapiestunde sein."

„Nur meine? Wir können uns abwechseln." Jeremy lächelte, legte dann mit einem ernsten Gesichtsausdruck seine Hand auf Max' Unterarm „Aber wenn du darüber reden möchtest, höre ich gerne zu."

Für einen Moment war Max schwer in Versuchung, alles auf Jeremy abzuladen und auch seinen Rat einzuholen, aber nein. Das wäre mies. „Danke", sagte er ebenso ernst. Sie lächelten einander sanft an und Max war sich des leichten Drucks von Jeremys Hand mehr als bewusst. Dann stieß jemand sie an, als eine ganze Gruppe Leute vorbeikam und Max wurde klar, dass sie dastanden und sich wie die Irren anlächelten, und vielleicht war es das, worüber Honey gesprochen hatte.

Er schüttelte sich. „Ich hole die ersten Runde. Möchtest du ein Bier oder etwas anderes?"

„Nun, nur, wenn es ein Craft-Bier ist."

Max lachte. „Ein Rickard's kommt."

Er nahm dann ein Moosehead, weil es das war, was Jeremy ihm in seinem Zimmer angeboten hatte. Sie tranken ihre Flaschen und schrien halb ein Gespräch über Football, als die Musik lauter wurde und mehr Leute auf die Tanzfläche strömten.

„Willst du tanzen?", fragte Max. „Ich bin mir sicher, dass du fasziniert bist von den Unterschieden zwischen der NFL und CFL, aber du warst lang genug höflich."

„Tanzen?" Jeremy blickte auf die Tanzfläche, als wäre sie eine Grube voller sich windender Schlangen und nicht eine Gruppe Menschen, die Spaß zu einem Disco-Mix von „Hark! The Herald Angels Sing" hatte. Die bunten Feiertagslichter reflektierten von Jeremys Drahtbrille.

„Wir müssen nicht!", lachte Max und leerte seine Flasche. „Bereit für ein nächstes?"

„Ja!" Jeremy schien erleichtert zu sein. „Ich bin dran! Bin gleich wieder da."

Max lehnte sich an das Geländer und beobachtete, wie Jeremy sich durch die Menge zur Bar drängte. Die Skinny-Jeans und das Henley sahen großartig aus. Was ein Typ an der Bar anscheinend ebenfalls so sah, weil er anfing, Jeremy anzumachen, während sie auf den Bartender warteten.

Er sah aus, als wäre er im Universitätsalter und er hatte ein niedliches Lächeln. Annehmbarer Körper. Dichte Haare. Aus der Ferne wirkte er nicht unheimlich, was gut war. Er beugte sich näher zu Jeremy und Max spannte sich an. Was er auch gesagt hatte, brachte Jeremy zum Lachen.

Und Max verspannte sich noch mehr.

Das war krank. Max hätte glücklich sein sollen. Nicht eifersüchtig. Nicht in Versuchung, da hinzumarschieren und sich an der Bar zwischen sie zu drängen. „Himmel", murmelte er in sich hinein. „Wer ist jetzt unheimlich?"

Wenn Jeremy auf diesen Typen stand, dann war das großartig und Max würde sich zusammenreißen und kein Arsch sein. *Das habe ich davon, auf Honey zu hören.* Denn vielleicht – *vielleicht* – hatte er sich zu Kopf steigen lassen, was Honey darüber gesagt hatte, dass Jeremy ihn mochte. Hatte zugelassen, dass es ihm unter die Haut ging.

Das war nicht der Plan. Die gute Fee sollte nicht eifersüchtig sein. Das hier war eine spaßige Ablenkung. Aber er hatte geplant, Jura zu studieren, seit er ein Junge war und jetzt war er sich auch nicht mehr so sicher. Vielleicht war er beschissen, wenn es um Pläne ging.

Max schluckte sein Bier und hörte Honeys drängende Stimme in seinem Kopf, die sagte, dass der Vortag ein großes, langes Date gewesen war. Nein, genug. Er und Jeremy waren neu befreundet und das war alles. Er schaute entschieden zum DJ – xier Santa-Anzug war über einem funkelnden, gepolsterten BH geöffnet – und hörte auf zu spionieren.

Obwohl … Als er zurückschaute – nur um sicherzustellen, dass es Jeremy immer noch gut ging – hatte Jeremy seine Arme verschränkt und zuckte angespannt mit den Schultern. Er nahm seine Biere und verabschiedete sich von dem Typen, der Jeremy nachblickte und dann anfing, mit der Person auf seiner anderen Seite zu reden.

Jeremy reichte Max das Bier mit einem geschrienen: „Bitteschön!"

„Danke!" Er nahm einen Schluck, bevor er sagte: „Er war niedlich."

„Was?" Nach einem kurzen Reh im Scheinwerferlicht Moment zuckte Jeremy mit den Schultern. „Ja. Er war ganz okay."

„Möchtest du noch etwas länger mit ihm reden? Mach dir keine Sorgen wegen mir. Geh ruhig."

Etwas wie Panik verzog Jeremys Gesicht. „Muss ich?"

„Was? Nein!" Max legte einen Arm um ihn. „Überhaupt nicht." Er runzelte die Stirn. „Hat er etwas Widerliches gesagt? Muss ich ihm in den Hintern treten?"

„Nein!" Jeremy lachte und sank gegen Max. „Er war wirklich nett. Ernsthaft, du musst ihm nicht in den Hintern treten. Aber danke."

Max drückte ihn, bevor er sich zwang loszulassen. „Jederzeit. Komm. Lass uns tanzen. Oder auf einer Stelle herumschlurfen. Was auch immer."

Sie tranken ihre Biere und tanzten, Jeremys ungeschicktes Schlurfen wurde langsam etwas lockerer, als Boney M kam. Weihnachtsdisco konnte nicht viel besser sein und sie lachten, als eine Gruppe mit Santa-Hütten einen Tanz-Wettbewerb anfing. Sie klatschten und jubelten und Max freute sich, weil Jeremy Spaß zu haben schien.

Aber kurz danach kehrte Jeremy mit Spannung in seinen hochgezogenen Schultern und einem gequälten Lächeln von der Toilette zurück. Max fragte: „Was ist passiert?" Er warf einen Blick in Richtung der Treppe, die hinunter zu den Toiletten führte. „Muss ich doch jemandem in den Hintern treten?"

Jeremy schüttelte seinen Kopf, aber er lächelte immer noch nicht dieses strahlende Lächeln, das Max mittlerweile so gerne sah. Max fragte: „Reicht es dir? Es wird ziemlich voll. Ich könnte etwas frische Luft vertragen."

„Ja?" Jeremys Gesicht leuchtete hoffnungsvoll auf. „Es stört dich nicht, wenn wir gehen?"

„Nein. Lass uns zu Fuß zum Campus gehen. Hast du Hunger? Ich könnte etwas vertragen."

Jeremy nickte glücklich und sie holten ihre Mäntel. Draußen war die Nacht kühl und eine frische Schicht Weiß bedeckte alles. Die hämmernden Bässe hinter sich zu lassen war eine Erleichterung, der Schnee verpasste der Nacht einen friedlichen Maulkorb. Sie hatten keine Mützen mitgenommen, aber zum Glück wehte kein Wind.

„Hier sollte in der Nähe ein Hotdog-Stand sein", meinte Max, als sie die Yonge hinaufgingen. Er wollte fragen, was passiert war, dass Jeremy so aufgebracht war, aber vielleicht sollte er warten, bis Jeremy es selbst ansprach, wenn er das wollte.

Sie kauften sich Würste und Dosengetränke und Max konnte nicht umhin es niedlich zu finden, dass Jeremy sich für Orangengeschmack entschied. Nachdem sie ihre Brötchen mit Sauerkraut und Ketchup und Senf beladen hatten – dazu Mayo für Max – wandten sie sich westlich auf eine Nebenstraße und fanden eine niedrige Betonmauer, auf die sie sich setzen konnten, während sie aßen. Der frische Schnee war trocken und leicht abzustauben. Der Beton war eiskalt, aber Max ignorierte das.

Sie saßen gegenüber einiger neuer Reihenhäuser, die mit Girlanden und weißen Lichterketten geschmückt waren. Ohne den Wind war es nett, dort zu sitzen und ihre Würste in kameradschaftlichem Schweigen zu essen. Ihre Dosen standen zwischen ihnen auf der Mauer.

„Mmm. Würzig", murmelte Jeremy um einen Bissen herum.

„Mmm", stimmte Max zu, schluckte seinen Happen und wusch ihn mit seinem Root-Bier hinunter.

Sie saßen noch eine Weile länger da, bis sie fertig gegessen hatten und ihre Hintern zu kalt wurden. Nachdem sie ihre leeren Dosen zusammengestaucht hatten, ließ Max sie in den Recyclingeimer hinter einem dunklen Restaurant fallen. Er rülpste und Jeremy lachte und dann veranstalteten sie einen kleinen Rülps-Wettbewerb, weil sie zwölf waren.

Jeremy hob seine Hände. „Ich kann nicht mithalten. Du bist wahnsinnig gut."

„Lass mich dir sagen, wenn ich eines in meinen vielen Jahren in Football-Teams gelernt habe, dann ist es Teamarbeit, Strategie und Rülpsen."

Wieder in ein angenehmes Schweigen verfallend, bewegten sie sich im Zickzack durch die schockierend stillen Wohnbereiche südlich von der Bloor. Sogar nach vier Jahren in Toronto war Max immer noch überrascht, wie ruhig und still die Stadt hier in Downtown sein konnte. Natürlich war es Sonntagnacht, aber sie befanden sich nur ein oder zwei Blocks von einer Hauptstraße entfernt und zu hören war nur das Knirschen ihrer Stiefel auf dem Schnee und Salz. Ihr Atem bildete weiße Wolken.

Sie kamen an einem Reihenhaus mit einer traurigen Kette aus blauen Lichtern an einem Baum vorbei. Max sagte: „Ich hasse es, wenn die Leute die Lichter nur halbherzig aufhängen. Entweder soll man es richtig machen oder es vergessen. Wie, was, du hast keine Leiter? Besorg dir eine Leiter, Bro."

Jeremy lachte. „Ich habe nie wirklich darüber nachgedacht, aber das ist ein gutes Argument. Dekoriert deine Familie?"

„Oh ja. Wir stehen drauf. Und Weihnachten war die Lieblingszeit meiner Mom. Es war das einzige Mal im ganzen Jahr, dass wir zur Messe gegangen sind, ausgenommen zu Hochzeiten und Beerdigungen. Es war wegen der Lieder, da werde ich nicht lügen."

„Bist du auch katholisch?"

„Ja, die Familie meines Dads ist auch aus Goa, genau wie die meiner Mom. Er war ein Baby, als sie hierhergezogen sind. Goa wurde von den Portugiesen kolonialisiert, darum gab es einen großen katholischen Einfluss und eine Menge portugiesische Nachnamen wie unseren: Pimenta."

„Oh, das habe ich nicht gewusst."

„Ja. Diese Europäer haben das Kolonialisieren geliebt."

Jeremy verzog das Gesicht. „Das haben sie."

Max war sich nicht sicher, ob er es ansprechen sollte, aber die Neugierde siegte. „Deine Eltern sind also wirklich religiös? Ist es darum so angespannt?"

Jeremy seufzte und schob dann seine Brille nach oben. „Das sollte man meinen, oder? Aber das ist es wohl, was mich am meisten verwirrt. Sie sind nicht strenggläubig oder so. Wir waren immer zu einhundert Prozent Ostern- und Weihnachten-Katholiken und auch dann nicht immer."

Er schwieg ein paar Augenblicke und Max wartete, während er stumm neben ihm her ging.

Jeremy redete weiter. „Und natürlich gibt es Katholiken, die ihre queeren Kinder akzeptieren. Was ich damit sagen will, ist, dass ... Ich habe es nicht kommen sehen. Ich kann mich nicht erinnern, dass sie negative Dinge über schwule Menschen gesagt haben, als ich klein war. Ich glaube, daran würde ich mich erinnern."

„Ja."

„Es war also ... Bevor ich es ihnen gesagt habe, war ich nervös. Es ist schwer, das nicht zu sein, weißt du?"

„Absolut. Mein Dad und meine Stiefmutter sind liberal, aber es war dennoch nervenaufreibend. Zum Glück für mich waren sie großartig. Meine ganze Familie. Meg hatte mir gesagt, dass ich mir keine Sorgen machen soll, aber das habe ich trotzdem. Hoffentlich werden deine Eltern ihre Meinung noch ändern, ja?"

„Ja. Es ist seltsam." Jeremy holte tief Luft, sein Atem bildete Wolken und der Schnee fing sich in seinen roten Haaren, als Flocken herunterkamen. Sie gingen an dunklen, schlafenden Häusern vorbei. „Sie haben mich nicht wirklich rausgeworfen. Sie haben mich nicht beschimpft oder mir gesagt, dass sie denken, ich wäre abscheulich. Sie haben nicht gesagt, dass sie sich schämen. Sie haben überhaupt nicht viel gesagt. Das ist das Problem – da ist jetzt diese ganze Stille. Wenn wir reden, dann ist es peinlich. Wir erwähnen nie, dass ich schwul bin. Wir reden nie darüber, wie seltsam das alles ist. Dass ich nicht wirklich mit meinem Bruder reden kann. Wenn sie mich hassen, wünschte ich, dass sie es einfach nur sagen würden. Verstehst du?"

„Ja. Scheiße, es tut mir leid."

„Ich habe das Gefühl, dass sie nicht wissen, was sie sagen sollen, darum haben sie irgendwie … aufgehört zu reden."

„Das ist brutal."

„Ist es das?" Jeremy verzog das Gesicht. „Ich habe das Gefühl, dass ich nicht aufgebracht sein sollte. Ich sollte dankbar sein, dass sie mich nicht rausgeworfen haben oder mir kein Geld mehr geben. Manche Leute bekommen schreckliche Dinge zu hören. Das muss schlimmer sein."

„Das bedeutet nicht, dass die Art, wie deine Eltern dich behandeln nicht schrecklich ist."

Mit nach unten sinkenden Schultern nickte Jeremy. „Ich … Danke. Danke, dass du das gesagt hast."

„Es ist die Wahrheit." Die Worte fühlten sich leer an. Max wollte es so unbedingt in Ordnung bringen. Aber keine gute Fee der Welt konnte etwas an der Reaktion von Jeremys Eltern ändern.

„Meine Lektion: Halte deine Erwartungen extrem niedrig, damit es dich nicht unvorbereitet erwischt." Jeremy zog seine Schultern jetzt nach oben und die Traurigkeit in seiner Stimme zog Max' Brustkorb zusammen.

„Nein", sagte Max. „So sehr das einerseits Sinn ergibt, ich will das nicht für dich. Du verdienst Besseres als geringe Erwartungen."

Jeremy lächelte schwach. „Danke."

Sie gingen schweigend weiter. Max hatte so viele weitere Fragen über Jeremys Familie und ernsthaft – was zur Hölle stimmte nicht mit ihnen? Wie konnten sie ihrem Sohn gegenüber so kalt sein, der süß und nett und lustig und so verängstigt war?

Er wollte nicht drängen. Stattdessen fragte er: „Wie fühlen deine neuen Stiefel sich an?"

„Gut! Ich musste sie fast gar nicht einlaufen." Jeremy schien von dem Themenwechsel erleichtert zu sein. „Danke für den Vorschlag. Ich hätte mich heute Abend ohne neue Kleidung noch peinlicher gefühlt."

„Du warst nicht peinlich."

Jeremy warf ihm einen ungläubigen Blick zu. „Kumpel, komm schon. Ich war dabei."

Max lachte leise. „Es war nicht so schlimm. Du darfst dir nur nicht selbst im Weg stehen. Es wirkt als …" Okay, wie sollte Max das formulieren? Er spielte mit dem Reißverschluss seines Mantels. „Bist du sicher, dass du wirklich einen Typen aufreißen *willst*?"

„Was, denkst du, dass ich hetero bin oder so?" Jeremy verzog das Gesicht. „Glaub mir, ich hätte mich vor meinen Eltern nicht geoutet, wenn ich Männer nicht mögen würde."

„Nein, das habe ich nicht gemeint. Ich bin nur neugierig und frage mich, ob du schon in Betracht gezogen hast, dass du asexuell oder auf diesem Spektrum bist. Ace, demi, gray. Es gibt Variationen."

Ein Auto fuhr vorbei, die Scheinwerfer blitzten für einen Moment in Jeremys Brille auf und verbargen seinen Gesichtsausdruck. „Warum denkst du das?"

„Ich werfe das nur in den Ring, um darüber nachzudenken. Wie, heute Abend, als dieser Typ an der Bar versucht hat, dich anzumachen, hast du dich von ihm weggelehnt und deine Arme waren verschränkt."

„Wirklich? Das war mir nicht klar."

„Vielleicht fandest du ihn einfach nicht gut, was natürlich in Ordnung ist. Aber ich habe mich gefragt, ob vielleicht der Grund dafür, dass du so nervös bist, ist, weil du das eigentlich gar nicht willst."

Seine behandschuhten Hände in die Manteltaschen gesteckt, sagte Jeremy: „Ich habe darüber sogar schon nachgedacht, aber ich glaube nicht, dass ich asexuell bin."

„Okay. Es ist cool, wenn du es bist und cool, wenn du es nicht bist."

„Ich fühle mich zu Männern hingezogen. Auf der Toilette heute Abend, da war dieser wirklich heiße Typ am Urinal. Ich habe darüber nachgedacht, wie schön seine Schultern sind. Dann hat er es bemerkt." Jeremy sank noch mehr in sich zusammen, als sie an einem Briefkasten vorbeikamen und an einer ruhigen Kreuzung stehen blieben.

Es waren nur wenige Autos unterwegs, die Straßen waren mit frischem Schnee bedeckt. Aber es war kalt genug, dass er nicht sulzig geworden war, was bedeutete, dass es nicht eisig war, wie am Freitag. Der Freitag schien irgendwie so lang her zu sein.

Nachdem Jeremy nicht weiterredete, fragte Max leise: „War er ein Arschloch oder so?" Wenn er zurück zu Buddies gehen und jemanden fertigmachen musste, dann würde er das tun. Nun, er würde es wollen. Er war noch nie in einen Kampf verwickelt gewesen, Tackles ausgenommen.

„Nein, aber sein Schwanz war entblößt. Er war da – *genau vor meinen Augen*. Er hat in Richtung einer der Toiletten genickt und ich hätte ihm nur folgen müssen. Er schien nicht seltsam zu sein oder etwas in der Art. Aber ich bin erstarrt. Ich möchte wirklich Sex haben, aber …"

„Was?" Max verstand es wirklich nicht, weil er Sex immer spaßig und aufregend gefunden hatte. Selten stressig. Er wartete, während sie an einem Haus vorbeikamen, das mit blinkenden Eiszapfenlichtern geschmückt war. Als Jeremy nichts sagte, meinte Max: „Es ist in Ordnung."

„Ich habe so viele Fantasien, aber wenn es real ist, kann ich es nicht tun. Ich … ich fühle mich nicht sicher."

Das letzte Geständnis war kaum mehr als ein Flüstern über dem Knirschen ihrer Stiefel. Max wollte einen Arm um Jeremys Schultern legen, wie er es zuvor getan hatte, aber er war sich nicht sicher, ob das jetzt das Richtige war. Ein weiterer Gedanke kam ihm. „Ist in der Vergangenheit etwas passiert oder …?"

„Nein, nichts dergleichen. Kein Missbrauch oder so. Ich bin nur ein Angsthase." Jeremy lachte scharf und verursachte dadurch einen Ausbruch weißer Kondensation in der Luft. „Ich bin ein Verlierer."

„Das bist du nicht. Es ist normal, nervös zu sein."

„Ja, aber ich bin nicht nur nervös. Ich bin ein Desaster! Ich will so unbedingt flachgelegt werden, aber wenn ein Typ mich anmacht, erstarre ich und will mich verstecken. Ich sollte nicht durchdrehen, wenn ein Typ auf der Toilette in einem Schwulen-Club eine Nummer schieben will."

„Sagt wer?"

„Die Welt? Diese alte Serie, die sie hier gefilmt haben. Instagram. TikTok. YouTube. Es fühlt sich an, als sollte ich ständig in Clubs gehen und ficken wollen, als wäre es nichts. Es sollte keine so große Sache sein und ich habe Angst, dass ich es verbocke und dann ausgelacht werde."

Max sagte: „Nun, ein Aufriss wird dich nicht auslachen, es sei denn, er ist ein absolutes Arschloch."

„Das ist es ja – woher weiß ich, dass er es nicht ist? Dieser erste Typ heute Abend schien cool zu sein, aber ich bezweifle, dass er mich umwerben möchte, als wäre ich eine viktorianische Jungfrau, bis ich entscheide, dass er vertrauenswürdig ist."

Lachend stupste Max Jeremys Schulter an. „Du musst ja nicht sofort einen Typen vögeln. Geh ein paar Mal aus. Schau, ob es funkt. Es muss nicht alles oder nichts sein."

„Und dieser mythische Mann wird geduldig mit mir auf Dates gehen, während er sich mit einer Million Männer auf Apps verabreden könnte? Ich habe noch nicht einmal jemanden *geküsst*."

Max stoppte vor einem Haus, das Lichter in verschiedenen Farben an einen Baum gehängt hatte – bis zur Spitze hinauf, vielen Dank auch – und übergroße Kugeln baumelten von den kahlen Ästen. Er packte Jeremys Schultern. Blau, Rot, Grün, Rosa und Gold glühten auf Jeremys Gesicht und wurden von seiner Brille reflektiert.

„Du bauschst das viel zu sehr auf. Du musst aufhören, dir selbst im Weg zu stehen. Es muss keine große Sache sein. Ich könnte dich jetzt auf der Stelle küssen."

Jeremys Augen weiteten sich. Sein Adamsapfel hüpfte, als er mit einem hörbaren Geräusch schluckte. Es war verdammt niedlich und Max wollte seine Haare zausen und ihn vor der Welt beschützen.

Er wollte ihn auch wirklich, wirklich küssen.

Hey, er würde Jeremy einen Gefallen tun. Er würde diese große, angsteinflößende Sache nehmen und sie zurück auf die Erde bringen, wo sie hingehörte. Aber er wollte es auch.

Langsam strich Max mit seinen behandschuhten Händen über Jeremys Schultern und nach oben, um sein Gesicht zu umfassen. Er hoffte, das Leder war nicht zu kalt, aber Jeremy zuckte nicht zurück. Er stand bewegungslos da, die Lippen geöffnet, flach atmend, sein Blick durch seine farbig reflektierende Brille auf den von Max gerichtet.

„Möchtest du, dass ich dich küsse?", fragte Max.

„Möchtest du *mich* küssen?"

„Jep."

Jeremys Blick huschte zu Max' Mund und wieder nach oben. Er atmete flach. „Du bist nur nett."

„Glaub mir, *so* nett bin ich nicht. Du bist wunderschön. Natürlich möchte ich dich küssen." Er sagte es mit einem Grinsen und einem Schulterzucken und überspielte so das Hämmern seines Herzens.

Jeremy beugte sich ein paar Zentimeter vor, leckte sich die Lippen und *Himmel,* er versuchte, Max umzubringen. „Okay. Küss mich bitte."

Max lächelte angesichts dieser Höflichkeit. Er beobachtete Jeremy genau, als er sich vorbeugte und ihre Münder aufeinanderpresste. Ihre Lippen waren trocken und kalt, genau wie ihre Nasen. Max neigte seinen Kopf leicht und küsste Jeremy zärtlich. Keine Zunge, nichts Drängendes oder Sexuelles. Nur süß – doch als Jeremy sich an Max' Taille klammerte und einen leisen kleinen Laut von sich gab, erwachte Max' Schwanz zum Leben.

Mit Nachdruck.

Jeremys Lippen teilten sich mit einem weichen Seufzen und Max konnte nicht widerstehen, seine Zunge hineinzuschieben, er schmeckte Fleisch und Sauerkraut – wonach er sicher auch schmeckte, darum war es nicht schlimm – mit einem Hauch der süßen Orangenlimo. Was irgendwie perfekt war, als Jeremy zögerlich seine Zunge gegen die von Max drückte.

Nach ein paar weiteren Sekunden lehnte Max sich zurück und versuchte, nicht zu zeigen, wie bewegt er war. Weil es nur ein kleiner Kuss war und es absolut keinen Grund gab, warum sein Schwanz sich mit diesem Level an Enthusiasmus in die Party stürzen sollte. Jeremy blinzelte zu ihm auf und Max hatte immer noch seine Hände um seine Wangen gelegt.

„Na bitte", sagte Max heiser, bevor er sich räusperte. „Dein erster Kuss ist erledigt."

Jeremy starrte atemlos zu ihm auf. Er packte immer noch Max' Taille durch die Lage seines Mantels und leckte sich seine rosa Lippen. *Scheiße*, Max' Schwanz mochte das sehr. Jeremy lächelte – *strahlte* – und Max ließ ihn los. Nun, er ließ sein Gesicht los und hielt stattdessen seine Schultern. Er wollte nicht, dass Jeremy sich zurückgewiesen oder etwas in der Art fühlte.

Es war nicht, weil er nicht aufhören konnte, ihn anzufassen.

Er bemühte sich um einen lässigen Ton. „Das war nicht so schlimm, oder?"

„Nein", flüsterte Jeremy. Er schob seine jetzt vom Schnee feuchte Brille nach oben. „Überhaupt nicht schlimm. Nicht angsteinflößend."

Max wollte ihm sagen, dass er jetzt nur noch jemand Coolen finden musste, der langsam mit ihm machen würde. Jemanden, dem er vertraute.

Jemanden wie mich.

Denn es ergab Sinn, oder? Max konnte sich nicht darauf verlassen, dass irgendein dahergelaufener Typ sich so um Jeremy kümmerte, wie er es brauchte. Wie er es verdiente. Max wollte ihm helfen Spaß zu haben und herauszufinden, was er mochte. Hatte Jeremy empfindliche Nippel? Würde es ihm gefallen, wenn mit seinem Hintern gespielt wurde? Wenn er gefickt wurde? Wenn er fickte? Blowjobs, Rimming?

Er konnte sich Jeremy nackt vorstellen, unter ihm ausgebreitet, seine sommersprossige Haut gerötet und dieser rosa Mund in einem Stöhnen geöffnet –

Max' Lungen zogen sich zusammen, seine Eier kamen hoch und sein Schwanz war jetzt steinhart. Jeremy starrte immer noch zu ihm auf, und Max schwor, dass es reiner Hunger war, den er auf Jeremys gerötetem Gesicht sah, in seinen geteilten Lippen und dem weichen, keuchenden

Atem. Er wollte Jeremy mehr anbieten. Er würde versprechen, dass er es langsam angehen und es so gut für ihn machen würde. Scheiße, er wollte Jeremy um mehr *anbetteln* – damit er gestattete, dass Max ihn unterrichtete.

Einen Schritt zurückzumachen erforderte all seine Willenskraft. Jeremy war gerade erst in seiner ersten Schwulen-Bar gewesen. Er war gerade zum ersten Mal geküsst worden. Er war einsam und verletzlich und so wie er Max anschaute, würde er wahrscheinlich alles tun, was Max verlangte.

Was genau der Grund war, warum Max lächelnd vorschlug: „Wir sollten weitergehen.“

Mann, warum hatte Honey immer recht?

Max wollte Jeremy – das stand jetzt außer Frage. Kein Raum für Leugnen. Er wollte ihn, aber er musste Jeremy über seinen ersten Kuss schlafen lassen. Max musste sich über das Jurastudium und sein Leben klar werden – er suchte nicht nach einem festen Freund oder einer Verpflichtung. Das war nicht der Plan.

Max blieb stark und fing an zu gehen. Sie unterhielten sich über nichts Besonderes, kamen irgendwie auf das Thema, was die besten Feiertags-Specials waren, und waren sich einig, dass Rudolph und der Grinch ganz oben standen. Max liebte es, Jeremy lachen zu hören, und war aufgeregt angesichts der Hitze seiner heimlichen Blicke, als sie die schlafende Stadt durchquerten. Es gab keinen Grund, warum er und Jeremy keinen Spaß zusammen haben konnten, aber er würde nichts überstürzen.

Auch wenn seine Lippen immer noch von diesem Kuss kribbelten.

Kapitel Fünf

Es war mitten in der Nacht, aber Jeremy schickte die Nachricht trotzdem.

Er hatte versucht zu schlafen, aber es war sinnlos. Er hatte sich selbst eingeredet, dass er sich besser fühlen würde, sobald er die Nachricht geschickt hatte, aber jetzt war der Knoten in seinem Magen zu einer geballten Faust geworden, die zudrückte. Hart. Er starrte sein Handy an und wünschte sich, dass Max antwortete, obwohl es wirklich mitten in der Nacht war und Max sicher schlief – oder wütend war, wenn sein Klingelton an war.

Scheiße. Warum hatte Jeremy auf Senden gedrückt? Konnte man eine Nachricht zurücknehmen? Er stach auf die Optionen ein, als ob sein Handy plötzlich einen magischen Knopf haben würde, zusammen mit „Weiterleiten" und „Kopieren", der den Titel trug „Ruf die Dämliche Nachricht Zurück, die Du Gerade dem Typen Geschickt Hast, der Dich Mit Seinen Lippen Geküsst Hat."

Sich innerlich windend, säuberte er seine Brille mit dem Saum seines T-Shirts und setzte sie dann wieder auf, um seine Nachricht noch einmal zu lesen.

Danke, dass du so cool warst. Es tut mir leid, dass ich so eine Drama-Queen bin, wenn es um diese Dinge geht. Aber ich hatte viel Spaß.

Zumindest hatte er darauf verzichtet hinzuzufügen, „*Vor allem, als du mich geküsst hast!!! Mit deinen Lippen!!!*"

Es gab so viel, was er sagen wollte und alles war wahrscheinlich absolut uncool. Jetzt war er zusätzlich nervös, dass er Max' Schlaf unterbrochen hatte. Aber keine Punkte erschienen, darum schlief Max wahrscheinlich und es war in Ordnung. Hmm. Könnte Jeremy irgendwie Max' Handy erreichen und die Nachricht löschen, bevor er aufwachte?

Er stöhnte laut in sein leeres Zimmer. „Klar. Du brichst einfach in sein Apartment ein, schleichst dich in sein Zimmer, hältst sein Handy an sein Gesicht, um es zu entsperren, und löschst die Nachricht. Dann schleichst du dich hinaus. Alles, ohne Max oder seinen Linebacker-Mitbewohner aufzuwecken. Oder Quarterback? Welche Art ‚back' er auch ist. Klar. Klingt großartig. Einfach. Weil du in einer verrückten Rom-Com lebst. Und weil du plötzlich Schlösser knacken kannst."

Die Punkte. Die Punkte waren erschienen! Jeremy ließ beinahe sein Telefon fallen, schoss auf, die Decke wickelte sich um seine Knöchel und brachte ihn beinahe zu Fall. Auf und ab gehend hielt er den Atem an, fürchtete und freute sich in gleichem Maß auf Max' Reaktion. War er wütend? Würde er Jeremy sagen, dass er sein Gejammer über hatte? War er —

Dir muss nichts leidtun. Chill. 😊

Jeremy atmete aus und schlüpfte zurück unter die Decke. Er war für einen Moment erleichtert, aber dann kehrte die Sorge mit Macht zurück. Er konnte nicht sagen, ob das „chill" genervt war oder nicht. Er hoffte nicht, aber … War der Smiley ironisch? Er tippte eine Antwort.

Okay. Ich hoffe, ich habe dich nicht geweckt.

Er wartete erneut und wackelte so heftig mit seinem Fuß, dass die Decke halb auf den Boden rutschte. Er riss sie zurück über sich. Max antwortete schnell.

Nein. Ich konnte nicht schlafen. Du auch nicht, vermute ich?

Ernsthaft, wie sollte er schlafen, nachdem Max ihn geküsst hatte? Geküsst! Mit diesen wunderbaren Lippen! Sie hatten sich *geküsst*. Und Jeremy erinnerte sich zum hundertsten Mal, dass es nicht real gewesen war. Ein echter Kuss war es, wenn jemand dich küssen wollte, weil er dich mochte, nicht wenn jemand dich küsste, weil du ein nervöses Wrack warst und die Person Mitleid mit dir hatte.

Ich lerne für meine letzten beiden Prüfungen.

Offensichtlich eine Lüge, aber was sollte es. Es war besser als zuzugeben, dass er daran dachte, wie Max seine Wangen umfasst hatte, seine großen Hände so zärtlich, während er Jeremy in die Augen geblickt hatte. Dann war sein Blick zu Jeremys Mund gehuscht und wieder nach oben und es war, als ob alle Luft auf der Welt herausgesaugt worden wäre. *Wuuusch.*

Weil es so gewirkt hatte, als ob Max ihn *gewollt* hatte. Dass er nicht nur nett gewesen war, sondern dass es zwischen ihnen eine unsichtbare Strömung gegeben hatte, die Jeremys Haut zum Kribbeln gebracht und ihn schwindlig gemacht hatte und sein Herz zum Singen gebracht hatte.

Und dann hatte Max sich nach unten gebeugt und ihre Lippen aufeinandergedrückt und Jeremys Knie hatten tatsächlich nachgegeben. Er hatte sich an Max geklammert, als wären sie wieder auf dem Eis gestanden. Und ihre Münder hatten sich geöffnet und Max hatte Jeremy ein wenig härter geküsst. Tiefer.

Max' Bartschatten hatte Jeremys Gesicht gekratzt und er berührte jetzt seine glatte Haut, als ob er ihn immer noch spüren könnte. Max hatte seinen Kopf umfasst und sie hatten Atem geteilt und ein wenig Spucke und es war ein so perfekter, erster Kuss gewesen, wie er ihn sich hatte wünschen können. Er hatte sich sicher gefühlt, an Max' Körper geschmiegt, obwohl sie mitten auf der Straße gestanden waren, gut sichtbar für alle.

Wenn du müde bist, solltest du lieber etwas schlafen und morgen lernen, als die ganze Nacht durchzumachen. Das sagt Honey immer. Er hat nerviger-weise oft recht.

Jeremy lächelte in die Dunkelheit seines Zimmers.

Ja, er hat wahrscheinlich recht. Ich kann wohl einfach nicht einschlafen. Ich fühle mich schuldig.

Sobald er die Nachricht geschickt hatte, durchflutete ihn Bedauern. Warum hatte er das zugegeben? Max' Antwort kam schnell.

Weswegen? Und sag jetzt nicht nichts.

Jeremy musste ein wenig lächeln. Er tippte zurück:

Du hast dir all die Mühe gemacht, mich mitzunehmen, und ich bin erstarrt.

Die Antwortpunkte erschienen. Verschwanden dann und erschienen wieder. Jeremys Herz hämmerte, während er wartete. Dann antwortete Max mit:

Kumpel, alles gut. Haben wir darüber nicht schon gesprochen? Es ist alles gut.

Sie *hatten* darüber gesprochen, Max hatte dafür gesorgt, dass er sich besser fühlte, dann hatte Max ihn *geküsst, oh mein GOTT.* Und doch bewegten Jeremys Gedanken sich im Kreis. Das machten sie oft, wenn er versuchte zu schlafen, spulten peinliche Momente von vor Jahren ab, als wären sie erst gestern passiert. In diesem Fall war es auch so. Sein Dad hatte immer gesagt –

Jeremy atmete scharf ein und kniff seine Augen zu, das plötzliche Aufwallen von Emotionen war zu viel. Er konnte jetzt gerade nicht an seine Familie denken. Er las dankbar die neue Nachricht von Max:

Wir hätten mit der App anstatt mit der Bar anfangen sollen. Sexting ist für dich am Anfang vielleicht einfacher.

„Sexting!", rief Jeremy aus. „Willst du mich verarschen?" Er antwortete:

Da wäre ich sogar noch peinlicher, das kann ich dir versichern.

Max schrieb zurück:

Du musst irgendwo anfangen. Es ist nicht schwierig, das verspreche ich 😊

Sein Herz tat einen Hüpfer, als er die Nachricht las und dann noch einmal. Es stimmte, dass er irgendwo anfangen musste, aber war dieser Kuss kein Anfang? Auch wenn er nicht real gewesen war. Er schrieb zurück:

Ich wäre der schlechteste Sexter aller Zeiten.

Max antwortete:

Schlimmer als Dschingis Khan? Weil ich gehört habe, dass dieser Typ wirklich nichts draufhatte.

Jeremy fing an zu lachen, der Knoten in seinem Magen löste sich. Ehe er reagieren konnte, fügte Max noch hinzu:

Möchtest du es probieren? Ich gebe dir Tipps. Deine Entscheidung natürlich.

Mit hämmerndem Herzen starrte er auf den Bildschirm. Er wollte es nicht mit einem Fremden probieren. Er wollte es mit Max probieren.

Was irgendwie das war, was Max anbot, oder? Auch wenn er damit meinte, dass er Jeremy helfen würde, es zu üben. Seine Daumen zitterten, als er tippte:

Okay.

Es entstand eine Pause, in der die Punkte erschienen. Dann folgte:

Rede einfach über das, was du magst. Schickt euch Dick-Pics, wenn er drauf steht. Da, ich zeige es dir.

Moment. Stopp? Es ihm zeigen? Würde Max ein Dick-Pic schicken? *Wow. Heilige Scheiße.*

Gefühlt jeder einzelne Tropfen von Jeremys Blut flutete in südliche Richtung, als er auf der Stelle hart wurde. Ein Foto von Max' Schwanz wäre besser als jeder Porno. Aber es kam ein weiterer Text, kein Foto.

Hey. Du siehst heiß aus. Was ist die schmutzigste Sache, die du dir je mit einem Typen vorgestellt hast?

Jeremys Atem stockte. Er hatte über diese Frage noch nie nachgedacht, aber sein Hirn lieferte ihm sofort eine Antwort, weil sein Hirn ein Arschloch war. Sein Schwanz pulsierte, als diese besondere Fantasie seinen Kopf füllte. Auf gar keinen Fall würde Jeremy antworten, dass er sich vorgestellt hatte, gerimmt zu werden. Aus irgendeinem Grund machte der Gedanke, *dort* geleckt zu werden, ihn so richtig an.

Es war wahrscheinlich gar nicht so schmutzig! Max würde die Augen verdrehen, weil es so zahm war. Jeremy tippte seine Antwort.

Es tut mir leid. Ich weiß, dass du versuchst mir zu helfen, aber ich kann einfach nicht.

Er wollte gerade ein Danke hinzufügen, weil er nicht undankbar erscheinen wollte, als sein Handy anfing zu summen. Er schrie auf und ließ es fallen, war froh, dass der billige Teppich vor dem Bett ausreichte, um den Fall abzufedern. Er hob es wieder auf und starrte auf den Bildschirm. Max rief ihn an. Er setzte sich im Bett auf und wischte, um den Anruf anzunehmen.

„Ähm … Hallo?" Jeremy konnte sich nicht erinnern, wann er das letzte Mal sein Telefon wirklich als Telefon benutzt hatte. Zum Reden. Gut hörbar.

„Hey", sagte Max mit diesem rumpelnden Bariton, der sicherstellte, dass Jeremys Erektion nirgendwohin ging. „Geht es dir gut? Es tut mir leid. Ich wollte dich nicht unter Druck setzen."

„Nein, das hast du nicht!"

„Ich glaube, das habe ich doch. Diese Dinge fallen mir leicht." Er lachte. „Ich hatte schon immer schmutzige Gedanken."

Jeremy lachte nervös und war sich nur zu sehr bewusst, wie hart er war. „Ich bin nicht prüde. Ich will damit sagen, ich bin eine Jungfrau und ich bin eindeutig nicht gut darin, Dinge laut auszusprechen – oder sie zu tippen, vermute ich. Aber ich bin nicht … Es ist nicht, dass ich Dinge nicht denke. Oder … sie mag."

Max zog ihn auf: „Willst du mir damit sagen, dass du schmutzige Gedanken hast, Cherry?"

Sein Spitzname aus Kindertagen bekam eine ganz neue Bedeutung, wenn Max ihn sagte, und dieser leise, tiefe Tonfall verursachte ihm ein Kribbeln. „Ich glaube ja? Wahrscheinlich ist das, von dem ich denke, dass es schmutzig ist, absolut naiv, aber ich hatte jede Menge Gedanken."

Max schwieg lang genug, dass Jeremy das Handy von seinem Ohr wegnahm, um sicherzustellen, dass die Verbindung nicht unterbrochen war. Hatte er etwas Falsches gesagt? „Äh, hallo?"

„Ich bin noch da." Er schwieg erneut, bevor er fragte: „Vertraust du mir?"

Jeremy runzelte die Stirn angesichts seines ernsten Tonfalls. Er musste nicht einmal darüber nachdenken. „Ja. Du hast mir geholfen, nachdem ich gestürzt war, obwohl du einfach hättest lachen können wie alle anderen. Aber ich konnte gleich sehen, dass du anders bist. Ich wusste, dass ich bei dir sicher bin."

Max atmete laut aus. „Das ist … Danke." Er lachte ein wenig. „Um ehrlich zu sein, das ist mit Abstand das Netteste, was je jemand über mich gesagt hat."

„Oh! Nun, es stimmt. Ich wusste, dass du dich um mich kümmern würdest. Und du warst großartig." Jeremy lehnte sich an seine Kissen und schaute auf Dougs beinahe leere Seite des Zimmers, die Straßenlampen warfen durch die Jalousien ein goldenes Glühen auf die leere Wand. „Ich habe das Gefühl, dass ich hier endlich einen Freund habe."

„Das hast du. Zu einhundertzehn Prozent. Ich mag dich. Du bist cool."

Ich bin cool! Er versuchte, so zu klingen, als ob er das tatsächlich wäre, weil Jeremy wusste, dass er äußerst uncool war und normalerweise war das für ihn kein Problem. „Danke. Du auch."

„Hör zu-" Max atmete laut aus. „Kein Druck, okay? Aber willst du, dass ich dir helfe? Mit dieser ganzen Sex-Sache?"

Jeremy öffnete und schloss seinen Mund. Meinte Max, was er dachte, dass er meinte? „Ähm ..." Wie konnte von ihm erwartet werden, dass er Worte formte, wenn sein Hirn ihm aus den Ohren tropfte?

„Ich werde dir die Grundlagen zeigen. Freunde mit gewissen Vorzügen. Keine große Sache."

Freunde. Mit. Gewissen. Vorzügen. Das war definitiv etwas, das die Leute machten. „Das würdest du für mich tun?"

„Klar." Max lachte. „Es wäre auch für mich. Ich könnte die Entspannung brauchen. Du würdest mir einen Gefallen tun. Wenn du darauf stehst, können wir Spaß haben. Wie ich schon gesagt habe, kein Druck. Ich dachte nur, dass, wenn du dich mit mir wohlfühlst, das die perfekte Möglichkeit sein könnte, deine Füße nass zu machen. Ganz zu schweigen von deinem Schwanz."

Jeremy würgte ein Lachen hervor. „Ähm, ich, ähm ..."

„Wir können es langsam angehen."

„Aber ich bin absolut neurotisch."

„Du bist niedlich. Glaub mir."

Und das tat er. Das tat er wirklich. Ja, er kannte Max erst seit ein paar Tagen, aber ... Erinnerungen blitzten auf – Max' starke Arme, die ihn hielten, als sie auf das Studentenwohnheim zu rutschten, Max' aufmunterndes Lächeln, mit den Grübchen in seinen Wangen, sein Stirnrunzeln, als er zuhörte, wie Jeremy von seinen Eltern erzählte, der warme Druck seiner Hand auf Jeremys Wange, als er sich nach unten beugte, um ihm seinen ersten Kuss zu geben.

„Das tue ich", sagte Jeremy und erinnerte sich selbst streng daran, dass der Kuss nichts bedeutete. Freunde mit gewissen Vorzügen, das war alles. „Ich vertraue dir. Ich will …" *Ich will dich.* Himmel, das tat er.

Er gestand sich ein, dass er Max Pimenta mehr wollte, als er je jemanden gewollt hatte, inklusive dem Canucks-Spieler Brock Boeser, wegen dem er sich für Hockey interessiert hatte. Nun, zumindest dafür, Brock Boeser dabei zuzusehen, wie er Hockey spielte. Aber den konnte er jetzt vergessen. Denn Max Pimenta war sexy und süß und *real.* Jeremy hörte ihn atmen.

Er nahm all seinen Mut zusammen und sagte: „Ich möchte, dass du es mir beibringst." Seine Kehle war trocken. „Bitte", fügte er heiser hinzu.

„Okay." Max klang auch heiser. Er räusperte sich. „Wir können experimentieren. Für die Wissenschaft."

„Genau. Es ist irgendwie unsere Pflicht oder etwas in der Art. Sollte ich dich fragen, was das Schmutzigste ist, was du dir je mit einem Typen vorgestellt hast?" Jeremy hatte es als Scherz gemeint, aber er war sich nicht sicher, ob es so herübergekommen war. Überhaupt nicht.

„Mmm." Und wow, das war eine lang gezogene Silbe, die Jeremy so heiß machte. Max sagte: „Möchtest du mit Telefon-Sex anfangen? Es ist nicht so viel anders, als sich allein einen runterzuholen."

Mit hämmerndem Herzen und kribbelnden Eiern musste Jeremy widersprechen. „Oh mein Gott", flüsterte er.

Max lachte. „Du bist allein. Niemand kann dich sehen. Ich kann dich nicht sehen. Ich wette, ich könnte dir in kürzester Zeit einen Steifen bescheren."

„Pah. Ich bin seit ungefähr zehn Minuten steinhart." Heilige Scheiße. Er hatte das gerade laut ausgesprochen.

Jetzt lachte Max und Jeremy liebte diesen Laut. Max fragte: „Was hat dafür gesorgt?"

„Das verrate ich nicht!" Sein Gesicht war so heiß, dass er wusste, dass er knallrot war. Aber Max hatte recht – niemand konnte ihn sehen.

Das Lachen war aus Max' Stimme verschwunden. „Sag es mir."

Ein Schauder raste an Jeremys Rückgrat nach unten und er rieb seinen Schwanz durch seine Schlafanzughose aus Flanell. Machte er das wirklich? Würde er wirklich Telefon-Sex haben?

„Jeremy-"

„Als du Dick-Pics erwähnt hast", platzte er heraus, bevor Max ihm eine weitere Ausflucht bieten konnte, und er konnte spüren, dass er das tun würde, weil Max seinen Namen so sanft ausgesprochen hatte.

„Mmm. Das hat dich hart gemacht? Daran zu denken, meinen Schwanz zu sehen?"

„Uh-huh."

„Du berührst dich grade selbst, oder?"

Jeremy schaute nach unten, seine Hand erstarrte, wo er sich durch seinen Schlafanzug rieb. „Ja."

„Bist du nackt?"

Er schüttelte seinen Kopf, bevor ihm klar wurde, dass Max ihn nicht sehen konnte. Und scheiße, es war wirklich etwas Aufregendes daran – Max' raue Stimme in seinem Ohr zu hören, aber komplett allein zu sein. Sicher. Er antwortete: „Nein."

„Zieh dich aus."

Jeremy ließ das Handy beinahe wieder fallen, als er die Decke von sich strampelte und sich sein altes T-Shirt und die Schlafanzughose herunterriss. Er hätte das Handy auf Lautsprecher stellen können, aber ihm gefiel die Intimität von Max' Stimme direkt in seinem Ohr. Nur für ihn.

Aber gefällt es ihm auch? Ist er nur nett?

„Ich bin es jetzt", verkündete Jeremy. „Bist ... bist du?"

„Zur Hölle, ja. Möchtest du es sehen?"

„Ich ..." Er öffnete und schloss seinen Mund. „Du wirst ..."

„Möchtest du sehen, wie hart mein Schwanz für dich ist?"

Jeremy konnte nur keuchen und die Basis seines Schaftes packen, damit er nicht kam. „Ja."

„Gib mir eine Minute. Hör auf, dich zu berühren."

Er riss seine Hand zurück. „Bist du sicher, dass du mich nicht sehen kannst?"

Max lachte. „Ich verspreche, dass ich das nicht kann. Aber hier. Du kannst mich anschauen."

Jeremy senkte sein Handy und tippte mit einem zitternden Finger auf die neue Textnachricht. Und da war er dann, glühend in der Dunkelheit. Max' Schwanz in all seiner Herrlichkeit, die Kamera schaute auf ihn herunter. Beschnitten. Lang und hart und ein wenig nach links neigend. Die Eichel gerötet. Max' Hand um die Basis, seine Schamhaare waren getrimmt. Dunkle Haare bedeckten seine Oberschenkel und sahen schwarz vor seiner braunen Haut aus.

Es dauerte eine Minute, bis die murmelnden Geräusche das Rauschen des Blutes in Jeremys Ohren übertönten. Er hielt sich das Handy wieder ans Ohr. „Ich bin da! Tut mir leid."

„Schon gut." Max hatte ein Lächeln in seiner Stimme. „Babys erstes Dick-Pic, huh? Wie findest du es?"

„Es ist atemberaubend. Du bist-" Er räusperte sich. „Dein Schwanz sieht aus ..."

„Wie was?", lockte Max ihn.

„Ich möchte ihn berühren. Ich wünschte, du wärst hier, aber ich bin auch ..."

„Du bist nervös? Das ist in Ordnung. Berühr dich einfach selbst. Das ist alles, was du tun musst. Du hast das schon gemacht, oder?"

Ein Lachanfall durchschnitt seine Nervosität. „Machst du Witze? Eine Million Mal."

„Ich auch. Also, wie sieht deiner aus?"

Jeremy hatte angefangen, sich zu pumpen, aber erstarrte jetzt. „Ähm, ich will das nicht. Ich weiß, dass du mir ein Foto geschickt hast, darum sollte ich eines zurückschicken, aber ..."

„Shh. Nein. Alles gut. Ich meinte damit, du sollst mir sagen, wie dein Gehänge aussieht. Ich nehme an, die Vorhänge passen zu den Überzügen?"

„Oh!" Er entspannte sich in seine Kissen. „Ja. Überall rote Haare."

„Mmm. Schön."

Jeremy war sich da nicht so sicher, aber er würde nicht die Hänseleien ins Gespräch bringen, die er in der Grundschule durchlitten hatte.

„Und ich bin, äh, auch beschnitten. Ich bin nicht riesig oder so, aber annehmbar, würde ich sagen."

„Ich will wetten, dein Schwanz ist wunderschön. Du hast ihn grade in der Hand?"

Er streichelte sich, verrieb die Liebestropfen, die bereits aus der Spitze über seinen Schaft flossen. „Ja."

„Wo berührst du dich sonst noch, wenn du dir einen runterholst?"

Jeremy verspannte sich erneut. „Ähm …"

„Schon gut. Möchtest du, dass ich rede? Ich rede gerne, für den Fall, dass dir das noch nicht aufgefallen ist."

Er lachte schnaubend. „Ja."

„Hol dir Gleitgel", befahl Max. „Stell mich auf Lautsprecher, damit du beide Hände benutzen kannst."

Das machte er und legte das Handy auf sein Kissen, damit Max' Stimme immer noch ein leiser Befehl in seinem Ohr war. Er konnte hören, dass Max jetzt auch auf Lautsprecher gewechselt hatte. Jeremy bedeckte seinen Schwanz mit dem Gleitgel aus der Tube, die er zusammen mit seinen nicht benutzten Kondomen bei Shoppers gekauft hatte. Er hatte der Verkäuferin nicht in die Augen blicken können, obwohl es ihr sicherlich egal war. Er strich mit einer Hand über seinen Brustkorb und stimulierte seine Nippel, ohne überhaupt darüber nachzudenken.

„Spreiz deine Beine für mich."

Jeremy gehorchte, ein Stöhnen war der einzige Laut, den er von sich gab. Worte waren plötzlich zu viel. Er konnte nicht glauben, dass er das wirklich machte, aber es war zu aufregend, um aufzuhören. Er war allein und sicher. Sicher bei Max.

„Hast du dich je selbst mit deinen Fingern gefickt?"

Er stöhnte erneut, dachte an seine Rimming-Fantasie. Er hatte ein paar Mal als Experiment einen Finger in seinen Hintern geschoben, aber es hatte wehgetan. Er schaffte zu sagen: „Ein wenig."

„Mmm. Ich will wetten, dass dein Hintern so eng ist. Deine Beine sind offen für mich, oder? Schön nuttig, während du dir einen runterholst?"

„Ja", keuchte er. Seine Beine waren angezogen, seine Knie breit, und er pumpte sich.

„Fuck, ich wette, du siehst unglaublich aus. Wenn du bereit bist, will ich dich so sehen. Will sehen, wie du kommst. Stehst du kurz davor?"

„*Ja.*" Jeremy hatte seinen Kopf zurückgeworfen, sein Rücken und Hals waren durchgebogen, seine Brille saß schief. Er konnte sich nicht vorstellen, zuzulassen, dass irgendjemand ihn so sah. Aber er wollte nicht aufhören. Konnte nicht. Er wollte kommen. Max' Stimme in seinem Ohr ließ Lust durch seine Adern rasen und sein ganzer Körper war heiß, als er sich anspannte.

„Greif mit deiner anderen Hand nach unten und reib hinter deinen Eiern. Kennst du die Stelle?"

Es brauchte nur eine feste reibende Bewegung über seinen Damm und Jeremys Orgasmus schlug ein wie eine Granate. Er zitterte und keuchte und fluchte wahrscheinlich, er war sich nicht einmal sicher, was er sagte, während er so heftig kam, dass er Sterne hinter seinen Augenlidern sah. Die Lust brannte so intensiv, dass sein ganzer Körper zuckte, und er bemalte seinen Brustkorb und seinen Bauch mit Wichse.

Er konnte kaum atmen. Max' drängendes Knurren in seinem Ohr fragte: „Fuck, bist du mit Wichse bedeckt?"

„Ja." Mit keuchender Atmung fokussierte Jeremy sich auf Max. Er konnte das Klatschen hören, als Max sich einen runterholte und er rollte seine Zehen ein, die Nachbeben rasten durch ihn hindurch. Max dachte an *Jeremy.* „Ich bin so heftig gekommen, Max. Es ist überall auf mir."

„Oh, verdammt!" Max keuchte, das feuchte Klatschen hallte. „Ich wette, du tropfst davon."

„Ist es seltsam, wenn ich es koste?" Jeremy strich mit einem Fingern durch einen Spritzer auf seinem Bauch.

Max schrie praktisch und bettelte dann: „Iss sie. Iss deine Wichse für mich. Lass es mich hören."

Jeremy hatte das nicht als sexy Frage gemeint, aber anscheinend war sie das, so heftig wie Max atmete und stöhnte. Darum hob Jeremy seinen Finger und saugte laut direkt vor dem Mikrofon daran. Er hatte seine Wichse schon einmal aus Neugierde gekostet und sie war immer noch wie damals – salzig und bitter.

Aber es brachte Max zum Höhepunkt und Erregung raste über Jeremys gerötete Haut, als er so laut saugte, wie er konnte, während Max seinen Orgasmus hinausschrie und stöhnte. Er hatte dafür gesorgt, dass Max kam.

Nun, technisch betrachtet hatte Max sich selbst zum Höhepunkt gebracht, genau wie Jeremy. Aber sie waren zusammen gewesen. In der Dunkelheit seines Zimmers und mitten in der Nacht fühlte es sich verboten und schmutzig und befreiend an, auf eine Art und Weise, die Jeremy noch nie erlebt hatte.

Sie atmeten schwer und Jeremy flüsterte: „Ich wusste nicht, dass es so sein kann.“

„Mmm.“ Max klang jetzt müde. „Das kann es definitiv sein. Und es gibt noch so viel mehr. Wenn du es willst.“

Oh, er wollte es. Weil er Max vertraute. Und ein neues Gefühl summte in ihm, eines, das er nicht sofort erkannte. Selbstbewusstsein. Denn letzte Woche hatte Jeremy noch gedacht, dass er niemals mutig genug für das sein würde, was sie gerade gemacht hatten. Aber mit Max? Er wollte mehr.

„Morgen?“, fragte er.

„Jep.“ Max gähnte. „Jetzt schlafen wir. Wir haben es uns verdient.“

„Warte. Du hast mir nicht erzählt, was das Schmutzigste ist, was du dir je mit einem Typen vorgestellt hast.“

Max lachte. „Ich will dir keine Angst machen. Frag mich ein andermal.“

Wow. Wie schmutzig *war* es? Jeremy sollte es mit seinem neugefundenen Selbstbewusstsein nicht übertreiben. Stand Max auf Natursekt? War er –

„Jetzt drehst du durch, weil du versuchst zu erraten, was es ist.“

„Genau.“

Max lachte erneut. „Ich verspreche, ich werde es dir ein andermal erzählen. Jetzt schlaf. Wir sehen uns morgen.“

„Warte! Habe … Habe ich es gut gemacht?"

„Baby, das war der Klang eines A-plus Orgasmus. Du warst perfekt."

„Okay. Danke." Er grinste in die Dunkelheit, sein Herz schwoll an angesichts der Art, wie Max das gesagt hatte, leise und süß. *Baby.*

Sie legten auf und Jeremy starrte auf die Linie, die die Straßenlampe an die Decke warf. Wer brauchte Weihnachtsgeschenke, wenn er das hatte?

Natürlich rief dieser Gedanke sofort seine Familie herbei, zusammen mit Sorge und Schmerz. Und er durfte nicht vergessen, dass Max den Campus jetzt sicher jeden Tag verlassen würde. Aber das war in Ordnung. Sie konnten im Januar weitermachen, oder? Jeremy würde sich darüber jetzt keine Sorgen machen.

Jetzt würde er schlafen, müde und befriedigt vom unglaublichsten Orgasmus seines Lebens. Er zog das durch. Max gab ihm Sex-Unterricht und er würde sich nicht gestatten, durchzudrehen und sich wie immer selbst im Weg zu stehen. Mit schweren Augenlidern grinste er. Vielleicht würde er es später bereuen, aber zumindest würde er nicht als Jungfrau sterben.

Kapitel Sechs

T-MINUS DREIUNDDREIßIG MINUTEN. Ungefähr. Nicht, dass Max zählte oder so.

Er drehte eine weitere Runde um die Büsche auf der kleinen Rasenfläche vor Jeremys Gebäude und blinzelte in das kurze Aufblitzen der Nachmittagssonne, bevor sich die dunkle Wolkendecke wieder schloss. Jeremy hatte gesagt, dass er spätestens um drei Uhr zurück sein würde, aber hoffentlich würde er jetzt jeden Moment auftauchen.

Max hielt Ausschau, aber der Gehweg war ziemlich leer mit Ausnahme einer Studentin, die einen billigen Koffer hinter sich herzog. Es war Dienstag, der Campus war bereits ziemlich leer, obwohl die Prüfungen noch mehrere Tage dauern würden. Jeremy und Meg hatten noch eine am Mittwoch – Megs Literatur-Prüfung über die Legende von König Artus war auch Max' Ausrede, warum er nicht schon früher zurück nach Pinevale ging. Sie hatten Busfahrkarten für Donnerstagmorgen.

Was bedeutete, dass Max weniger als achtundvierzig Stunden hatte, um mit Jeremy abzuhängen. Nach ihrem Telefonat hatte Jeremy für die heutige Prüfung lernen müssen. Die sollte jetzt vorbei sein, selbst wenn er die gesamte zur Verfügung stehende Zeit gebraucht hatte, und sie konnten ein paar Stunden Zeit zusammen verbringen, bevor er sich wieder auf die Bücher stürzte.

In der Zwischenzeit fuhr Max beinahe aus seiner verdammten Haut.

Er konnte sich nicht erinnern, je so unbedingt jemanden wiedersehen zu wollen. Er hatte Jeremy gesagt, dass sie Spaß haben würden und dass es keine große Sache wäre. Jeremys atemloses Stöhnen über das Telefon zu hören, hatte *jede Menge* Spaß gemacht, aber Max konnte nicht leugnen, dass ihn wiederzusehen sich wie eine größere Sache anfühlte, als er geplant hatte. Eine größere Sache, als er wollte.

Mann, als Jeremy gefragt hatte, ob es seltsam war, seine eigene Wichse zu kosten? Max wurde allein von der Erinnerung wieder ganz kribbelig. Er umkreiste die mit Schnee bedeckten Büsche, das Gras unter seinen Stiefeln war feucht und sulzig und gab schmatzende Geräusche von sich. Er war lässig gewesen, als Jeremy vorgeschlagen hatte, dass sie sich in seinem Studentenwohnheim trafen. Er hatte nicht erwartet, dass der Montag sich so episch ziiiieeeehen würde und hatte Honeys wissendes Grinsen ignoriert. Es war unglaublich schwierig gewesen, Jeremy keine Textnachricht zu schicken, nur um Hallo zu sagen.

Max' Herz hämmerte gegen seine Rippen, als Jeremy um die Ecke kam, seine roten Haare wie ein Leuchtfeuer. Er war immer noch einen Block entfernt und Max konnte erkennen, als Jeremy ihn bemerkte. Abgesehen davon, dass er die Hand zum Winken hob, stockte sein schlanker Körper kurz und als er näherkam, lächelte er breit.

Verdammt, er war wunderschön.

Max traf ihn auf dem Gehweg vor der Tür. „Schöne Brille."

Jeremy blieb ein paar Schritte entfernt stehen und berührt das neue schwarze Gestell. „Danke. Sie gefällt mir. Es ist schön, wieder klar sehen zu können."

Sie starrten einander an und Max wurde klar, dass er mit Reden an der Reihe war. „Sie sieht großartig aus." Dann schauten sie einander wieder an und wäre es zu aufdringlich, ihn zu küssen? Stattdessen fragte Max: „Wie ist es gelaufen?"

„Gut, glaube ich. Ich bin froh, dass es vorbei ist."

„Jetzt können wir feiern. Bis du weiterlernen musst. Aber du bist beinahe fertig und bald bist du offiziell in den Ferien." Sobald er das gesagt hatte, zerrte das nagende Unwohlsein an ihm. Er hasste es, daran zu denken, dass Jeremy Weihnachten allein verbringen würde. Aber es wäre viel zu viel, ihn nach Pinevale einzuladen. Zu schnell. Oder?

Fuuuuuck.

Max fühlte sich, als wäre sein Kopf im Schleudergang der uralten Waschmaschine gefangen, die er und Honey sich mit ihren Nachbarn im Obergeschoss teilten und die viel zu laut klapperte. Und jetzt starrte er Jeremy einfach nur an. Es war Zeit, sich zusammenzureißen. Die Führung zu übernehmen.

„Hast du Hunger oder willst du abhängen oder willst du jetzt lernen und dass ich dich um Himmels willen in Ruhe lasse?" Er lachte, aber es fühlte sich nicht lustig an.

„Lass uns abhängen. Ich brauche eine Pause, bevor ich zu Chemie wechsle. Essen brauche ich erst später. Es sei denn, du hast Hunger?"

„Nein, lass uns eine Weile chillen." Max nickte in Richtung der Tür und folgte Jeremy nach drinnen.

In seinem Zimmer zogen sie ihre Mäntel und Stiefel aus und Jeremy ging kurz, um die Toilette weiter den Flur hinunter zu benutzen. Max tigerte in dem kleinen Raum herum, während er weg war und befahl sich, sich zusammenzureißen. Er war angeblich der Erfahrene hier.

Er setzte sich auf Jeremys Bett, lehnte sich lässig an die Wand unter dem Poster mit dem Periodensystem. Jeremys Kissen befand sich rechts und unter gar keinen Umständen würde er sich hinüberlehnen und daran schnuppern. Himmel, er war der Kapitän des Football-Teams – oder war es gewesen. Er hatte schon jede Menge Typen aufgerissen. Er war kein verdammter Kissen-Schnüffler.

Aber er wollte es. Riechen und berühren und schmecken. Als wäre Jeremy eine Droge und er hatte über das Handy einen kleinen Schuss bekommen und jetzt sehnte er sich nach dem echten Stoff. Vielleicht lag es daran, dass er den ganzen Montag bis hinein in den Dienstag hatte warten müssen. Er brauchte es einfach und dann wäre es erledigt. Dann konnte er aufhören, sich zu benehmen, als wäre *er* die geile Jungfrau.

Jeremy kehrte zurück und trat die Flip-Flops von den Füßen, die er angezogen hatte, als er pissen gegangen war. Er entdeckte mit einem Lächeln Max auf seinem Bett und leckte sich die Lippen, was nicht half,

Max' Situation zu verbessern. Jeremy fragte: „Möchtest du etwas zu trinken?"

Er schüttelte seinen Kopf. „Ich will dich." Spielchen zu spielen war nicht seine Art, darum reichte es jetzt mit dem Small Talk.

„Oh." Mit niedlich hüpfendem Adamsapfel kam Jeremy näher zum Bett.

„Willst du immer noch experimentieren? Wenn nicht, ist das okay. Wir können auch einfach nur reden." Es würde zu den schlimmsten dicken Eiern seines Lebens führen, aber Max musste sicherstellen, dass Jeremy Bock hatte.

„Ich will noch", sagte Jeremy leise. *Gott sei Dank.* „Ich bin nur nervös. Ich wünschte, es wäre dunkel."

„Das verstehe ich. Obwohl du viel zu hübsch bist für die Dunkelheit. Du weißt, dass man sagt, man soll sich alle nackt vorstellen, wenn man nervös ist? Du hast meinen Schwanz schon gesehen, darum bist du im Vorteil."

Er lachte und wurde rot. „Das stimmt wohl."

„Darf ich dich wieder küssen?"

„Uh-huh." Jeremy nickte. „Wir werden also …" Er deutete mit seiner Hand zwischen ihnen.

„Wir können so wenig oder so viel machen, wie wir wollen. Wir können abwarten, was passiert." Max lächelte ihn an. „Komm her, Cherry."

Tief einatmend, kletterte Jeremy auf das Bett und setzte sich neben Max. Ihre Rücken lehnten an der Wand.

Max strich mit einem Finger über Jeremys Lippen. „Du hast einen schönen Mund."

„Du auch."

Sie begegneten sich in der Mitte und küssten sich zunächst langsam. Max wollte Jeremy auf seinen Schoß ziehen und an seiner Zunge saugen, aber er ließ Jeremy das Tempo bestimmen. Sie öffnete ihre Münder, ihre Zungen strichen und schmeckten und anstatt nach Orangenlimo war es dieses Mal Kaffee und Schokolade.

Sich zurücklehnend, holte Jeremy tief Luft und lächelte zittrig. „Ich habe die ganze Zeit darüber nachgedacht."

Max schüttelte den Kopf. „Ich dachte, du hättest gelernt."

„Nun, das habe ich. Und dabei jede Sekunde an das hier gedacht." Seine braunen Augen glänzten und Max liebte das Rot in seinen Wimpern, das er aus dieser Nähe sehen konnte.

„Möchtest du nur küssen?" Max duckte sich, um an Jeremys Hals zu saugen.

„Nein", hauchte Jeremy und neigte dabei seinen Kopf.

„Komm her." Max zog Jeremy über seinen Schoß, bis Jeremy rittlings auf ihm saß. Sie waren beide hart und Max streichelte Jeremys in Jeans gekleidete Hüften und Oberschenkel.

Sie küssten sich jetzt härter. Tiefer. Ihre Zungen erkundeten, während Jeremy seine Hüften bewegte und stöhnte. Max hätte Jeremy an sich ziehen können, bis sie beide in ihren Jeans kamen, aber er ermunterte ihn, sich zu bewegen und das Tempo zu bestimmen, zu tun, was sich für ihn gut anfühlte.

Sie keuchten jetzt und Max stand darauf, Jeremy auf seinem Schoß zu haben. Konnte sich vorstellen, wie sein Schwanz tief in Jeremys knackigem Hintern vergraben war. Er mochte es, geritten zu werden und es war gut, sogar mit Lagen an Kleidung zwischen ihnen.

Doch schon bald war das Sehnen nach nackter Haut zu viel und Max schob seine Hände unter Jeremys Pulli, dabei ihre feuchten Küsse unterbrechend, um zu murmeln: „In Ordnung?"

Jeremy nickte, seine rosa Lippen waren feucht von Spucke und geöffnet. Nach einem Moment lehnte er sich zurück, zog seinen grauen Pulli aus und warf ihn zur Seite.

„Oh, verdammt, ja", sagte Max, spreizte seine Hände auf Jeremys nacktem Rücken und ging mit seinem Mund direkt an seine Nippel. Er saugte und stimulierte mit seinen Zähnen, Jeremys stöhnendes Keuchen war Musik in seinen Ohren. Jeremy klammerte sich an Max' Schultern, seine Hüften zuckten, sein Schwanz war hart an dem von Max.

„Himmel, bitte", flehte Jeremy und grub eine seiner Hände in Max' wellige Haare.

„Darf ich dir einen blasen?"

„Im Ernst?" Jeremy blinzelte auf ihn herunter, seine neue Brille beschlug, weil er so keuchte.

„Zur Hölle, ja. Sonst würde ich es nicht vorschlagen." Er strich mit seinen Fingern an Jeremys hartem Schaft auf und ab, wo er gegen seine Jeans drückte. „Ich nehme an, dass, wenn du vor dieser Nacht noch nie jemanden geküsst hast, auch noch niemand deinen Schwanz in seinem Mund gehabt hat?"

Nachdem er schaudernd geatmet hatte, schüttelte Jeremy seinen Kopf. „Ich habe dir doch gesagt, dass ich eine Jungfrau bin."

Max grinste. „Ich weiß, aber manche Leute definieren das über Penetration. Glaub mir – ich war auf einer katholischen Schule. Ich habe schon einigen Mist gehört. Meine Freundin Becky hat sich immer noch als Jungfrau bezeichnet, obwohl sie und ihr fester Freund sich ständig oral befriedigt haben. Und dieser eine Arsch in meiner Klasse hat versucht, seine feste Freundin davon zu überzeugen, dass sie immer noch eine Jungfrau wäre, wenn sie in den Arsch gefickt wird. Als ob es nur um die Vagina ginge."

Jeremy lachte. „Bei dieser Theorie gibt es definitiv Probleme."

„In der Tat. Also …" Max rieb Jeremy fester durch seine Jeans und Jeremy zuckte und stöhnte, bevor er rosa anlief. „Das gefällt dir, huh?", zog Max ihn auf. Er fing wieder mit leichten Liebkosungen mit seinen Fingerspitzen an und beugte sich vor, um in Jeremys Ohr zu flüstern. „Ich will wetten, es wird dir sogar noch besser gefallen, wenn ich deinen Schwanz in meinen Mund nehme. Es wird warm und feucht sein und es ist unglaublich, wie eng Lippen sich anfühlen können. Ich wette, ich kann dich zum Betteln bringen."

Jeremy keuchte, nickte. „Bitte. Himmel." Er wölbte seine Hüften, versuchte eindeutig, mehr Kontakt zu Max' Hand zu bekommen.

Max musste ihn einfach küssen und er fing Jeremys geteilte Lippen, glitt mit seiner Zunge hinein und erkundete, während Jeremy tief in seiner Kehle stöhnte und seine Finger in Max' Schultern grub. Max kehrte zu Jeremys Ohr zurück und leckte die Ohrmuschel. Er liebt es, dass er die Hitze von Jeremys Erröten spüren konnte.

Er flüsterte: „Es ist in Ordnung, Baby. Ich werde dich nicht zum Betteln zwingen. Ich kann es nicht erwarten, dich zu schmecken. Ich habe mir heute Morgen einen runtergeholt und dabei daran gedacht, wie ich dir einen blase.“ Die Worte entkamen ihm, ohne eine Pause zum Denken zu machen, aber sie entsprachen der Wahrheit, was sollte es also. „Ich habe daran gedacht, wie heiß du aussehen wirst, wenn ich dich überall erröten lasse. Ich möchte dich nackt.“

Er hatte auch daran gedacht, wie unbedingt er Jeremys jungfräulichen Hintern ficken wollte, aber er schaffte es, das für sich zu behalten. Alles zu seiner Zeit. Es gab so viel zu erkunden …

„Du willst mich wirklich?“

Jeremys Frage war kaum mehr als ein Flüstern gewesen, aber sie schmerzte Max' Herz, als wäre sie wütend geschrien worden. Er nahm Jeremys Gesicht in seine Hände und schaute ihn dabei eindringlich an. „Ja. Wir wären nicht hier, wenn ich es nicht wollen würde.“ Er grinste und versuchte, einen Witz daraus zu machen, weil in Jeremys haselnussbraune Augen zu starren, seinen Atem zu teilen, während ihre Körper sich so nahe waren, fühlte sich plötzlich zu intensiv an. „Ich mag ja ein guter Samariter sein, aber ich bin nicht *so* wohltätig.“

Jeremy lachte und schob seine Brille an seiner Nase nach oben. „Okay. Es ist nur surreal. Weißt du?“

„Ich verstehe es.“ Er nahm Jeremys Hand, führte sie zwischen sie und über seinen Schaft, der gegen seine Jeans drückte. „Du kannst es selbst fühlen. Ich will dich. Vertrau dem kleinen Max. Er lügt nicht.“

Jeremy lachte erneut schnaubend und rutschte dann zurück, sodass zwischen ihnen mehr Platz war. „Darf ich ihn sehen? Ist das seltsam?“

„Nichts, was du möchtest, ist seltsam.“ Max befreite seine Erektion, pumpte sich dann selbst hart. „Wie sieht er aus, im Vergleich zu dem Foto?“

„Unglaublich. Er hat auch auf dem Foto großartig ausgesehen.“ Grinsend griff Jeremy nach unten, um zögerlich mit seiner Fingerspitze die tropfende Spitze von Max' Schwanz zu umkreisen. Er schaute zu, anscheinend fasziniert. Max stieß mit seinen Hüften zu und Jeremy schlang seine Handfläche um Max' Schaft.

„Möchtest du mich zum Orgasmus bringen, bevor ich dir einen blase?", fragte Max. Er war hin- und hergerissen, ob er auf seine Knie gehen und sein Gesicht in Jeremys Gemächt vergraben oder seinem eigenen Höhepunkt hinterherjagen sollte, der plötzlich auf ihn zuraste.

„Ja", hauchte Jeremy. Er hielt immer noch Max' Schwanz, sein Blick war auf den Schaft in seiner Hand fixiert, als ob er nicht glauben konnte, dass er real war.

„Er ist real und er ist spektakulär", sagte Max und zitierte diese *Seinfeld*-Wiederholung mit der Frau von *Desperate Housewives*, die Meg als Kind obsessiv auf dem DVD-Spieler ihrer Mutter geschaut hatte.

Jeremy lachte so laut, dass er schnaubte. Max war sich nicht sicher, ob er die Anspielung verstand, aber das musste er wohl nicht. „Das ist er", stimmte Jeremy zu. Zögerlich strich er mit seiner Hand an Max' Schaft auf und ab.

„Das fühlt sich gut an. Hol das Gleitgel." Er wartete, während Jeremy es schnell aus einer Schublade zog und sich wieder über seine Knie setzte. „Du brauchst nicht viel. Nur-"

„Scheiße!" Jeremy starrte auf den riesigen Batzen Gleitgel auf seinem rechten Handteller, der bereits an seinem Handgelenk nach unten tropfte.

„Schon gut." Max lachte und rieb mit einer Hand beruhigend an Jeremys Rücken auf und ab. „Leg nur deine Hand wieder um mich."

„Es tut mir leid." Jeremy schüttelte seinen Kopf. „Es tut mir leid", wiederholte er. „Ich bin so ungeschickt."

„Kumpel, du kannst mich in Gleitgel einweichen und es wäre mir egal. Drück den Rest der Tube über meinem Kopf aus. Was auch immer. Nur fass mich an. Denn für den Fall, dass du es vergessen hast, ich bin steinhart für dich. Und du musst mir einen runterholen. Je eher du das machst, umso eher werde ich deinen Schwanz lutschen."

Jeremy presste seine Lippen zusammen und atmete scharf ein. „Ich werde in meiner Hose kommen, wenn du weiter so redest.“

Max grinste, zog seinen Kopf für einen rauen Kuss herunter und biss auf Jeremys Lippe, bevor er zischte. „Du wirst kommen, wenn ich dir einen blase und keine Sekunde vorher. Vertrau mir, es wird das Warten wert sein.“

„Uh-huh!“ Jeremy nickte erneut, griff nach Max’ Schwanz.

Max lehnte sich an die Wand, er liebte den Anblick von Jeremy, der ihn bearbeitete. Er wollte die Sommersprossen lecken, die über Jeremys Fingerknöchel verteilt waren. „Mmm, das ist gut. Härter. Du wirst mir nicht wehtun. Du weißt, wie es sich anfühlt, wenn du dir selbst einen runterholst. Du weißt, was du magst. Ich mag es wahrscheinlich auch. Ich sage es dir, wenn dem nicht so ist.“

Mit einem weiteren Nicken pumpte Jeremy Max’ Schwanz mit mehr Nachdruck. Schneller. Dann langsam. Stimulierte die Eichel mit einem Drehen seiner Hand und seines cleveren Daumens. Sein Blick war auf seine Arbeit fixiert, die rosa Spitze seiner Zunge schaute vor Konzentration zwischen seinen Lippen hervor.

Fuck, er ist wunderschön.

„Das ist gut“, murmelte Max.

„Okay.“ Mit seiner freien Hand schummelte Jeremy sich langsam unter Max’ Oberteil. Er umkreiste einen Nippel und drückte dann.

Max wölbte seinen Rücken auf. „Oh, ja.“ Er zog die Baumwolle über seinen Kopf und warf sie irgendwohin. Er krallte seine Hände in die Laken, um Jeremy die Zeit zu geben, ihn zu erkunden. „Das gefällt dir?“, fragte er. „Du berührst deine Nippel, wenn du es dir besorgst?“

„Ja.“ Jeremy fuhr fort, Max zu pumpen, während er Max’ Nippel stimulierte und rieb und dabei Blitze aus Elektrizität nach unten schickte.

Max hob seine Hüften, um seine Jeans und Unterwäsche weiter nach unten zu ziehen. „Fass meine Eier an.“

Jeremy verlagerte Max’ mit Gleitgel bedeckten Schaft in seine linke Hand und erkundete mit seiner rechten den Bereich weiter unten. Er liebkoste ihn sanft. „So?“

„Mmm, mehr." Max atmete schwerer. Er würgte eine Bitte, dass Jeremy seine Eier saugen sollte, hinunter. Das wäre vielleicht zu viel. „Ja, genau so. Ein wenig härter …"

Was auch immer Jeremy an Finesse fehlte, machte er mit Konzentration und Enthusiasmus wett. Es dauerte nicht lang, bis Max seinen Kopf nach hinten warf und keuchte. „Ich komme. Hör nicht auf."

Jeremy pumpte ihn erneut heftig mit seiner rechten Hand. „Bitte komm jetzt, damit ich dann auch kann."

Max' Orgasmus brach zusammen mit einem tiefen Lachen aus ihm heraus. Er lachte durch das Brennen süßer, intensiver Lust, seine Hüften zuckten, als er kam. Nachdem er fertig war, zog er Jeremys Kopf für einen langen Kuss zu sich herunter.

„Das hast du gut gemacht", murmelte er an Jeremys Lippen.

„Danke."

Max öffnete seine Augen. „Bist du in deiner Hose gekommen?"

„Beinahe." Er lachte und richtete sich auf.

„Aber du hast es nicht gemacht. Guter Junge." Max musste ihn erneut küssen, bevor er sich gegen das Periodensystem fallen ließ. „Fuck. Das habe ich gebraucht." Seine Lider waren schwer und er schloss sie für einen Moment. Dabei streichelte er träge Jeremys Rücken.

Es war der feuchte, schmatzende Laut, kaum hörbar, der Max dazu brachte, seine Augen wieder zu öffnen. Seine übliche zufriedene Benommenheit nach dem Orgasmus löste sich schlagartig auf.

Jeremy leckte Max' Wichse von seinen Fingern.

„Oh mein verdammter Gott", murmelte Max.

Jeremy zog die Brauen zusammen und begegnete seinem Blick, seine mit Wichse bedeckte Hand verharrte vor seinem Mund. „Ist das seltsam?"

„Nicht seltsam", schaffte Max zu sagen. Seine Kehle war trocken von frischer Lust. „Das gefällt dir? Wie ich schmecke?"

„Ich glaube schon?" Jeremy saugte langsam seinen Zeigefinger in seinen Mund, als würde er ein wissenschaftliches Experiment durchführen.

Max stellte fest, dass er wieder lachte. Er hatte schon oft guten Sex gehabt, aber er konnte sich nicht erinnern, dabei so viel gelacht zu haben. Er streichelte Jeremys Haare. Konnte sich nicht an Gefühle erinnern, die so … zärtlich waren. Es war nicht schlimm. Eigentlich war es ziemlich großartig.

Er meinte: „Du musst es nicht mögen, nur fürs Protokoll. Einige Männer schlucken nicht, um das Risiko einer sexuell übertragbaren Krankheit zu minimieren."

Jeremy runzelte erneut die Stirn, während er die restliche Wichse auf seiner Hand musterte. „Haben Studien nicht gezeigt, dass das Risiko für eine orale Übertragung wirklich niedrig ist? Und ich bin gegen HPV geimpft."

„Ich auch. Es gibt immer noch Herpes und wahrscheinlich ein paar andere, aber für mich ist es ein akzeptables Risiko. Wichse macht mich wirklich heiß. Aber das ist natürlich deine Entscheidung. Ich wurde vor Kurzem getestet, wenn das hilft, dich zu beruhigen."

Jeremy nickte und leckte dann einen weiteren Tropfen milchiger Wichse von einem Finger. „Sie schmeckt anders als meine. Nicht auf schlechte Weise. Weniger bitter oder so."

„Magst du es, deine zu kosten?"

Jeremy duckte seinen Kopf und zuckte mit den Schultern. „Manchmal."

„Ich auch." Er nahm Jeremys Hand und leckte den Rest seiner eigenen Wichse. Sie lag schwer auf seiner Zunge, als er Jeremy hart und tief küsste. Jeremy stöhnte in seinen Mund, seine Zunge spielte eifrig mit der von Max. „Vielleicht magst du es auch schmutzig, hmm?", flüsterte Max. „Soll ich dir jetzt einen blasen? Ich werde jeden Tropfen schlucken."

„Bitte. Ich muss wirklich, wirklich dringend kommen. Ich-" Er zögerte, dann nickte er. „Ich bin bereit."

Max folterte ihn nicht länger. Er schob Jeremy von seinem Schoß und ging auf dem Boden auf die Knie – der dünne kleine Teppich half überhaupt nicht und seine Knie protestierten. Er ignorierte sie, während er Jeremys Hose öffnete, seine Beine auseinanderschob und seinen Hintern direkt an den Rand der Matratze zog, die Jeans unter seine Hüfte geschoben.

Auch wenn er ihn eigentlich komplett nackt wollte, machte er sich Sorgen, dass Jeremy sich zu entblößt fühlen würde. Für eine Sekunde gestattete er es sich, sein Gesicht in Jeremys Unterwäsche zu drücken, er liebte es, wie feucht die Baumwolle war, wo sein harter Schwanz tropfte. Er zog den Stoff nach unten, um einen Schwanz und Eier von guter Größe zu befreien und verschwendete keine Zeit, ihn beinahe bis zum Anschlag zu schlucken. Rote Haare kitzelten seine Nase.

Jeremy schrie auf, seine Beine traten und seine Hände krallten sich in die zerknitterte Decke. Sein Kopf ruckte nach hinten und er bog sein Rückgrat durch. Max saugte an seinem dicken Schwanz, während er nach Jeremys Händen griff und sie an seinen eigenen Kopf hob. Er wollte diese unschuldigen braunen Augen auf sich gerichtet fühlen und Jeremy begegnete seinem Blick.

Schlürfend und leckend hielt er den Augenkontakt. Mit offenem Mund und einem sich schnell hebenden und fallenden Brustkorb schob Jeremy seine Finger in Max' Haare und stöhnte, als Max ihn saugte.

„Ich komme gleich", keuchte Jeremy.

Auch wenn Max es besser hätte planen sollen, damit Jeremys erster Blowjob länger dauerte, saugte er härter und nickte. Weil er ihn unbedingt schmecken wollte, in dem Wissen, dass er die erste Person war, die das durfte, rollte er Jeremys Eier in seiner Hand und das reichte aus. Scheiße, Max hatte nicht einmal Zeit für Nippel-Spiele gehabt, aber wie auch immer – sein Mund wurde geflutet, als Jeremy kam, zitternd und keuchend.

Max führte ihn sanft hindurch, molk ihn, bis er merkte, dass es zu viel wurde. Er liebkoste Jeremys Eier und rieb sein Gesicht an den drahtigen roten Haaren, bevor er sich an Jeremys daliegendem Körper nach oben küsste. Max drückte sich auf die Füße – *halt den Mund, dämliches Knie* – und sie rollten und kuschelten auf dem schmalen Bett.

„Ist es immer so gut?", fragte Jeremy müde, seine Wimpern senkten sich auf seine geröteten, sommersprossigen Wangen. Er kuschelte sich enger an ihn. Ihre beiden Schwänze hingen an der frischen Luft, aber Max riss die Decke über sie.

„Manchmal", log Max. Die Wahrheit, dass er noch nie in seinem ganzen verdammten Leben so geil gewesen war, war viel zu neu. Nicht nur neu – auch ein wenig angsteinflößend, was ihm das Gefühl gab, kindisch zu sein, wenn er es zugab.

Die Warnzeichen waren aufgeblinkt, der Alarm war losgegangen und jetzt musste er eingestehen, dass diese Sache mit Jeremy sich aufbaute wie ein Schneeball, der den Berg hinunterraste. Jetzt musste er sich nur noch klar werden, wie weit er sie mitrollen lassen würde, bevor er die Bremse zog.

„WAS HAT DIR den Schwanz verknotet?"

Max musste lachen, bevor er mit den Schultern zuckte. „Es ist nichts."

Meg musterte ihn nur, während sie ihren Latte trank, als sie das Café verließen.

Max seufzte. „Es ist dieser Typ."

Ihre dichten Brauen schossen nach oben. „Jemand hat endlich den Strand erobert? Erzähl. Nicht, dass ich es nicht zu schätzen weiß, dass du mir einen Glückskaffee vor meiner Prüfung kaufst, aber-" Sie blieb abrupt an der Gehwegkante stehen und schrie den Radfahrer an, der vorbeiraste: „Pass auf! Rote Ampeln sind dazu da, anzuhalten!" Sie schüttelte ihren Kopf, ihr sandbrauner Pferdeschwanz schwang, während sie ihre blauen Augen verdrehte. „Verdammte Menschen."

Meg nahm einen weiteren Schluck, als sie über die Straße gingen. „Du wolltest mir etwas erzählen?" Sie wischte sich Schaum von ihrer Oberlippe. Ihre Wangen waren rosig von der Kälte, was Max an Jeremy denken ließ.

Konzentrier dich. „Niemand erobert den Strand. So ist es nicht. Er ist ein Ersti. Noch ein Kind." *Ich helfe ihm nur. Freunde mit gewissen Vorzügen!* „Er ist auf einer Eisplatte ausgerutscht und ich habe ihm geholfen. Wie dem auch sei, er wirkte ein wenig … verloren. Darum dachte ich mir, dass es nicht schaden kann, nett zu sein, und jetzt sind wir Freunde." Das stimmte.

Plötzlich konnte er nur daran denken, wie Jeremys ganzes Gesicht sich veränderte, wenn er *wirklich* lächelte – seine Wangen bekamen leichte Falten und seine Augen wurden schmal hinter der Brille, seine weißen Zähne blitzten auf und er rümpfte seine Nase ein wenig.

Er konnte nur daran denken, wann er dieses Gesicht wieder küssen würde.

„Ah. Ich wusste nicht, dass du ein neues Projekt hast."

Max verdrehte seine Augen und rieb sich über sein Gesicht, er wischte das Lächeln weg, das automatisch an seinen Lippen gezupft hatte, als er an Jeremys Grinsen gedacht hatte. „Er ist kein ‚Projekt'. Was ist so schlimm daran, Menschen zu helfen, wenn ich es kann?"

„Daran ist überhaupt nichts schlimm. Josh Singh hätte immer noch eine durchgehende Braue und würde Hochwasserhosen tragen, wenn du nicht eingegriffen hättest. Wie geht es ihm übrigens?"

„Scheinbar gut. Er schließt dieses Jahr an der Queens ab und ist mit seiner festen Freundin verlobt."

„Cool. Also, was ist das Problem mit deinem neuen Protegé?"

„Er hat sich im Sommer vor seiner Familie geoutet und es lief ziemlich schlecht. Er hat seit Monaten nicht mehr wirklich mit ihnen gesprochen. Er kommt aus Victoria, darum wird er über die Feiertage allein am Campus sein. Ich habe gerade darüber nachgedacht, wie beschissen das sein wird."

Megs Mundwinkel sanken nach unten. „Scheiße. Das wird es wirklich. Armer Junge. Wirst du ihn einladen, mit uns nach Hause zu kommen?"

Und da war sie, die Idee, die still in seinem Hirn ihre Runden gedreht und Fahrt aufgenommen hatte. „Das sollte ich, oder?" Zur Hölle, es war, technisch gesehen, Megs Vorschlag.

„Mom und Dad wird es nicht stören. Wir haben jede Menge Platz."

„Ja. Das wird es nicht."

Sie versetzte ihm immer noch einen leichten Schlag, die selbstverständliche Art, mit der Meg Max' Vater „Dad" nannte. Sie war jünger gewesen, als ihre Eltern zusammengekommen waren, das war also vielleicht der Grund. Max hatte Megs Mom immer bei ihrem Namen genannt, Valerie. Er hatte bereits eine Mom gehabt und er war wahrscheinlich zu alt, um jetzt damit anzufangen, sie anders zu nennen. Er war sich nicht einmal sicher, ob er das wollte.

Er schüttelte die vagen, bittersüßen Erinnerungen an seine Mom ab, konzentrierte sich wieder und fragte Meg: „Es würde dich nicht stören?"

„Nein. Je mehr, umso besser. Wenn er nur ein Freund ist, werden sie nicht komisch reagieren. Erinnerst du dich an das quälende Thanksgiving-Wochenende, als ich Craig mit nach Hause gebracht habe?"

„Ugh, Craig. Ich hatte diesen Typen vergessen."

„Ich wünschte, ich könnte." Sie schauderte am ganzen Körper. „Er war beschissen. Aber es war so peinlich. Plötzlich waren sie Puritaner und haben uns ‚Die Rede' gehalten, wie unangemessen es wäre, im Haus der Familie ‚sexuellen Aktivitäten nachzugehen'. Als ob wir nicht jahrelang dort masturbiert hätten."

Max schnaubte. „Sehr wahr." Er war noch nie ernsthaft genug mit jemandem zusammen gewesen, um die Person für einen Besuch mit nach Hause zu nehmen. Aber vielleicht waren Dads und Valeries Hausregeln genau das, was er und Jeremy brauchten, um vom Gas zu gehen. Die Entscheidung bezüglich des Jurastudiums dräute über ihm und obwohl er sehr in Versuchung war, sich mit Jeremy abzulenken, war das fair?

„Was haben sie gedacht, würde passieren? Dass ich Craig am Esstisch einen blase, nach dem Truthahn und vor dem Kürbis-Pie?"

„Du magst einen Gaumenreiniger."

„Lass uns einfach sagen, dass ich jede Menge Platz für die Nachspeise gehabt hätte."

„Uff. Brutal." Max' Gedanken wirbelten durcheinander. „Aber ja, Jeremy und ich sind nur Freunde." Obwohl er zugeben musste, dass er sich bereits mehr zwischen ihnen vorstellen konnte. Er konnte sie in einer echten Beziehung sehen.

Aber war das die Lust, die da redete? War das seine Verzweiflung, sich auf etwas Glänzendes und Neues zu fokussieren, anstatt sich mit der lebensverändernden Entscheidung auseinanderzusetzen, die er treffen musste? Das Letzte, was er wollte, war, Jeremy etwas vorzumachen.

An einer Ampel fing Meg an, auf ihrem Handy zu tippen, und Max hatte Mühe, seine Gedanken einzufangen. Vielleicht wäre der verantwortungsbewusste Plan, die Dinge zwischen ihnen abkühlen zu lassen, während er gleichzeitig sicherstellte, dass Jeremy über die Feiertage nicht allein war. Er wollte sicher sein, dass Jeremy sich nicht unter Druck gesetzt fühlte, darum wäre es gut, wenn sie über Weihnachten durchatmen konnten. Nur Freunde sein und nicht zu tief vordringen würden.

Sozusagen.

Was konnte es schaden, eine Einladung auszusprechen? Es könnte sein, dass Jeremy ablehnte, aber Max würde bei lebendigem Leib von Schuld aufgefressen werden, wenn er nicht zumindest fragte. Der Gedanke daran, dass er wochenlang in dem leeren Studentenwohnheim feststeckte, drehte Max den Magen um und sein Brustkorb wurde hohl von einem schrecklichen Schmerz. Es wäre so *einsam*.

Jeremy war schlicht zu gut, um so einsam zu sein.

„Ich werde ihn fragen.“

„Cool.“ Meg runzelte die Stirn, als sie ihr Handy wegsteckte. „Bist du sicher, dass es dir gut geht?“ Sie nahm seinen Arm mit ihrer Hand, die in einem Regenbogenhandschuh steckte. „Die LSATs?“

„Nein. Sie lassen sich Zeit.“ Er stoppte auf dem Gehweg vor dem Gebäude, in dem Megs Prüfung stattfinden würde. „Brich dir das Schlüsselbein.“

Meg winkte, grinste über ihren alten Witz, der entstanden war, als er ihr Hals- und Beinbruch vor einem Schulkonzert gewünscht hatte und sie hinter der Bühne gestolpert war und ihre Geige und ihr Schlüsselbein gebrochen hatte.

Max wanderte über den Campus, marschierte über gesalzene Wege und kam an der Stelle vorbei, an der Jeremy gestürzt war. Als Max sich über ihn gebeugt hatte, war, trotz der Dunkelheit, sein erster Gedanke gewesen, dass Jeremy ein wunderschöner Mann war.

Ihm wurde klar, dass er wie ein Narr vor sich hingrinste, während er spazierte. Mann, wann hatte er das letzte Mal so auf einen Typen gestanden? Er konnte sich wirklich nicht erinnern, dass es je so intensiv gewesen war. War das Ablenkung?

Max ging in Richtung Bloor und knabberte innerlich immer noch an dem Problem. Okay, er hatte sich entschieden, Jeremy für die Feiertage einzuladen. Dieser Teil des Plans stand fest. Und obwohl Max überraschend starke Gefühle für ihn hegte, war es eindeutig viel zu früh, Jeremy seiner Familie als festen Freund oder irgendetwas Offizielles vorzustellen.

Da er noch nie jemanden, mit dem er zusammen war, auch nur zu einem Abendessen mit nach Hause gebracht hatte, ganz zu schweigen von Wochen über Weihnachten, würden sein Dad und Valerie zweifellos furchtbar peinlich sein. Max verzog das Gesicht. Sie würden es gut meinen, aber ihr Enthusiasmus konnte überwältigend sein. Wenn Jeremy zustimmte zu kommen, würden sie definitiv mit dem Herummachen pausieren. Es wäre viel einfacher für alle, wenn sie einfach Freunde waren.

Außerdem hatte Max eine Menge zu tun, wegen seiner Entscheidung, was das Jurastudium betraf. Er hing in der Luft, während er auf die Ergebnisse wartete, aber sogar wenn sie vor Weihnachten kamen, sollte er die Feiertage nutzen, um wirklich darüber nachzudenken. Er hatte auf das Jurastudium beinahe so lange hingearbeitet, wie er sich erinnern konnte und er musste sich überlegen, was er tun würde, bevor er noch mehr Sand ins Getriebe des Plans streute. Sogar wenn der Jeremy-förmige Sand so verdammt zum Küssen einlud …

Das machte Sinn, oder? Er joggte über die Bloor, als die Ampel auf Grün sprang. Er würde über die Feiertage mit dem Sex pausieren und einfach nur mit Jeremy befreundet sein. Im Januar konnten sie alles neu beurteilen.

Außerdem war Jeremy ein Ersti. Das war seine Zeit, um zu experimentieren und Spaß zu haben. Er wollte vielleicht mit verschiedenen Typen ausgehen. Warum sollte er auch nicht, jetzt da Max ihm hoffentlich etwas Selbstbewusstsein verschafft und ihm geholfen hatte, das Pflaster abzureißen? Es wäre selbstsüchtig, ihm im Weg zu stehen, ganz egal wie sehr er mit den Zähnen knirschte bei dem Gedanken an Jeremy mit einem anderen Typen. Das war nicht seine Entscheidung.

Wenn sie einfach nur als Freunde über Weihnachten auf die Farm kamen, wäre das der perfekte Zeitpunkt, die Bremse zu ziehen, damit sie beide einen Schritt zurückmachen konnten. Es machte Sinn, einmal durchzuatmen, oder? Dieser Schneeball raste viel zu schnell den Berg hinunter.

Klar, es war berauschend zu wissen, dass er der Erste war, der Jeremy berührte, aber es war mehr als das. Dass Jeremy sich bei ihm sicher fühlte, befriedigte Max auf eine Art und Weise, von der er nicht gewusst hatte, dass er sie sich ersehnte. Es war süchtig machend und er musste sicherstellen, dass er nichts überstürzte und am Ende Jeremy irgendwie verletzte. Er war der Ältere, Erfahrenere. Er musste sicher sein, dass er das Richtige machte.

Erste Male waren intensiv und Grenzen zu setzen, wäre für sie beide das Beste. Auf diese Weise wäre Jeremy nicht allein, Max konnte sich über alles klar werden und sie würden ein schönes, wunderbares Familienweihnachten auf der Farm verbringen.

Er kam nach Hause und setzte sich auf einen rostigen Stuhl auf der Veranda, wollte es hinter sich bringen und ließ seine Daumen über sein Handy fliegen.

Hey. Ich hoffe, das Lernen läuft gut. Ich will dich nicht nerven, aber ich hatte eine Idee. Möchtest du über die Feiertage mit mir nach Hause nach Pinevale kommen? Wenn ich in deinen Schuhen stecken würde, wäre ich ziemlich niedergeschlagen, wenn ich allein auf dem Campus abhängen müsste. Oder in deinen neuen Stiefeln.

Er hielt inne, las den Text noch einmal durch und löschte den lahmen Stiefel-Witz, bevor er weitermachte.

Kein Druck oder so. Wenn du mitkommen möchtest, ist es wahrscheinlich das Beste, wenn wir bis Januar auf Pause drücken, was die Sex-Sachen betrifft. Mein Dad und Valerie sind altmodisch und haben dämliche Regeln.

Und wir haben uns gerade erst kennengelernt, darum sind wir ja noch nicht wirklich ein Paar. Ist es für dich okay, wenn wir das mit dem Herummachen aussetzen? Wir sollten ohnehin nichts überstürzen.

Er holte tief Luft und schickte die Nachricht. Dann wartete er. Und wartete. Und wartete.

Zitternd wollte er gerade aufgeben und ins Haus gehen, als die Antwort-Punkte anfingen zu tanzen. Zu seiner Überraschung hämmerte sein Herz wie wild. Er wollte wirklich, wirklich, dass Jeremy Ja sagte. Und vielleicht war es zum Teil eine Ablenkung von seinem Problem mit dem Jurastudium, aber er liebte den Gedanken, so viel Zeit mit Jeremy zu verbringen, wie möglich war.

Die Punkte erschienen und verschwanden, erschienen und verschwanden. Dann nichts. Max tigerte über die knarzende Veranda. Vielleicht war Jeremy abgelenkt worden. Oder vielleicht war er sich nicht sicher, was er sagen sollte. Es passte definitiv zu seinem MO, eine Antwort zu sehr zu überdenken. Max schickte beinahe eine weitere Nachricht, in der stand: *Ein einfaches Ja oder Nein reicht aus, Kumpel.* Er lächelte und stellte sich vor, wie Jeremy diese Nachricht *ebenfalls* zu sehr überdachte.

Dann kam die Antwort:

Hey! Bist du sicher? Das wäre wunderbar, wenn es für deine Familie in Ordnung ist. Ich will mich nicht aufdrängen. Re: Mit den anderen Sachen bis Januar eine Pause zu machen macht Sinn. Ist für mich absolut in Ordnung! ☺

Max runzelte die Stirn. Er wollte nicht, dass es für Jeremy *zu* sehr in Ordnung war, eine Pause zu machen. Dann stöhnte er laut und murmelte vor sich hin: „Das ist es, was du wolltest, Maxwell. Das ist der neue Plan." Er tippte zurück:

Cool. Ich besorge dir eine Busfahrkarte für Donnerstagmorgen und du kannst es mir irgendwann zurückzahlen. Jetzt lerne weiter. Ich schicke dir die Einzelheiten. Schaff diese letzte Prüfung, Cherry.

Da. Max hatte keine Ahnung, ob er sich an seinen Plan für das Jurastudium halten oder Lehrer werden oder etwas ganz anderes machen würde. Aber zumindest hatte er die nächsten beiden Wochen, um sich über alles klar zu werden.

<h1 style="text-align:center">Kapitel Sieben</h1>

WÄHREND ER SEINEN kleinen Koffer in der Dunkelheit des frühen Morgens über den leeren Gehsteig zog, zuckte Jeremy zum abertausendsten Mal angesichts dieses Emoticons von Lügen zusammen. Nicht zu vergessen das Ausrufezeichen. Er hatte chill wirken wollen und natürlich hatte er auf die idiotischste Art, die möglich war, versagt.

Nun, das Smiley war keine *Lüge*. Klar, der Gedanke an keinen weiteren Sex mit Max machte ihn an sich nicht glücklich, aber Jeremy war über die Maßen erfreut, mit ihm über Weihnachten nach Hause zu fahren. Darum war es *absolut* in Ordnung für ihn.

Als er die St. George überquerte und nach Süden in Richtung Bushaltestelle weiterging, schnaubte er. Er hatte sich schon mehrmals durch diese Endlosschleife aus Peinlichkeit und Rechtfertigung geführt und war über diesen Austausch von Textnachrichten so obsessiv gewesen, dass er sich wunderte, dass er in seiner letzten Prüfung nicht jede Frage mit einem „😊" beantwortet hatte.

„Alles ist cool. Sei cool", erinnerte er sich.

Und das war es! Ausrufezeichen! Er würde mehr Zeit mit Max verbringen, als er sich je hätte erträumen können. Max wollte ihn nicht loswerden. Es war keine Zurückweisung, obwohl Jeremys ängstliches Hirn zu viele Male um diesen Abfluss gekreist war.

Als die erste Nachricht sein auf stumm geschaltetes Handy erleuchtet hatte, war er an seinem Schreibtisch gesessen und hatte sie immer und immer wieder gelesen, unsicher, wie er sich fühlen sollte. Auf der einen Seite erfreut, aber mit einem nagenden Pulsieren von Schmerz.

Mit Max etwas anzufangen war surreal und unglaublich gewesen und eine Stimme, die viel zu sehr wie die seiner Mutter klang, hatte gezischt, dass er es hätte besser wissen sollen, als sich zu sehr zu freuen. Dass Max ihn nicht wirklich wollte. Dass er von Jeremys jungfräulicher Nervosität und seinem Ungeschick gelangweilt war. Max spielte in einer ganz anderen Liga.

„Wenn er mich loswerden wollte, wäre das Letzte, was er tun würde, mich einzuladen, mit ihm nach Hause zu kommen", erinnerte Jeremy sich erneut. Und das stimmte! Es machte absolut Sinn, dass sie den Sexunterricht abkühlen ließen. Es wäre im Haus seiner Familie nicht wirklich angemessen. Es war keine Zurückweisung, auch wenn es sich zuerst so angefühlt hatte.

Denn ernsthaft, würde Max ihn für *Wochen* zu sich nach Hause einladen, wenn er ihn nicht mochte? Zumindest als Freund. Vielleicht mehr. Und Max hatte recht – sie sollten nichts überstürzen. Es war klug, einen Schritt zurückzumachen und einander kennenzulernen.

Aus einem Impuls heraus sagte Jeremy Guten Morgen zu einer Frau in UGGs, die darauf wartete, dass der schwarze Labrador an der Leine fertig kackte. Sie trug unter ihrem Mantel eindeutig ihren Schlafanzug. Nach einem Moment, in dem sie überrascht schien, dass er mit ihr redete, lächelte sie und wünschte ihm auch einen Guten Morgen.

Das war nicht so schwer gewesen. Die Menschen in Toronto wirkten so unnahbar verglichen mit dort, wo er herkam, aber sie waren genau wie alle anderen. Diese Stadt war nicht so angsteinflößend.

Vor allem jetzt, da er einen echten Freund hatte. Einen Freund, der vielleicht mehr war.

„Und wir haben uns gerade erst kennengelernt, darum sind wir im Moment noch kein Paar."

Diese drei Worte – *im Moment noch* – hallten nicht nur in seinem Kopf, sondern auch in seiner Seele. Was unglaublich kitschig war, aber die Tatsache, dass seine Freundschaft mit Max vielleicht zu einer echten Beziehung führen könnte, war mehr als aufregend.

Im Januar, wenn sie den Mehr-als-Freunde Teil wiederaufnahmen, würden er und Max vielleicht ein Paar werden. Nicht, dass Max das ausdrücklich gesagt hatte. Aber Jeremy hatte es bis ins kleinste Detail analysiert und die Implikation in diesen drei Worten war klar. Dass sie *vielleicht* irgendwann ein Paar werden würden. Nicht zu *diesem* Zeitpunkt, aber *irgendwann* war es definitiv möglich.

Jeremy konnte sich gerade so beherrschen, nicht über die breiten Gehwege der University Avenue zu hüpfen, an der verschlafenen Reihe von Krankenhäusern vorbei, die alle für die Jahreszeit dekoriert waren. So sehr er sich auch auf Max stürzen und ihn anflehen wollte, gefickt zu werden, das Warten würde es wert sein.

Vor allem, wenn sie ein echtes Paar wurden. Er wusste, dass er sich keine Hoffnung machen und einfach nur froh sein sollte, dass Max sein Freund war. Aber der Gedanke an Max als seinen wirklichen festen Freund brachte ihn dazu, „Joy to the World" zu summen, als er in die Edward Street einbog.

Kurz darauf schaute Jeremy auf die langen Schlangen, die sich um die äußeren Plattformen der Bushaltestelle wanden. Das Dach machte den frühen Morgen noch düsterer und er ging an den ersten paar Buchten vorbei, ohne Max zu entdecken. Sein Magen drehte sich um, aber er erinnerte sich, dass er nicht zu spät war. Der Bus würde nicht vor acht Uhr abfahren und es war noch nicht einmal halb acht.

Es befanden sich ein paar Busse in den Buchten, in einen stieg eine sich langsam bewegende Schlange an Fahrgästen ein. Er überprüft die LCD-Anzeige des Busses, nur um sicherzugehen, aber er fuhr nach Windsor. Er atmete aus und ging weiter. Die nächste Bucht war leer, aber die Schlange war bereits lang. Er eilte weiter und – da!

Die Knoten in seinem Magen lösten sich, als Max aus der Mitte der Schlange winkte und sein Gesicht aufleuchtete. Als er zurückwinkte, erinnerte Jeremy sich streng daran, dass Max' Gesicht nicht „aufleuchtete". Er lächelte nur. War nett. Zeigte seine Grübchen.

„Hey!", sagte Max, als Jeremy zu ihm trat. Dann kam er näher und beugte sich nach unten, bevor er plötzlich zurückruckte und sich ein weiteres Lächeln ins Gesicht malte. Er schlug Jeremy leicht auf die Schulter. „Wie geht es dir?"

„Großartig!"

Wollte er mich küssen? Es schien, als ob er mich küssen wollte. Nein. Das habe ich mir wahrscheinlich eingebildet. Das sind die Auspuffdämpfe der Busse. Wir machen offiziell eine Pause. Und wir sind noch kein „wir".

„Großartig!", wiederholte Max.

Sie lächelten und nickten einander zu und Jeremy zog am Rand seiner neuen Wollmütze. „Bist du sicher, dass es deiner Familie recht ist, dass ich mitkomme?"

„Absolut. Je mehr, umso besser." Max nickte erneut. „Du wirst dich wahrscheinlich langweilen. Wir sind nicht sonderlich aufregend."

„Das werde ich nicht! Ich bin auch nicht sonderlich aufregend."

Max lachte, seine Wangen bekamen Grübchen und Jeremys Herz hämmerte, obwohl das gegen das Protokoll war. Max persönlich zu sehen, sorgte dafür, dass der Drang, ihn wie einen Baum zu erklimmen, wie ein Motor aufheulte.

Es war, als wäre man hungrig, würde aber nicht erkennen, wie kurz vor dem Verhungern, bis man einen Bissen Essen nahm. Und dann war man *unersättlich* und wollte alles in seinen Mund stopfen. Was Jeremy an seinen Schwanz in Max' Mund denken ließ, was ein gefährlicher Gedankengang war. Sie waren jetzt nur Freunde.

Dreizehn Tage bis zum ersten Januar. Max hatte nicht gesagt, ob sie zu Silvester bleiben oder zurück in die Stadt fahren würden. Darum würde es vielleicht etwas länger sein als dreizehn Tage. Wenn sie zu Silvester zurückkamen, könnten sie vielleicht einen Tag früher die Pause *aufheben?*

„Alles in Ordnung?", fragte Max.

„Jep!" Er musste nur mit seinen obsessiven Gedanken aufhören. „Noch einmal danke", sagte Jeremy. „Ich brauche keine Aufregung. Ich bin nur glücklich, mit dir zusammen zu sein." Er fügte schnell hinzu:

„Und deiner Familie. Ich meine damit, ich werde auch mit ihnen glücklich sein. Ich-" Er zwang sich, mit dem Geplapper aufzuhören. „Danke."

Max lächelte sanft. „Sehr gern geschehen."

Jeremy befahl sich, nichts in dieses Lächeln hineinzulesen. „Es ist wirklich großzügig von euch allen." Sogar wenn niemals mehr mit Max passieren würde, würde er dennoch immer dankbar sein. Er hatte sich nicht gestattet, darüber nachzudenken, wie grauenvoll Weihnachten allein sein würde. „Ich bin so froh, dass ich nicht auf dem Campus bleibe."

„Ja. Das wäre schlimm. Wir werden Spaß in Pinevale haben, auch wenn er FSK6 sein wird."

So sehr das einerseits Folter sein würde, war es doch besser so. Max hatte bereits mehr als genug für ihn getan und Jeremy wollte nicht, dass er sich verpflichtet fühlte. Wenn er nicht aufpasste, würde seine Schwärmerei außer Kontrolle geraten. Sich in Max zu verlieben war nicht Teil der Abmachung. Sogar wenn vielleicht, irgendwann, eines Tages, eventuell sogar im Januar …

Max' Schwester tauchte mit einer Schachtel Timbits und drei doppelten Espressos auf und nachdem sie einander vorgestellt waren, tranken sie heißen Kaffee und aßen die Donuts, die immer noch warm waren. Meg erzählte von ihren Prüfungen und Jeremy hörte gerne zu. Sie war nett und hatte eine Wärme an sich, die der von Max ähnelte. Jeremy konnte sich vorstellen, dass sie eine dieser Personen war, die mit jedem reden konnten und nicht nervös waren.

Er holte einen der mit Puderzucker bestreuten Donuts aus der Schachtel und *mmm*, die Marmelade in der Mitte des kleinen Balls aus Teig war süß und perfekt. Während Meg weiter über König Arthur redete und wie schwul er und Lancelot waren, lächelte Max Jeremy an.

„Du hast …" Er hatte seine Handschuhe wieder angezogen und biss in die Spitze seines Zeigefingers, um seine Hand freizubekommen, weil er den Kaffee immer noch in der anderen Hand hielt. Mit seinen nackten Fingern strich er über Jeremys Mundwinkel und Jeremy war *sehr froh*, dass sein neuer Parka bis zur Mitte seiner Oberschenkel reichte. „Puderzucker", murmelte Max. Ihre Blicke begegneten sich und Jeremys Herz hämmerte.

„Also ja, sie wollen absolut miteinander schlafen", sagte Meg. Max riss seine Hand zurück und Jeremy zwang seinen Blick zu ihr. Meg lächelte fröhlich. „Arthur und Lancelot."

„Genau, ja." Jeremy nickte. „Und, äh, was ist mit Guinevere? Hat sie …" Er versuchte, sich eine Möglichkeit zu überlegen, wie er diese Frage beenden konnte.

„Es genossen, zuzusehen? Definitiv. Ich habe ein paar Dreier-Theorien. Nicht, dass ich mir das habe einfallen lassen, natürlich nicht. Aber in meiner Seminararbeit wird es um Sex und die Gesellschaft zur Zeit Arthurs gehen." Sie stupste Max an. „Gib es zu. Das Jurastudium wird absolut langweilig sein verglichen mit Englischer Literatur."

Max nahm einen Schluck aus seiner Kaffeetasse. „Ja." Er lachte, aber es klang angestrengt. Meg runzelte die Stirn, aber dann rumpelte der Bus mit winselndem Motor in die Bucht. Sie schlurften mit der Schlange und stiegen dann ein und schon bald waren sie unterwegs. Bis sie es nicht mehr waren.

„Wenn es eine Hölle gibt, dann ist es, im Stau zu stehen", grummelte Max.

Als Jeremy aus dem Fenster des vollen Busses auf die vielen Reihen sich langsam bewegender Autos schaute, lachte er. Er musste zugeben, dass er jeden Moment genoss, in dem sein Oberschenkel in der Enge der voll besetzten Greyhound-Sitze gegen den von Max drückte. Sogar Jeremy bemerkte, dass die Sitze kleiner als je zuvor zu sein schienen, vor allem, weil die Leute vor ihnen ihre Lehnen zurückgeklappt hatten. Meg saß ein paar Reihen weiter, mit einer älteren Dame eingequetscht.

„Es tut mir leid, dass es so lang dauert", fügte Max hinzu.

„Es ist nicht deine Schuld, dass eine Spur gesperrt ist." Soweit Jeremy es erkennen konnte, war die 400 in Richtung Norden ein Parkplatz und sie schienen der Engstelle nicht wirklich näherzukommen. „Glaub mir, es ist mir wert, den ganzen Tag im Stau zu sitzen, wenn ich nicht allein auf dem Campus bleiben muss."

Max lächelte. „Ich freue mich, dass du kommst. Es wird lustig werden. Wir mögen Weihnachten sehr gerne."

„Ich will wetten, dass es auf einer Ahornsirup-Farm schön ist, mit den Bäumen und dem Schnee."

„Es ist ein absolutes Winterwunderland. Wir haben den religiösen Teil der Feiertage nie sonderlich beachtet, aber Lichter und Dekorationen und Plätzchen und all das? Zur Hölle ja."

„Hast du nicht erzählt, dass du auf einer katholischen Schule warst?"

„Ja, aber nur, weil diese Schulverwaltung in unserer Gegend einen besseren Ruf hat. In Ontario gibt es die öffentliche Schule und die katholische und man kann beide kostenlos besuchen. Darum ist es keine große religiöse Aussage, wie wenn man für eine Privatschule zahlen würde. Meine Eltern waren beide katholisch und ich wurde getauft und all das. Ich habe das alles mitgemacht, hauptsächlich für meine Großeltern. Die Eltern meiner Mom waren da sehr streng, vor allem, nachdem sie gestorben war. Sie sind jetzt tot."

„Das tut mir leid."

„Das ist in Ordnung." Max verlagerte sein Gewicht mit einem genervten Seufzen, sein Oberschenkel presste härter gegen den von Jeremy. „Es tut mir leid. Ich schwöre, die Sitze werden kleiner, während die meisten von uns breiter werden."

„Uh-huh!" Weil sein ganzes Bein von dem Kontakt kribbelte, zwang Jeremy sich, keinen Steifen zu bekommen.

„Willst du einen Film anschauen?" Als Jeremy nickte, stand Max auf und holte sein Tablet aus seiner Tasche über ihnen. Er loggte sich in das Wi-Fi ein und reichte Jeremy einen seiner Kopfhörer, bevor er das Tablet auf seinen muskulösen Oberschenkel stellte.

Sie entschieden sich für einen hirnlosen Actionfilm und Jeremy war froh, dass es nicht eine Menge Plot gab, auf den er achten musste. Ihre Beine waren immer noch aneinandergepresst und jetzt auch ihre Schultern, als Jeremy sich ein wenig zur Seite lehnte, um den Bildschirm sehen zu können.

Oh mein Gott, er riecht wunderbar.

Es gab einen leichten Hauch von Kokosnuss. Jeremy wollte sich überall an Max reiben. Wollte auf seinen Schoß klettern, wie er es in seinem Zimmer gemacht hatte und ihn küssen, bis sie beide nicht mehr atmen konnten. Es war, als wäre ein Geist aus seiner Flasche entkommen und jedes Nervenende fühlte sich wie ein blankes Kabel an. Konnte man davon sterben, geil zu sein?

Weil Jeremy gedacht hatte, dass er früher schon geil gewesen war, aber jetzt?

Er nahm einen Schluck aus seiner Wasserflasche und erinnerte sich daran, dass er ihn bis nach den Feiertagen in der Hose behalten musste. Er und Max waren im Moment nur Freunde. Obwohl es wunderbar wäre, wenn besagter Freund ihm noch einmal einen blasen würde, das würde Jeremy nicht leugnen.

Er verlagerte sein Gewicht auf seinem Sitz, als er sich an die unglaublichen Empfindungen erinnerte. Er hatte fantasiert und sich einen runtergeholt, aber in echt war es … wow. Der Druck und die feuchte Hitze hatten sich besser angefühlt, als er sich das vorgestellt hatte.

Er hatte einen Handjob gegeben und einen Blowjob bekommen. Haken und Haken. Jeremy war sich ziemlich sicher, dass das erste Mal nicht so unglaublich sein sollte, aber vielleicht war es wirklich so, dass gute Dinge zu jenen *kamen*, die Geduld hatten. Er schnaubte über sein eigenes schlechtes Wortspiel.

„Was?", fragte Max mit einem verwirrten Lächeln.

Jeremy blinzelte den Bildschirm an, wo ein Auto um die Ecke einer schmalen europäischen Kopfsteinpflasterstraße raste. „Oh, nur wie unrealistisch Filme sein können."

„Ja, das Drehmoment wäre viel zu hoch."

„Jep." Jeremy hatte keine Ahnung von Autos, aber das klang plausibel.

Max schaute weiter den Film, während der Bus dahinkroch und Jeremy versuchte, nicht Max' Bein im Greyhound zu rammeln. Er starrte mit leerem Blick auf den Bildschirm und spielte im Geiste in einer Endlosschleife den Sex durch, den sie gehabt hatten.

Sie hatten auf Jeremys winzigem Bett gedöst und Max hatte es nicht gestört, dass er auf seinen Brustkorb gesabbert hatte. Dann hatten sie Pizza bestellt, ein zum Brüllen komisches, schlechtes Football-Spiel online gespielt und noch einmal Orgasmen gehabt. Dieses Mal hatten sie angefangen sich zu küssen, bevor Max ihre Schwänze in seine große Hand genommen und sie zusammen zum Orgasmus gepumpt hatte, bevor er Jeremy lernen ließ, weil sie beide auf nervige Art und Weise verantwortungsbewusst waren.

Jetzt da er wieder neben Max saß, wollte Jeremy ihn unbedingt küssen. Er war so schnell von seinem ersten Kuss zu gemeinsamen Orgasmen zu wieder nur Freunde zu sein gewechselt, dass ihm ganz schwindlig war. Um ehrlich zu sein, fühlte er sich immer noch wie eine Jungfrau. Es gab so viel mehr, das er unbedingt erkunden wollte.

Er hatte seine Jungfräulichkeit immer in Bezug darauf betrachtet, penetriert zu werden. Wahrscheinlich wegen dem, was die Gesellschaft ihn zwang zu denken und auch, weil er darüber am meisten fantasierte. Wie wäre es, wenn Max ihn fickte? Er hatte Max' Schwanz berührt, und vielleicht hatte er sich seitdem ein paar Mal vorgestellt, wie es sein würde, ihn in sich zu haben.

Vielleicht ein paar dutzend Mal. Oder einhundert. Wie auch immer.

Es würde wehtun, keine Frage. Jeremy hatte schon seine Finger hineingesteckt, aber nie den Mut gehabt, etwas Größeres zu probieren. Ja, es würde wehtun, aber er konnte sich vorstellen, wie gut es sich irgendwann anfühlen würde. Wie Max zunächst zärtlich sein würde, aber Jeremy dann doch mit mehr Nachdruck ficken würde. Ihn vornüberbeugte und ihn hart nahm, ihn mit seinem Schwanz aufdehnte und die Kontrolle übernahm –

Jeremys Gesicht brannte und er schaute aus dem Fenster, froh, dass sein neuer Parka auf seinem Schoß zusammengeknüllt lag. Max stupste seinen Arm an und als Jeremy zögerlich zu ihm schaute, zeigte Max ihm ein wissendes Lächeln.

Er zog Jeremys Kopfhörer heraus und beugte sich zu ihm, um zu flüstern: „Wenn es dich irgendwie tröstet, ich bin auch geil."

Jeremy keuchte und Max lachte und nahm seinen eigenen Kopfhörer heraus. Jeremy schaute sich um, aber die anderen Passagiere schienen ihnen keine Beachtung zu schenken. „Habe ich das laut gesagt?"

„Das musst du nicht", murmelte Max. Er hob seine Hand von seinem Schoß, als würde er Jeremys Knie oder Oberschenkel berühren, bevor er sich anscheinend beherrschte. „Aber mein Dad und meine Stiefmutter sind seltsam streng, was bestimmte Dinge betrifft. Meg hat ihren ehemaligen festen Freund einmal mit zu Thanksgiving gebracht und es war höllisch peinlich. Und da wir uns erst letzte Woche kennengelernt haben, ist es viel zu früh, dich dem auszusetzen. Wenn sie denken, dass wir nur Freunde sind, werden sie gechillt sein."

„Stimmt. Das macht Sinn." Jeremy versuchte, cool zu bleiben. „Und im Januar können wir …"

Max hob eine Braue an. „Sehen, was passiert. Dort weitermachen, wo wir aufgehört haben, wenn wir das wollen."

Warum sollten wir das nicht wollen?? Jeremy atmete durch eine Welle der Panik, während er nickte.

Max' lockerer Gesichtsausdruck spannte sich an. „Ich muss mir in der Zwischenzeit über einige Dinge klar werden."

Sorge ersetzte Jeremys nagende Nervosität. „Hast du deine LSAT-Ergebnisse bekommen?"

„Noch nicht. Aber ich weiß nicht-" Er brach ab und schüttelte seinen Kopf. „Du musst dir darüber keine Sorgen machen."

„Mich stört es nicht. Ich möchte es hören. Wirklich."

Aber Max lächelte, steckte seinen Kopfhörer wieder ins Ohr und wandte sich erneut dem Film zu. Jeremy drängte nicht, obwohl er Max unbedingt helfen wollte, ganz egal, was sein Problem war. Vielleicht würde Max sich ihm an einem anderen Tag anvertrauen.

Dort wo sein Bein gegen das von Max drückte, fühlte es sich an, als würde er in Flammen stehen und Jeremy wünschte sich, dass der Verkehr endlich wieder anfing zu fließen. Zumindest war es eine gute Übung, Max nahe zu sein, ohne mehr als Freundschaft anbieten zu können.

Er versuchte, sich auf den dämlichen Film zu konzentrieren, der Bus kroch vorwärts, bevor er wieder ruckartig zum Stehen kam, die Bremsen griffen und lösten sich und griffen erneut.

JEREMY BLIEB MIT seinem kleinen Rollkoffer ein wenig im Hintergrund auf dem Gehweg neben der Barrie Bushaltestelle, und beobachtete, wie Max und Meg ihre Eltern mit großen Umarmungen und Küssen begrüßten. Max hatte Jeremy versichert, dass er willkommen war, aber er hoffte, dass er sich nicht total in ihr Familienweihnachten drängte. Er hatte sich so darauf gefreut, mehr Zeit mit Max zu verbringen, dass er nicht wirklich genauer darüber nachgedacht hatte.

Der Wind blies mit einem heftigen Biss, Jeremy schloss seinen Parka bis an sein Kinn und versuchte, nicht an die steifen, kurzen Umarmungen zu denken, die er Ende August mit seinen Eltern ausgetauscht hatte. Sie waren jetzt auf der Kreuzfahrt – der erste Tag auf See. Dad hatte ihm den Zeitplan geschickt und die Notfallnummern, genau wie er das im Frühjahr gemacht hatte, als er und Mom ein Wochenende in einem B&B in Tofino verbracht hatten. Jeremy versuchte, sich einzureden, dass dies ein Beweis war, dass nichts sich geändert hatte, nicht wirklich.

Max' Stiefmutter, eine kleine Frau Mitte vierzig mit einem blonden Pferdeschwanz und einem strahlenden Lächeln sagte mit fröhlicher Stimme: „Du musst Jeremy sein! Ich bin Valerie." Sie kam auf ihn zu.

Jeremy streckte seine Hand aus, aber Valerie breitete ihre Arme aus und umarmte ihn. Für einen Moment stand Jeremy wie erstarrt, bevor er die Umarmung erwiderte. Sie roch tatsächlich nach Apfel-Pie oder vielleicht war das Ahornsirup? Es war unglaublich heilsam, was es auch war, und er umarmte sie dankbar.

Sie trat zurück, rückte ihre rote Wollmütze zurecht, die dazu passenden Handschuhe hatte sie in der Hand. „Es tut mir leid, ich umarme gerne. Wir sind im Nadeau-Pimenta Haushalt nicht sonderlich streng. Das ist John."

Max' Vater streckte seine behandschuhte Hand aus und pumpte die von Jeremy voller Enthusiasmus. Er sah ein wenig älter aus als seine Frau – Anfang fünfzig, vermutete Jeremy. Er war gedrungen und ein paar Zentimeter kleiner als Max, seine Haare wichen zurück und sein Lächeln war breit und strahlend weiß. „Sei gegrüßt, junger Mann! Frohe Weihnachten und glückliches Hanukkah und fröhliches Festivus."

„Du hast Kwanzaa vergessen", bemerkte Meg.

„Oh, stimmt! Und fröhliches Kwanzaa. Wir sind noch nie einem Feiertag begegnet, den wir nicht mögen."

Meg fragte Jeremy: „Wusstest du, dass Kanada einen nationalen Tartan-Tag hat? Er ist im April. Er hat uns wirklich gezwungen, jedes Jahr an diesem Tag Schottenstoff zu tragen."

„Und ihr habt es geliebt", bemerkte John. Als Meg und Max gleichzeitig ihre Münder aufmachten, wahrscheinlich um zu protestieren, schnitt er sie ab und sagte: „Wir müssen los. Der Parkplatz gilt nur fünfzehn Minuten."

Sie eilten die Straße hinunter, die einen Block später bei einem See endete. Jeremy schauderte in der eisigen Luft. „Es ist hier so viel kälter!"

Sie alle lachten. Meg meinte: „Oh ja, Barrie und Pinevale mögen nur ein oder zwei Stunden nördlich von Toronto liegen, aber es ist eine ganz andere Welt hier oben."

„Willkommen im Schneegürtel!", flötete Valerie.

Jeremy setzte sich freiwillig in die Mitte des SUVs, schnallte sich ordentlich an und behielt seine Arme eng an seinem Körper, damit er nicht zu viel Platz einnahm. Sein rechter Fuß stieß gegen den linken von Max und er drehte sein Knie einwärts, damit er so wenig von Max berührte wie möglich. Weil eine Erektion keinen großartigen ersten Eindruck im Nadeau-Pimenta Haushalt machen würde.

Als Valerie sie wieder auf die 400 fuhr, die endlich frei war, fragte sie Max über Honey und die Jungs aus und sie plauderten über die Pläne seiner Freunde für die Feiertage. Jeremy bemerkte nach ein paar Minuten, dass Meg ihn musterte. Er lächelte zögerlich.

Sie erwiderte das Lächeln, aber ihr Blick war eindringlich. „Hast du es bequem?“

„Äh, ja!“

„Du kommst mir ein wenig angespannt vor.“

„Nein, alles gut. Ich will dich nur nicht einquetschen.“

„Mach dir darüber keine Sorgen. Ich bin nicht zerbrechlich, das kann ich dir versichern.“

Valerie fragte: „Alles gut? Ist es zu kalt? Zu heiß?“

„Oder genau richtig?“, fügte John hinzu.

„Genau richtig“, antworteten Max und Meg im Chor, als wäre es ein alter Witz oder etwas in der Art.

Jeremy schwieg, während die Familie sich austauschte. Sie fuhren in Richtung Pinevale ab und hier gab es definitiv viel mehr Schnee als die sulzigen Reste in der Stadt. Hier war er entlang der Seiten der Straße aufgetürmt, wo die Schneeräumer durchgefahren waren.

„Und … sonst noch Neuigkeiten?“, fragte John.

Eine seltsame Stille füllte den SUV. Das Radio spielte leise und ein schwaches, blechernes Weihnachtslied erklang. Jeremy dachte, es wäre „Deck the Halls“. Ja, da kam das *„Fa-la-la-la-la, la-la-la-la.“* Eine Sekunde bevor Max anfing zu reden, wurde Jeremy klar, wonach John gefragt hatte.

„Noch nicht.“ Max war angespannt neben Jeremy. „Es gibt eine Verzögerung bei der Bearbeitung. Sie haben eine E-Mail geschickt, dass sie die Ergebnisse wahrscheinlich erst nach Weihnachten bekannt geben werden.“

Valerie schnalzte mit der Zunge. „Oh, das ist frustrierend, Liebling.“

„Aber wir wissen, dass du gut warst“, sagte John.

„Wir wissen, dass du dein Bestes gegeben hast“, fügte Valerie hinzu, was dafür sorgte, dass Jeremy sie noch mehr mochte.

„Natürlich!“, stimmte John zu.

Max zuckte ruckartig mit den Schultern. „Wir werden sehen.“

Meg verdrehte die Augen. „Als ob du bisher nicht jede Prüfung mit Bravour bestanden hättest.“

„Halt den Mund“, murmelte Max.

Sollte Jeremy ihm auf den Arm klopfen? Das Bein? Was würde eine normale Person tun, die ihn nicht vernaschen wollte? Er war sich nicht sicher, darum behielt er seine Hände auf seinem Schoß. Er konnte auch nicht umhin, sich zu fragen, ob die Ergebnisse wirklich verspätet waren. Da war etwas an der Art wie Max in der Regel versuchte, das Thema zu wechseln, wenn das Jurastudium zur Sprache kam. Wahrscheinlich war er nur nervös.

Valerie wurde langsamer und bog auf eine schmale Straße ein, neben der ein großes hölzernes Schild am Eingang stand. In schwarzer Schrift stand darauf: *Nadeau Family Farms*. Die Straße wand sich ein paar Kilometer durch endlose Bäume, die, wie Jeremy annahm, alles Ahorn waren. Der Schnee würde ihm wahrscheinlich bis zu den Knien reichen. Für eine Sekunde dachte er, dass es einen seltsamen Zaun mit nur einem Seil gab, bevor ihm klar wurde, dass es ein blauer Plastikschlauch war, der horizontal an den Bäumen befestigt war.

„Es ist wunderschön", sagte Jeremy.

„Danke!" Valerie strahlte ihn im Rückspiegel an, in ihren Augenwinkeln entstanden Falten. „Ich bin hier zur Welt gekommen und meine Familie produziert seit fast einem halben Jahrhundert Ahornsirup."

Meg seufzte dramatisch. „Wirst du ihm ernsthaft den ganzen Touristen-Vortrag halten? Außerdem bist du im Krankenhaus zur Welt gekommen, nicht am Herd während eines Blizzards, als ob Mamy und Papy Pioniere gewesen wären."

Valerie prustete in die Luft und sie alle lachten. „Wie ich schon gesagt habe, bevor ich so rüde von meiner geliebten Tochter unterbrochen wurde, das hier ist der Stolz und die Freude meiner Familie. Wir haben zweiundzwanzig Hektar Ahornbäume hier in der Nähe der Küsten der Georgian Bay."

„Wow. Die Schläuche sind für den Sirup?", fragte Jeremy.

„Jep", bestätigte Valerie. „Während der Saison haben wir dreitausendvierhundert Zapfhähne. Diese Pipelines bringen den Saft zu zwei Sammelstellen, von wo wir den Saft in unser Zuckerhaus in unseren

Tank transportieren, der viertausend Liter halten kann."

Jeremy fragte: „Wie viel Saft geben die Bäume ... uh, tropfen sie?"

„Oh, tausende Liter pro Tag. Das hält uns während der Saison auf Trab."

Meg mischte sich ein, mit einer TV-Reporter-Stimme. „Die Saison kann schon im Februar beginnen, in der Regel aber erst im März."

„Und wie entscheidest du das, Meg?", fragte Max und hielt dabei seine Faust an seinen Mund, als wäre sie ein Mikrofon.

„Nun, Max, das hängt alles von Mutter Natur ab. Und wir alle wissen, was für ein launisches Miststück sie sein kann."

„Ausdrucksweise!", schimpften John und Valerie gleichzeitig.

Sie ignorierend, fügte Meg hinzu: „Kalte Nächte und tauende Tage bringen den Saft zum Fließen, darum wissen die Farmer, dass es Zeit ist, ‚anzuzapfen'. Die Saison dauert in der Regel vier bis sechs Wochen, kann aber auch kürzer ausfallen."

„Ich sehe, was du hier gemacht hast." Max ließ ein gekünsteltes Lachen hören. „Sehr schönes Wortspiel."

Meg lachte falsch. „Du weißt, dass ich einem Wortspiel nie widerstehen kann, Max."

„Seid ihr beide fertig?", fragte Valerie, lächelte aber dabei. „Jeremy, es tut mir leid, dass ich dich mit Gerede über Sirup gelangweilt habe."

„Nein, hast du nicht! Ich würde gern mehr hören."

Max und Meg stöhnten und Max sagte: „Du hast darum gebeten, Cherry."

„Moment, was? Cherry?" Megs Brauen zogen sich zusammen.

„Oh, ein dämlicher Spitzname, den ich nie losgeworden bin", erklärte Jeremy. „Mein kleiner Bruder Sean konnte am Anfang meinen Namen nicht aussprechen. Er hat mich Cherry genannt."

„Oooh. Wie niedlich." Valerie fuhr langsamer und hinter der Kurve kam eine Lichtung mit Gebäuden in Sicht. „Wir sind da. Home Sweet Home." Sie hielt vor einer freistehenden Garage und schaltete den Motor aus.

„Es sieht wie auf einer Postkarte aus", bemerkte Jeremy und schaute dabei auf das Farmhaus aus Ziegeln; zwei Stockwerke mit einer überdachten Veranda vorne, roten Fensterläden und einer gelben Tür. Schnee bedeckte das Giebeldach und Rauch kräuselte sich aus dem Kamin.

„Du musst dir wirklich nicht so viel Mühe geben, ihnen zu schmeicheln“, sagte Meg. „Sie sind nett.“

Jeremy zuckte zusammen. Klang er wie ein Schleimer? Er war für den Moment sprachlos und Max schnappte: „*Meg!*“, während John und Valerie protestierten.

Mit der Tür des SUV offen und einem Bein aus dem Auto, verschwand Megs Grinsen. „Ich habe nur gescherzt. Ehrlich.“ Sie berührte Jeremys Arm. „Es tut mir leid.“

„Schon gut“, sagte er. „Es sieht für mich wirklich wie von einer Postkarte aus.“

„Danke“, meinte Valerie empathisch. „Das ist ein wunderbares Kompliment.“

Sie alle stiegen aus und Jeremy wusste, dass seine Wangen flammend rot waren, und wünschte sich, er könnte die Röte zurückfahren. Eine dünne Lage Schnee knirschte unter seinen neuen schweren Stiefeln, der Bereich vor der Garage war geräumt.

Max kam um den SUV herum und murmelte: „Du hast nichts Falsches gesagt. Meg ist nur eine Göre.“

Valerie deutete auf eine rote Scheune rechts von ihnen. „Das da drüben ist das Zuckerhaus. Wir haben drinnen einen kleinen Laden. Diese großen Türen vorne schwingen auf.“

Jeremy nickte und hörte Valerie zu, während John die Rückseite des Autos öffnete. Jeremy nahm seinen Koffer und stellte ihn auf den Boden, aber Max hob ihn gleich wieder hoch und sagte: „Es ist besser, ihn zu tragen, damit die Räder keinen Schnee abbekommen und dann drinnen auf dem Boden Pfützen machen.“

„Oh, es tut mir leid! Ich kann das machen.“

„Schon gut. Ich habe das im Griff.“ Max zwinkerte.

Und *Scheiße,* dieses Zwinkern ließ Jeremys Knie weich werden. Er nahm an, dass es normal war, dass er so reagierte, weil es nur zwei Tage her war, seit sie —

Nein, denk nicht daran, was wir am Dienstag gemacht haben. Das ist in der Vergangenheit. Das war damals und jetzt sind wir hier.

Jetzt war er mit Max' Familie auf ihrer Weihnachtspostkartenfarm, der Geruch von brennendem Holz hing süß und frisch in der Luft. Frische Girlanden mit roten Beeren schmückten das Geländer der Veranda, zusammen mit kleinen Lichtern und ein frischer Kranz mit Bändern im Schottenmuster hing an der gelben Tür. Die Veranda knarzte, als die Familie ihre Stiefel abtrat und Valerie wies sie an: „Tretet ordentlich zu!"

„Mom, du weißt, dass wir jetzt absolut alt genug sind, dass du uns nicht erinnern musst", murrte Meg, während sie gegen die Ziegelwand des Hauses neben der Tür trat und so den restlichen Schnee aus den Sohlen ihrer Stiefel loswurde.

„Ich weiß, aber es macht deine Mutter glücklich", gab Valerie zurück. „Als du ein kleines Mädchen warst-"

„Meg, wie alt denkst du, musst du werden, bis deine Mom aufhört, diese Geschichte zu erzählen?", fragte Max in seiner Reporterstimme. Er hatte die Hände voll mit Gepäck, weil er sonst wahrscheinlich wieder die Sache mit dem Mikrofon gemacht hätte.

„Nun, Max, ich vermute, dass ich tot sein muss."

John öffnete kopfschüttelnd die Tür. „Das ist nicht lustig."

„Tut mir leid, Dad", sagte sie und das Grinsen kehrte zurück. Sie wandte sich an Jeremy. „Um es kurz zu machen, ich war so daran gewöhnt, die Ziegel hier zu Hause zu treten, dass ich es überall gemacht habe und einmal habe ich gegen eine Glastür getreten und sie irgendwie zerbrochen. Ich behaupte nach wie vor, dass, wenn eine Siebenjährige deine Tür eintreten kann, es Zeit für eine neue ist."

Jeremy trat pflichtbewusst gegen die Ziegel, als er an die Reihe kam und atmete tief ein, als er das Haus betrat. Etwas Zimtig-Süßes befand sich im Ofen und ein Weihnachtsbaum schien vor frischem Kiefernduft zu vibrieren. Sie alle zogen ihre Stiefel im Foyer aus, in dem sich ein gefliester Boden mit drei Matten befand. Die Stiefel wurden neben der Garderobe aufgestellt und die Mäntel aufgehängt. Valerie und John zogen sich Pantoffeln im Mokassin-Stil an.

Valerie schrie: „Dad! Wir sind da."

„Ich bin noch nicht taub", kam eine knurrige Antwort. Jeremy versuchte, nicht zu lachen, aber die anderen machten das fröhlich. Er nahm an, dass es sich um Valeries Vater handelte, der, wie Max erwähnt hatte, immer noch auf der Farm wohnte.

John sagte: „Kinder, vergesst nicht, wir haben am Samstag den letzten Tag der offenen Tür für die Feiertage, darum gibt es bis dahin sehr viel zu tun."

Jeremy erwartete, dass Meg und Max grummelten und ihren Eltern widersprachen, aber sie stimmten bereitwillig zu und waren anscheinend mit dem Aufziehen durch. „Kann ich helfen?", fragte er. „Das klingt nach Spaß."

„Das kannst du gerne, Hon." Valerie deutete die Treppe zu ihrer Linken hinauf und sagte zu Max: „Ich führe Jeremy herum, während du diese Koffer nach oben trägst." Sie winkte in Richtung eines Wohnbereichs rechts von ihr. „Willkommen! Wie du siehst, sind wir für die Feiertage vorbereitet."

Das war eine Untertreibung, wenn er je eine gehört hatte. Zusammen mit einem riesigen, noch nicht geschmückten frischen Baum, der Quelle des Kieferndufts, hingen Strümpfe vom steinernen Sims des Kamins. Kerzen und ein Weihnachtsdorf standen darauf. Lange Bänder hingen an der schmalen Trennwand, durch die es zum Esszimmer ging. Weihnachtskarten waren an dem Krepppapier befestigt. Jeremy hatte nicht gewusst, dass so viele Leute noch altmodische Karten verschickten. Vielleicht hatten seine Eltern einfach nicht so viele Freunde.

Der Gedanke an sie unterwegs auf ihrer Kreuzfahrt und das Haus in Victoria dunkel und leer und ungeschmückt schmerzte mehr, als Jeremy das wollte.

Der Kamin befand sich in der Ecke links vom Baum, ein Fernseher hing über dem Sims. Drei Sofas standen davor und um einen rechteckigen Kaffeetisch mit einem eigenen Feiertagsgesteck aus Stechpalme und Efeu herum. Ein großer Teppich bedeckte den Großteil des Wohnzimmers und er fühlte sich dick unter Jeremys besockten Füßen an.

Die cremefarbenen Wände waren mit Dutzenden gerahmten Familienfotos geschmückt. Jeremy wollte unbedingt die Fotos eines jüngeren Max sehen, aber er folgte, als Valerie ihn an dem soliden Esstisch vorbei in die Küche führte, wo ein dünner Mann mit lichten grauen Haaren ein Blech mit goldenem, rundem Gebäck aus dem Ofen holte.

„Kommst du klar?", fragte Valerie.

„Natürlich", brummte er. Er stellte das Blech mit einem Klappern auf den Gasofen, die Ofenhandschuhe mit Santa sahen auf lustige Weise zu groß an ihm aus. Valerie und John teilten einen Blick, sagten aber nichts. Sie ging und küsste den Mann auf die papierene Wange.

Die Küche war eindeutig umgestaltet worden, mit einer großen Insel und weißen Schränken, die glänzten. Eine Arbeitsplatte aus Marmor verlief entlang der Wand unter einem kleinen Fenster und war mit Backutensilien vollgestellt. Eine Spur Mehl lag auf dem Holzboden.

„Das ist Jeremy. Max' Freund."

„Oh, du willst damit sagen, dass du ihn nicht an der Straßenecke aufgelesen hast? Natürlich ist er Max' Freund." Er streckte seine Hand aus und sagte: „Ich bin Pierre." In der letzten Sekunde bemerkte er, dass er immer noch die Ofenhandschuhe trug, und zog sie herunter, enthüllte dabei gekrümmte Finger.

Jeremy schüttelte seine Hand, die sich trocken und rau anfühlte, aber einen überraschend festen Griff hatte. „Es freut mich sehr, Sie kennenzulernen, Sir. Danke, dass ich hier sein darf."

„Nun, warum solltest du nicht?" Er lachte keuchend, wandte sich wieder seinem Gebäck zu und nahm einen Pfannenwender, um es auf ein Gitter zu befördern.

Jeremy folgte Valerie und John aus der Küche und einen Flur hinunter, der sehr neu aussah. Sie erklärten, dass sie ein Wohnzimmer in ein Schlafzimmer mit Bad für Valeries Dad umgebaut hatten, während sie an der geschlossenen Tür vorbei zurück in das Hauptwohnzimmer gingen.

„Es ist ein wirklich schönes Haus."

„Danke, Jeremy." Valerie lächelte ihn an. „Was für ein höflicher junger Mann du bist."

„Max hat erzählt, dass deine Eltern nicht da sind? Wohin sind sie gegangen?", fragte John.

„Oh, sie sind auf einer Kreuzfahrt in Hawaii."

„Du hast dich für das ländliche Ontario entschieden, anstatt nach Hawaii zu gehen? Du musst dich untersuchen lassen!", rief John mit einem herzlichen Lachen.

Max tauchte mit finsterem Blick auf. „*Dad.*"

„Schon gut", sagte Jeremy und versuchte, mitzulachen. „Ich wurde nicht nach Hawaii eingeladen." Er fügte schnell hinzu: „Meine Eltern zahlen für mein Studentenwohnheim und die Uni. Ich kann nicht mehr erwarten. Es ist nur fair, dass sie sich und meinem kleinen Bruder etwas gönnen. Sie treffen sich mit einer alten Freundin meiner Mom, die in den Staaten lebt und sie hat Kinder, die im Alter meines Bruders sind, darum funktioniert das gut. Ich hatte eine späte Prüfung, darum hätte ich ohnehin nicht mitgekonnt ..."

Er verstummte und war sich der peinlichen Stille und der mitleidigen Blicke bewusst.

„Es ist in Ordnung. Sie haben mich nicht rausgeworfen oder mir gesagt, dass sie mich hassen. Es ist alles sehr zivilisiert." Er zuckte innerlich zusammen, als er dieses seelenlose Wort aussprach.

„Zivilisiert", wiederholte Valerie. „Meine Güte." Sie verzog das Gesicht, bevor sie ein strahlendes Lächeln erzwang. „Unser Glück, weil wir die Freude deiner Gesellschaft haben. Und eine weitere helfende Hand für Samstag!"

Jeremy nickte eifrig. Alles, um vom Thema seiner Eltern wegzukommen. „Was ist das für eine Veranstaltung?"

Sie antwortete: „Wir machen vor den Feiertagen drei Tage der offenen Tür an Samstagen und werben zusammen mit einer Weihnachtsbaum-Farm nicht weit von hier. Gemeinsame Flyer und Werbeanzeigen, um die Leute zu ermuntern, uns beide zu besuchen und es zu einem Tagesausflug zu machen. Wir koordinieren uns, um sicherzustellen, dass wir verschiedene Aktivitäten anbieten. Oh, John, hast du Hunter gefragt, ob sie mehr Sirup für dieses Wochenende brauchen, für ihren Kaffee und die heiße Schokolade?"

„Ich schreibe ihm gleich." John zog sein Handy heraus.

In einem verschwörerischen Halbflüstern meinte Valerie: „Der Baumschulbesitzer hat einen jungen Liebhaber, der das Geschäft ganz hervorragend bewirbt."

Meg sprang von der letzten Stufe, als sie von oben herunterkam. „Er ist jetzt wahrscheinlich fünfundzwanzig. Superheiß, wenn man auf Twinks steht. Nick Spini war so ein mürrischer Arsch, bevor Hunter aufgetaucht ist. Superheiß, wenn man auf Holzfäller-Daddys steht."

Mit angespannten Lippen blähte Valerie ihre Nasenflügel, während ihre Augen schmal wurden. „Megan."

Meg zuckte mit den Schultern, und versuchte, nicht zu grinsen. „Habe ich unrecht, Mom?"

Valerie öffnete ihren Mund, schloss ihn dann aber wieder. „Na schön", murmelte sie. „Du hast nicht unrecht, aber *Ausdrucksweise*."

John, der den ganzen Wortwechsel fröhlich zu ignorieren schien, schaute von seinem Handy auf. „Er geht ihnen aus. Max, kannst du heute Nachmittag ein paar Kanister hinbringen? Dann schmücken wir den Baum."

„Cool", stimmte Max zu. „Jer, ich zeige dir dein Zimmer."

Die Treppen knarzten unter ihnen, eine weitere frische Girlande und goldene Lichter waren um das Geländer gewickelt. Der Flur oben war schmal, der Boden uneben.

„Sie haben zuerst unten renoviert, wie du sehen kannst", erklärte Max. „Am Ende des Flurs ist das Hauptschlafzimmer und sie haben ihr eigenes Bad. Wir müssen mit dem uralten klarkommen, das hinter der zweiten Tür rechts ist. Meg ist links, hier schläfst du und ich bin auf der anderen Seite." Er deutete auf das erste Zimmer rechts.

Jeremy konnte den Funken der Freude nicht unterdrücken, weil er so nahe bei Max schlief. *Vielleicht können wir einfach … Nein! Wir können nicht. Nur Freunde! Keine Vorzüge! Zumindest nicht bis Januar.*

„Großartig, danke. Ähm …" Er suchte nach etwas, das er sagen konnte und landete dummerweise bei: „Kommen die LSAT-Ergebnisse wirklich später?"

Max richtete sich auf. „Du denkst, ich lüge?"

„Nein!" Jeremy wurde unsicher. „Ich dachte nur … Nun, vielleicht willst du nicht darüber reden, weil du nicht glücklich damit bist, wie es gelaufen ist."

Max rieb sich über sein Gesicht und seufzte. „Es tut mir leid. Ich weiß nicht, warum ich so in die Defensive gegangen bin. Es liegt nicht an dir." Er drückte kurz Jeremys Schulter. „Sie kommen wirklich mit Verzögerung."

Jeremy sehnte sich danach, ihn zu trösten, aber eine Umarmung war wahrscheinlich zu viel. Stattdessen nahm er vorsichtig Max' Arm. „Was auch passiert, alles wird gut."

Max atmete scharf aus. „Ja. Ich … Danke. Das musste ich hören."

Jeremy lächelte ihn an und seine Hand lag immer noch auf Max' Arm und vielleicht wäre ihn zu umarmen nicht zu seltsam? Freunde umarmten sich. Er konnte es wie eine dieser rückenklopfenden Bro-Umarmungen machen. Aber der Moment zog sich zu sehr in die Länge und er musste seine Hand sinken lassen. Sie starrten einander an und Jeremy fummelte an seiner neuen Brille herum.

„Ich sollte mich um diesen Auftrag kümmern", meinte Max und deutete mit seinem Daumen in Richtung Treppe.

„Stimmt. Jep. Ich werde auspacken oder so."

Max nickte, aber bevor er die Treppe hinunterging, drehte er sich wieder um. „Oder, wenn du willst, kannst du mitkommen, mehr von der Gegend sehen."

„Gerne." Er bemühte sich sehr, lässig zu klingen. „Das wäre cool."

Jeremy hüpfte praktisch hinter ihm her, das *fa-la-la-la-la* aus dem Radio vorhin hallte in seinen Kopf nach.

Kapitel Acht

E IN KUSS WÜRDE nicht schaden.

Max schnaubte in sich hinein, als er Valeries alten Pick-up unter dem grauen Himmel auf die Hauptstraße fuhr. Ein Kuss wäre ein Desaster, weil er auf gar keinen Fall nicht zu mehr werden würde. Viel mehr. Er spielte mit dem Radio herum, fand einen Rock-Sender, der ein Lied von Tragically Hip spielte. Jeremy schaute vom Beifahrersitz aus dem Fenster und war anscheinend fasziniert vom verschneiten Wald und den vereinzelten Häusern, an denen sie vorbeikamen.

Es sollte nicht so schwierig sein.

Er kannte Jeremy noch keine ganze Woche. Es sollte einfacher sein, auf Pause zu drücken. Er hatte schon beiläufigen Sex gehabt. Er hatte Freunde-mit-gewissen-Vorzügen Arrangements gehabt, die angefangen und aus welchen Gründen auch immer wieder aufgehört hatten.

Er hatte noch nie mit der Art Begehren gekämpft, die schon den ganzen Tag mit Jeremy in ihm simmerte und drohte, überzukochen. Es war nicht nur so, dass er saugen und ficken wollte. Er wollte Jeremy im Arm halten und sich ihm nahe fühlen. Er könnte ihn stundenlang küssen, dieses niedliche kleine Wimmern aus ihm herauskitzeln …

Er wollte, dass Jeremy seinen Gurt löste und über den Sitz rutschte, um sich unter seinen Arm zu kuscheln. Er hatte es sich in den Kopf gesetzt, dass Jeremy nach Kirschen roch und schmeckte, was offensichtlich nicht stimmte. Er wusste das sogar ganz genau, aber er sehnte sich dennoch danach. Er wollte Jeremy zum Lächeln bringen – was absolut erlaubt war.

Das Problem war, dass Jeremys Lächeln in Max den Wunsch weckte, sich zu ihm zu beugen und seinen Mund in einem Kuss zu fangen.

Er musste zugeben, dass es ihm wirklich gefiel, dass er der einzige Mann war, den Jeremy je geküsst hatte. Obwohl es durchaus möglich war, dass dem nicht mehr so war. Jeremy war vielleicht gestern Nacht ausgegangen und hatte einen Aufriss gemacht. Er könnte auf die App gegangen sein und irgendeinen Typen auf sein Zimmer eingeladen haben. Das ging Max nichts an.

„Alles in Ordnung?", fragte Jeremy.

Max wurde klar, dass er das Lenkrad umklammerte, als würde es ihm gleich aus den Händen gerissen werden. Er zwang sich zu einem Lachen und lockerte sich. „Jep. Ich dachte, da wäre eine eisige Stelle."

Nach einer weiteren Minute der Stille, in der der Radiosender zu Led Zeppelin wechselte, meinte Jeremy: „Deine Familie ist großartig. Und ich bin mir nicht sicher, ob ich je in meinem Leben ein Haus gesehen habe, das mehr Weihnachten ist."

Max lachte. „Ich habe dich gewarnt."

„Das hast du", stimmte Jeremy mit einem Lächeln zu. „Also, was ist mit diesen Jungs, die die Weihnachtsbaum-Farm führen?"

„Nick Spini und sein ‚junger Liebhaber' waren vor ein paar Jahren ein ziemlicher Skandal. Nicht nur wegen des Altersunterschieds, aber Nick ist ein absoluter Daddy. Ein kinky Daddy. Wie Meg schon gesagt hat, sie sind beide heiß. Es gab jede Menge Gerüchte, aber Pinevale ist auch der langweiligste Ort auf Erden, darum war das die erste aufregende Sache, die hier passiert ist, seit ein Boston Pizza eröffnet hat."

„Die Leute stört es nicht, dass sie schwul sind?"

„Nein. Ich bin mir sicher, dass es ein paar Leute gibt, die es insgeheim missbilligen, weil sie freudlose Arschlöcher sind, aber die Farm läuft besser, seit Hunter eingezogen ist und das Marketing und so hochgefahren hat. Nick war für eine lange Zeit allein, nachdem sein Partner gestorben war und hat sich mit seinem Hund da draußen vor der Welt versteckt."

„Wow. Das ist so traurig. Wie haben sie sich kennengelernt?"

Max grinste. „Nick ist überredet worden, den Santa in der alten Mall zu spielen und Hunter war sein Elf. Ich werde nicht lügen, meine Fantasie ist deswegen ziemlich mit mir durchgegangen. Ich will wetten, dass es unanständig und verdammt schön war."

Jeremy sah ein wenig entsetzt aus, was *hinreißend* war. Er lachte. „Das ist … ja, das ist …" Er senkte seine Stimme zu einem Flüstern. „Irgendwie heiß."

Max zwang seinen Blick zurück auf die Straße. „Wie dem auch sei, sie scheinen wirklich glücklich zu sein."

„Das ist großartig." Jeremy holte sein Handy aus seiner Tasche, als es mit einem leisen Summen vibrierte, und holte Luft, als er auf den Bildschirm schaute.

„Alles in Ordnung?"

„Ja. Mein Dad hat mir aus einem Hafen geschrieben. Es ist wohl das erste Mal, dass sie Netz hatten. Er meldet sich nur und sagt, dass sie Spaß haben."

„Stimmt. Sehr … zivilisiert."

Jeremy schwieg und aus dem Augenwinkel sah Max, wie er die Nachricht anstarrte. Max drehte die kreischende Gitarre im Radio leiser. „Es tut mir leid. Geht es dir gut?"

Nach einem langen Seufzen meinte Jeremy: „Ja. Und das ist es. Zivilisiert. Höflich. Nicht, dass meine Eltern je *unhöflich* sein würden – das hassen sie. Aber ich habe mir diese Nachricht angesehen und ein Teil von mir hat gehofft, dass darin steht, dass sie mich so lieben, wie ich bin und dass alles gut werden wird. Dass alles wieder normal werden wird. Ich-"

Jeremy brach ab und starrte aus dem Fenster, sein Knie hüpfte nervös auf und ab. „Ein Teil von mir war erleichtert, dass sie auf diese Kreuzfahrt gegangen sind, weil über Weihnachten nach Hause zu fahren für mich dadurch aus der Gleichung genommen wurde. Weil ich Angst habe, dass sie mir gesagt hätten, dass ich nicht kommen soll."

Max klammerte sich erneut an das Lenkrad, als er langsam in Richtung Baumschule fuhr. Er hatte eine Menge deutliche Worte für die Rourkes, aber er würde Jeremy keinen Gefallen tun, wenn er seine Eltern als egoistische Arschlöcher bezeichnete. Max würde sich dadurch besser fühlen, aber hier ging es nicht um ihn. Er fragte: „Was ist im Sommer?"

„Ich weiß nicht. Wir haben noch nicht darüber gesprochen. Ich nehme an, ich werde nach Hause fahren, aber ich könnte mich auch für ein paar Kurse anmelden und auf dem Campus bleiben. Vorausgesetzt, sie zahlen dann immer noch für die Uni und das Wohnheim. Oder ich muss einen Kredit aufnehmen." Er rutschte ruhelos herum. „Das wären eine Menge Schulden."

Es war, als könnte Max sehen, wie die Angst Fahrt aufnahm wie ein Tornado, der gleich Kontakt zum Boden bekam. „Denk darüber nicht jetzt nach. Valerie würde sagen, dass du dir keinen Ärger herbeireden sollst. Was auch immer passiert, du wirst eine Lösung finden. Für den Moment hat dein Dad dir geschrieben und das bedeutet, dass er an dich gedacht hat. Darum solltest du antworten. Konzentriere dich auf das, was du im Moment kontrollieren kannst. Du weißt nicht genau, wie die Strategie des anderen Teams aussieht, darum musst du dich auf deine fokussieren."

„Wirst du anfangen, über Touchdowns und Tackles zu reden?"

Max lachte, als er in die Auffahrt einbog und unter einem großen Banner hindurchfuhr, das den Tag der offenen Tür bewarb. „Vielleicht!" Er war erleichtert zu sehen, dass ein kleines Lächeln Jeremys Lippen umspielte. „Wir müssen das ein Spiel nach dem anderen angehen. Alles auf dem Spielfeld lassen."

„Einhundertzehn Prozent geben?"

„Jetzt verstehst du es. Es gibt auf diesem Niveau keine einfachen Spiele. Übe Druck auf die Verteidigung aus. Spiele beide Seiten des Balls. Geh da raus und liefere."

„Aye-Aye, Kapitän." Jeremy salutierte.

Max salutierte zurück und sie beide fingen an zu lachen. Er navigierte über die kurvige, schneebedeckte Auffahrt. Die Schneewälle vom Schneeräumer waren sogar noch höher als zu Hause. „Möchtest du

Hilfe, was du zurückschreiben sollst?“

„Ich werde einfach nur ein ‚Viel Spaß! Ich bin auf einer Weihnachtsbaum-Farm.‘ schreiben. Und dann ein Foto schicken?“

„Das gefällt mir. Zeig ihnen, dass du nicht herumsitzt und dich schämst und auf ihre Krumen wartest. Es gibt hier eine großartige Stelle, an der man die Bäume bis in die Ferne sehen kann. Ich bin mir sicher, dass es Nick nicht stört.“

„Wunderbar.“

Sie erreichten die Farm und parkten. Ella, der Beagle, raste zu ihnen, um zu erkunden, der Schnee flog unter ihren Pfoten auf. Sie erreichte Jeremy zuerst und er ging in die Hocke, eine Begrüßung murmelnd, während ihr Schwanz wie wild wackelte.

Jeremy fing an, den Hund zu streicheln, und verdammt, Max wollte ihn streicheln. Jeremys Mütze lag immer noch im Truck und seine roten Haare waren wunderschön. Max schaute auf seinen Kopf hinunter, seine Finger juckten, hindurch zu streichen.

„Ignoriert sie!“, rief Nick, der von der Scheune an dem rustikalen Chalet-Haus mit den großen Fenstern vorbeimarschierte. Sowohl die Scheune als auch das Haus waren für die Feiertage mit frischen Girlanden und Kränzen und tonnenweise Lichtern dekoriert. Max unterdrückte ein Lachen, als Nick näherkam. Nick trug seine übliche karierte Arbeitskleidung – und dazu eine absolut uncharakteristische rosa Mütze mit einem wackelnden Bommel.

Hunter kam aus dem Haus, schloss seine Jacke und zog sich eine Mütze über seine blonden Haare. „Warum sollten sie den niedlichsten Hund der Welt ignorieren?“

Nick sah aus, als wollte er etwas einwenden – was nach Max’ beschränkter Erfahrung sein üblicher Gesichtsausdruck war – grunzte aber dann. Er streckte Max seine Hand hin und verdammt, er war wirklich ein großer Daddy Holzfäller. Max war selbst ziemlich groß, aber Nick hatte diese einschüchternde Ausstrahlung. Sogar mit der Mütze.

Sie stellten sich vor und Hunter war wie immer ein lächelndes Energiebündel. Er und Nick schienen absolute Gegensätze zu sein, aber Max nahm an, dass sie deswegen funktionierten. Hmm. Waren er und Jeremy Gegensätze? Vielleicht ein wenig. Jeremy war nervös und unsicher und hatte Taschengröße. Max –

Er bemerkte, dass alle ihn anstarrten. „Hmm? Tut mir leid. Ella ist einfach zu niedlich, als dass ich mich auf irgendetwas anderes konzentrieren könnte. Nicht wahr?" Er ging in die Hocke, um sie zu streicheln und sie saugte die Zuneigung begierig auf wie ein trockener Schwamm.

„Ermuntere sie nicht noch", grummelte Nick. „Man könnte meinen, dass wir sie den ganzen Tag ignorieren." Er kratzte seinen grau melierten Bart. Max stand auf und blinzelte die Mütze an, die Nick trug. War die rosa Wolle mit … Glitter durchzogen?

Nick runzelte die Stirn, riss sich die Mütze dann mit einem gemurmelten Fluch herunter, während er Hunter einen tödlichen Blick zuwarf. Hunter grinste, seine blauen Augen schimmerten vor Erheiterung. Nick sagte zu Max: „Danke für den Sirup. Brauchen deine Eltern noch mehr Grün?"

„Nein, wir haben genug. Mir gefällt übrigens die Mütze."

„Sie steht ihm, nicht wahr?", fragte Hunter mit vorgetäuschter Unschuld.

„Sie passt zu dem grünen Karomuster", warf Jeremy mit echter Unschuld ein, die in Max den Wunsch weckte, ihn wieder überall zu küssen.

„Das habe ich auch gesagt!", rief Hunter. Er zog Nicks Gesicht zu sich herunter und drückte einen Kuss auf seine bärtige Wange. „Hörst du?"

Den Kopf schüttelnd und eindeutig gegen ein Lächeln ankämpfend, marschierte Nick zurück zur Scheune. Ella folgte ihm dichtauf. Hunter kicherte. „Ich habe sie ihm letztes Weihnachten zum Spaß geschenkt, aber die Innenseite ist superweich und insgeheim liebt er sie."

Max streckte seine Faust aus und Hunter schlug dagegen.

„Ich hole den Sirup für dich."

„Und stört es dich, wenn wir herumgehen und ein paar Fotos von der Farm machen? Jeremy braucht etwas für sein Insta."

„Kein Problem. Soll ich euch herumführen?"

Natürlich wollten sie das und Hunter führte sie zu den besten Stellen für Fotos. Es war kalt und der Schnee tief, aber der Wind blies nur mäßig. Jeremys Wangen waren rosig, als sie zum Truck zurückkamen und während er schnell auf die Nachricht seines Vaters antwortete, starrte Max ihn an, wie er sich vor Konzentration auf die Lippe biss.

Vielleicht wenn Max nachgab und ihn noch einmal küsste, könnte er darüber hinwegkommen …

Sie fuhren nach Hause, Jeremys Brille beschlug, als die Heizung des Trucks ansprang. Er nahm sie ab und wischte sie mit seinem Schal sauber, bevor er ein zerknittertes Taschentuch aus seiner Tasche zog.

„Das war großartig. Ich habe noch nie … Wir haben jede Menge Paare auf der Church Street gesehen und so, aber es war cool, zwei Männer zu sehen, die tatsächlich zusammen wohnen." Er schüttelte seinen Kopf. „Das ist dämlich."

„Ist es nicht."

„Ich will damit sagen, natürlich wohnen viele gleichgeschlechtliche Paare zusammen."

„Stimmt. Aber es ist eine Sache, das zu wissen und eine andere, es mit eigenen Augen zu sehen."

Jeremy nickte eifrig. „Genau. Du verstehst es. Für mich war das alles so theoretisch. Dann habe ich dich kennengelernt." Er senkte seinen Kopf und reinigte seine Brille so heftig, dass das Taschentuch riss. Er setzte sich seine Brille auf und hielt seinen Blick auf die Straße vor ihnen gerichtet. „Ich meine nicht nur … was wir zusammen gemacht haben. Dich zu treffen, hat meine Welt so sehr vergrößert, in nur einer Woche. Danke."

Für einen Moment konnte Max nicht atmen und er konnte ganz sicher nicht reden, als er auf die Hauptstraße bog. Er wollte Jeremy sagen, dass es die beste Überraschung gewesen war und dass es so viel mehr gab, was er ihm zeigen wollte.

Nicht nur Sex – er wollte ihn mit zu all den Instagram-Stellen nehmen und all den queeren Orten, wo sie einfach sie selbst sein und sich sehen konnten und ihm … alles zeigen. Mehr als das, er wollte neue Orte gemeinsam mit ihm entdecken.

Aber würden sie nächstes Jahr überhaupt in derselben Stadt leben? Er hatte sich für das Jurastudium in Toronto beworben, aber auch in Kingston, Halifax, Ottawa, Calgary und Vancouver. Je nachdem, wie seine LSAT-Ergebnisse ausfielen, würde er vielleicht nicht einmal angenommen werden. Vielleicht wollte er auch gar nicht gehen.

Das war genau der Grund, warum sie eine Pause machen mussten. Max musste entscheiden, was er wollte, bevor er sich von einem sexy, bezaubernden, neuen Typen von den Socken reißen ließ.

Er räusperte sich. „Kein Problem. Jederzeit.“

„HATTET IHR SPAß?“

Max ruckte herum und sah, wie Meg die Tür schloss. Sie lehnte sich dagegen, den Kopf geneigt und die Arme verschränkt, mit einem zu unschuldigen Lächeln im Gesicht. Er sagte: „Ja. Klar. Hunter lässt grüßen.“

Ihr Lächeln wankte nicht. „Ihr wart eine Weile weg.“

„Ja, sie haben Jeremy herumgeführt.“

Ihre Arme sanken, ebenso wie ihr Lächeln. „Mann, komm schon. Du hast gesagt, dass du ihn nicht fickst!“

„Das tue ich nicht! Wir sind zur Spini-Farm gefahren, um den Sirup abzuliefern und sie haben Jeremy eine kleine Tour angeboten. Wir haben sonst nichts gemacht.“ Das war die Wahrheit. Er wartete mit den Händen in die Hüften gestemmt.

Megs Blick wurde schmal. „Okay. Du scheinst die Wahrheit zu sagen.“

Er schnaubte. „Du und dein ‚verräterisches Zeichen‘.“ Es nervte ihn immer noch, dass sie ihm nicht sagte, was es war.

„Du bist derjenige mit dem verräterischen Zeichen, wenn du lügst. Hasse nicht den Spieler, hasse das Spiel. Also, lass uns sagen, dass ich glaube, dass diese Exkursion rein geschäftlich war. Aber du willst ihn ficken. Und du hast es schon getan."

„Nein, habe ich nicht." Je nachdem, wie man das Wort definierte. Max drehte sich zu seiner Tasche, leerte den Inhalt in den Wäschekorb in der Ecke.

„Hast du irgendetwas mitgebracht, das nicht gewaschen werden muss?"

„Natürlich nicht."

„Ich auch nicht, um ehrlich zu sein. Außerdem? Du lügst."

Er hob protestierend seine Hände, ging jede Bewegung durch, die er gemacht hatte. Was zur Hölle hatte ihn verraten?

Meg redete weiter. „So wie ihr beide euch heute Morgen an der Bushaltestelle mit den Augen gefickt habt, hat sogar die alte Dame hinter uns gemeint, dass ihr euch ein Zimmer nehmen sollt."

„Wir haben nicht-" Er warf seinen Toilettenbeutel auf das Bett, schloss seine leere Tasche und kickte sie in die Ecke neben dem Schrank. „Na schön, wir hatten eine kleine Freunde-mit-gewissen-Vorzügen Sache laufen, aber nur ein paar Tage lang. Ich habe ihm von den Hausregeln erzählt und wir waren uns einig, dass wir auf die Bremse steigen. Er ist ein netter Junge. Wirst du petzen? Wäre es dir lieber, wenn er Weihnachten allein im Studi-Wohnheim verbringt?"

Sie verzog die Lippe. „Natürlich nicht. Für was für ein Arschloch hältst du mich? Außerdem würden Mom und Dad ihn nicht rauswerfen, also fahr das Drama runter. Sie sind nur streng, wenn es darum geht, dass wir zu Hause mit jemandem im selben Bett schlafen. Obwohl wir angeblich erwachsen sind, ist es ihr Haus, also was soll's. Du und Jeremy dürft dennoch zusammen sein. Ihr seid in getrennten Zimmern, warum bist du also so komisch?"

„Weil ich ihn nicht so sehr mögen sollte!", flüster-schrie Max.

Meg grinste triumphierend, redete aber mit leiser Stimme. „Ich wusste es."

„Ja, ja."

Sie runzelte die Stirn. „Wo liegt das Problem? Er scheint wirklich nett zu sein. Irgendwie nerdig, also nicht dein üblicher Typ, aber daran ist nichts falsch."

„Ich wollte nur ein wenig gute Fee spielen. Ihm helfen, seinen Weg zu finden, weil er sich erst vor Kurzem geoutet hat und noch nicht wirklich Freunde an der Uni hat." Natürlich würde Max Jeremys Vertrauen nicht verraten und Meg von der Sache mit der Jungfräulichkeit erzählen. „Ich sollte mich nicht in ihn verlieben."

„Warum nicht?"

„Weil das nicht der Plan ist." Aber wollte er diesen Plan überhaupt?

„Ich weiß, dass das Jurastudium stressig sein wird, aber ich bin mir ziemlich sicher, dass du dennoch mit jemandem zusammen sein kannst."

Das Jurastudium war das Letzte, worüber er reden wollte. „Ich hatte nur alles so lang im Voraus geplant und jetzt …"

Sie lächelte und ihr Tonfall war scherzend. „Du weißt, dass es in Ordnung ist, wenn Kapitän Max nicht jede Kleinigkeit geplant hat. Du kannst dich spontan umentscheiden."

„Das Spiel in letzter Minute zu ändern, geht nicht immer gut aus."

Ich habe Mom bei ihrer Beerdigung versprochen, dass ich ein Anwalt werde, genau wie sie.

Aber will ich überhaupt ein Anwalt werden? Wäre ich lieber ein Lehrer? Oder etwas anderes?

Wird Mom das verstehen?

Meg sagte: „Aber manchmal bekommst du einen Touchdown."

„Kinder!", rief Valerie von unten. „Zeit für den Baum!"

Es war eine Erleichterung, diesen Wirbel aus widersprüchlichen Emotionen beiseitezuschieben. Das leise Flüstern in seinem Kopf verhallte. Sie trafen Jeremy, der gerade aus dem Bad kam, auf dem Flur und gingen hinunter. Max inhalierte genussvoll den köstlichen Duft, der aus Küche kam, als Jeremy fragte: „Wow. Was ist das?"

„Papys Ahorn-Bourbon-Most", antwortete Max. „Das ist unsere Tradition zum Baumschmücken."

Papy kam ins Wohnzimmer mit einem Tablett voller dampfender Tassen, seine schlurfenden Schritte waren relativ gleichmäßig, obwohl Valerie und sein Dad aussahen, als wollten sie ihm das Tablett abnehmen. Aber er stellte es selbst mit einem Stöhnen auf den Kaffeetisch, als er sich vorbeugte, dann ging er, um das Gebäck zu holen.

Sie alle nahmen eine Tasse, Max wärmte seine Hände daran und blies auf den dampfenden Wein. Sein Dad schürte das Feuer mit einem Regen aus Funken und Valerie öffnete die alten Schachteln mit den Dekorationen und wickelte ordentliche Bündel goldener Lichterketten auf.

Jeremy rief „Oh!", nachdem er einen Schluck Apfelwein getrunken hatte. „Ist das mit Alkohol?"

„Natürlich", sagte Papy, als er mit einem Tablett zurückgeschlurft kam, auf dem Gebäckschnecken gestapelt waren.

„Wir sind Französisch-Kanadisch", erklärte Meg. „Alk, Ahorn, katholische Schuldgefühle. Die drei Hauptnahrungsgruppen."

Jeremy lachte. „Was ist die Vierte?"

„Hmm", überlegte Meg. „Papy, was meinst du?"

„Tourtière."

„Nicht Poutine?", zog Max ihn auf, weil er wusste, dass Papy kein Fan war.

Papy schaute ihn finster an, während er sich auf seinen Platz auf der mittleren Couch setzte. „Fleischpastete ist besser und das weißt du auch."

Max grinste und nahm einen Bissen von dem buttrigen Gebäck. „Mmm. Papy, das ist hervorragend."

Er zuckte mit den Schultern, sah aber zufrieden aus. „Das Rezept deiner Mamy ist das Beste. So einfach ist das."

Mit vollem Mund murmelte Meg: „Mmm. Butter, brauner Zucker, Ahornsirup. Es wird nicht besser."

Dad stand auf und klatschte in die Hände. „Also gut, der Baum wird sich nicht selbst schmücken."

„Es ist deine Aufgabe, die Lichter anzubringen, während wir zusehen", bemerkte Max.

„Lustiger Junge." Aber Dad wandte nichts weiter ein und fing an, methodisch die Lichterketten um den Baum zu winden. Hinter dem

Baum durch das große Fenster wurde der Nachmittag bereits dunkel. Die bunten Weihnachtslichter an der Scheune und am Haus hingen an einer Zeitschaltuhr und schon bald gingen sie an.

Max kniete sich auf den Teppich und fing an, Baumschmuck auszupacken. Eine der Schachteln war so alt und brüchig, dass eine der Deckelhälften abriss, als er vorsichtig versuchte, sie aufzufalten.

Neben Papy saß Jeremy und nippte an seinem Apfelwein, seine Wangen waren ein wenig rosig. Er war still, hörte zu, wie sie alle sich gegenseitig aufzogen, aber er lächelte. Als er Max' Blick begegnete, flüsterte er: „Was? Habe ich etwas im Gesicht?" Er wischte sich über den Mund.

„Nein, alles gut." Max beugte seinen Kopf, um den Schmuck zu inspizieren und wickelte Glaskugeln aus uraltem Seidenpapier.

„Fertig!", verkündete Dad. Er ließ sich auf eine der Couchen fallen. „Das Lametta ist euer Job, Kinder."

Meg hatte die langen metallicroten und grünen Girlanden in der Hand und Max half ihr, sie um den Baum zu winden. Sie mussten eine davon drei Mal neu wickeln, bevor sie eine perfekte, gleichmäßige Abdeckung schafften.

„Willst du uns helfen, die Kugeln aufzuhängen?", fragte Max Jeremy.

„Bist du sicher?"

„Natürlich!", rief Valerie und reichte ihm eine Schachtel. „Komm her."

Meg, Max und Jeremy fingen an zu arbeiten, während die anderen tranken, und aßen und sagten, wo sie Sachen aufhängen sollten, damit es keine leeren Stellen gab. Jeremy hängte einen silbernen Schmuck auf, lehnte sich in den Baum und atmete tief ein.

„Es riecht unglaublich. Jetzt verstehe ich, warum die Leute echte Bäume kaufen."

„Hattest du noch nie einen echten Baum?", fragte Valerie und hob ihre Brauen.

„Nein. Meine Mom sagt, dass es zu viel Dreck macht und feuergefährlich ist."

Valerie erwiderte: „Nun, ja, aber es ist *Tradition*. Wir brauchen auch mehr Apfelmost.“

Papy fing an sich zu wiegen, wie er es machte, wenn er sich auf die Füße stemmen wollte, darum sagte Max schnell: „Ich hole ihn!“

„Ich helfe dir“, bot Jeremy an und folgte Max in die Küche. Sein Handy summte und er zog es heraus. „Oh!“

„Hat dein Dad geantwortet?“ Die süße, würzige Köstlichkeit inhalierend, rührte Max den Topf mit dem Apfelmost, der auf niedriger Temperatur simmerte.

„Nein, es ist … Mir war nicht klar – oh! Heilige Scheiße.“ Jeremy schlug sich eine Hand auf seinen Mund und warf einen Blick in Richtung Wohnzimmer.

Lachend frage Max: „Was?“

Jeremy murmelte: „Als ich ausgepackt habe, habe ich mir die Dating-App angeschaut. Ich war nur neugierig, ob jemand hier in der Gegend sie benutzt. Ich wollte niemanden aufreißen!“

Max bemühte sich sehr, sein Lächeln zu behalten. „Schon gut, Kumpel. Du darfst Aufrisse machen wollen.“ Was absolut stimmte. Es gab überhaupt keinen Grund, warum Max die Schöpfkelle mit einem Todesgriff halten sollte. „In der Regel muss man nach Barrie, aber hin und wieder gibt es ‚Hetero‘-Typen auf dem Land, die nicht geoutet sind und in ihrem Pick-up Action sehen wollen.“

„Wow.“ Jeremy schien wirklich geschockt zu sein, was niedlich war. „Mir war nicht einmal klar, dass irgendjemand mein Profil sehen kann.“

„Du musst das wahrscheinlich in den Einstellungen anklicken.“ Max konnte sich gerade so beherrschen, sich das Handy nicht zu schnappen und die App zu löschen, was definitiv eine arschige Aktion von einer guten Fee wäre. Er sollte Jeremy nicht entmutigen, wenn es das war, was er wollte. Er war frei zu erkunden und Spaß zu haben. „Wer ist es?“ Er konnte nicht widerstehen hinzuzufügen: „Ich kann mir nicht vorstellen, dass es hier in der Gegend irgendjemanden gibt, der es wert ist, sich mit ihm zu treffen.“

Jeremy hielt sein Telefon in die Höhe. „Ähm, ‚Fröhlicher-

Unterstrich-Drummer-Unterstrich-Typ'. Er wohnte in der Nähe von Barrie."

„Welchen Usernamen hast du genommen?"

„Oh, nur eine Variation von meinem Insta-Profil. Musste einen zusätzlichen Unterstrich dazunehmen oder so."

„Cool, cool, cool. Also, was hältst du von ihm?" Max rührte den Apfelmost ruppig, die Kelle knallte gegen die Seiten des Topfes und heiße Flüssigkeit platschte auf den Herd.

„Sieht ... nett aus? Er zeigt sein Gesicht. Irgendwie ein Hipster, vermute ich? Zottelige Haare und Bart. In unserem Alter. Ich bin mir nicht sicher, wie er das beurteilen kann, aber er sagt, dass ich niedlich aussehe."

Er hat recht. „Er hat eindeutig guten Geschmack." Max erinnerte sich selbst daran, dass dies die ursprüngliche Idee gewesen war, als er Jeremy unter seine Fittiche genommen hatte. Das hier war die Feen-Magie, die er vorgehabt hatte. Es war verantwortungsbewusst und selbstlos, Jeremy zu ermutigen, nicht ihn zurückzuhalten.

Die Worte schmerzten in seiner Kehle, als er vorschlug: „Frag ihn, ob er sich auf einen Kaffee treffen möchte", bevor er seine Meinung ändern konnte. Denn es wäre selbstsüchtig. Gute Feen sollten keine Scxbremsen sein.

„Äh ... Wirklich?" Jeremy blinzelte ihn mit gerunzelter Stirn an. „Du willst, dass ich mit ihm ausgehe?"

„Nun, das kannst du auf alle Fälle machen." Was die Frage nicht wirklich beantwortete. „Ich muss morgen nach Barrie, um Weihnachts-einkäufe zu machen. Ich kann dich hinbringen und wieder abholen." Er wechselte von einem Bein aufs andere, während er rührte. Jeremys stiller Blick kribbelte auf seiner Haut.

„Ist das ... Du willst, dass ich das mache?"

Max konzentrierte sich auf einen fröhlichen Ton. „Es ist natürlich deine Entscheidung."

Jeremy schwieg für ein paar Momente. „Ich sollte wohl?"

„Klar, warum nicht?" Max' Hirn hatte ein paar laute Vorschläge, warum nicht und er brachte sie brutal zum Schweigen. „Es gibt in Barrie ein cooles Spiele-Café. Sag ihm, dass er dich dort gegen elf Uhr treffen soll.“

Und wenn er es nicht schafft, na dann!

„Okay.“ Jeremy klang nicht zu begeistert, tippte aber auf seinem Handy und wartete.

„Und fühl dich nicht schlecht, wenn er Nein sagt. Es kann sein, dass er beschäftigt ist oder vielleicht will er einen Aufriss und kein Date oder-“

„Er hat gerade zugesagt.“ Jeremy starrte mit großen Augen auf den Bildschirm. „Ich werde das wohl machen.“

„Wenn du willst.“ *Sag, dass du nicht willst.*

„Nun, ich kann jetzt nicht absagen. Ich bin derjenige, der ihn gefragt hat.“

„Richtig.“ Weil Max es vorgeschlagen hatte – weil er ein *absoluter, verdammter Idiot war.*

„Ich möchte seine Gefühle nicht verletzen.“

Max' frustrierte Verwirrung löste sich in einer Welle von Zuneigung für Jeremy auf. „Nein. Natürlich nicht.“ Jeremy hatte recht – dieser Typ verdiente es nicht, an der Nase herumgeführt zu werden. „Es ist ein Date am Vormittag. Es muss keine große Sache sein.“

„Ja.“ Jeremy lächelte schwach. „Das ist es, was die Leute ständig machen, oder?“

„Absolut. Du solltest gehen und dich amüsieren.“ Er bemühte sich sehr, es auch so zu meinen. Jeremy verdiente es, diese Erfahrungen zu machen. Ein guter Freund, der auch seine gute Fee war, würde ihn nicht zurückhalten.

„Wirst *du* jemanden treffen, während wir hier in Pinevale sind? Mit Typen in Pick-Up Trucks oder so?“

„Nein.“ Max lachte. „Das habe ich schon durch.“

„Oh“, flüsterte Jeremy und sein Gesicht wurde rot. „Dann sollte ich das wohl auch machen?“

Nur über meine Leiche. Max packte die Schöpfkelle fester, machte einen beruhigenden Atemzug und war ehrlich. „Nein, ich denke nicht, dass das zu dir passt. Und das ist in Ordnung. Aber du hast aus einem Grund in die App geschaut."

„Ich habe es dir doch gesagt, ich war nur neugierig!"

„*Genau.* Du bist neunzehn. Du wohnst zum ersten Mal weit weg von zu Hause. Natürlich bist du neugierig. Es ist in Ordnung, neugierig zu sein. Ich unterstütze deine Neugierde."

Jeremy sah zweifelnd aus. „Danke."

Max hob den Topf mit beiden Händen und ging in Richtung Wohnzimmer, weil er wollte, dass dieses absolut peinliche Gespräch vorbei war. Was getan war, war getan. Jeremy würde auf ein Date gehen.

Yay.

Er hielt den Topf, während Jeremy allen ein zweites Mal die Tassen füllte und brachte ihn dann zurück auf den Herd. Wieder beim Baum schmückten er und Jeremy schweigend, während Dad, Meg, Papy und Valerie eine lebhafte Debatte über die Verteidigung der Maple Leafs oder deren Fehlen führten.

Als er auf die Zehenspitzen ging, um eine gläserne Schneeflocke an den Baum zu hängen, dort wo er dem Fenster zugewandt war, flüsterte Jeremy Max zu: „Ich werde bald betrunken sein." Er gab dieses niedliche kleine Kichern von sich, das besagte, dass ihm der Bourbon wahrscheinlich bereits zu Kopf gestiegen war. Sein Lächeln verblasste. „Ich kann nicht glauben, dass ich mich mit jemandem auf ein Date treffe, den ich noch nie gesehen habe." Er biss sich auf die Lippe. „Aber du denkst, dass ich das sollte, oder?"

„Absolut." Max stieß ihre Tassen aneinander und zwang sich zu einem Lächeln. Er bemühte sich sehr, nicht darüber nachzudenken, dass er Jeremy gerade zu einem Date mit einem anderen Typen gedrängt hatte und er dachte definitiv nicht daran, dass wenn sie sich jetzt küssten, es genau wie Weihnachten schmecken würde.

Kapitel Neun

IM VORRAUM DES Cafés versteckte Jeremy sich neben einer riesigen künstlichen Topfpflanze und wartete darauf, dass seine Brillengläser klar wurden.

Nun, er *versteckte* sich nicht. Er nahm seinen Mut zusammen. Um einen komplett Fremden für ein Date zu treffen. Er schaute zurück durch die Glastür und entdeckte Max' Truck, der auf die Hauptstraße bog. Es war wild zu denken, dass Max noch vor einer Woche ebenfalls ein komplett Fremder gewesen war. Vielleicht würde dieser Drummer-Typ genauso toll sein?

Warum hoffte Jeremy dann, dass er das nicht war?

Er verdrehte innerlich die Augen. *Ja, ich frage mich warum.* Aber Max schien zu wollen, dass er auf dieses Date ging. Oder doch nicht? Um ehrlich zu sein, war Jeremy sich nicht sicher. Er hatte die Hälfte der Nacht an die Decke gestarrt und dieses bizarre Gespräch in der Küche durchgespielt.

Wenn sie nur pausierten, warum sollte Max dann wollen, dass er sich mit einem anderen Typen traf? Vielleicht hatte Max Jeremy *doch* über und hatte nur nicht die Eier, es ihm zu sagen. Aber warum sollte er ihn dann zu sich nach Hause einladen? War Jeremy *so* armselig? Er hoffte nicht.

Wenn er fair war, waren sie übereingekommen, dass sie für die nächsten zwei Wochen nur Freunde sein würden. Sie wären beide frei, um zu tun, was immer – mit wem auch immer – sie wollten. Aber vielleicht war Jeremy nicht so reif oder fortgeschritten oder cool wie andere Leute, weil er den Gedanken, dass Max jemand anderen datete, absolut hasste.

Er. Hasste. Es.

Und er hatte das Gefühl, dass es Max auch nicht gefiel? Auf dem Weg zum Café war Max' Lächeln so angespannt und schnell gewesen, dass es den Anschein hatte, dass er überhaupt nicht glücklich war bei dem Gedanken, dass Jeremy sich mit jemand anderem traf.

Er zerdrückte diese Blüte süßen Glücks und Hoffnung. Max half ihm und war ein Freund, aber würde er wirklich Jeremys *fester Freund* werden? Er hatte es so erscheinen lassen, als würden sie im Januar dort weitermachen, wo sie aufgehört hatten, aber Jeremy musste seine Erwartungen realistisch halten. Max war weit außerhalb seiner Liga.

Er hatte Glück, dass er die Gelegenheit gehabt hatte, zu berühren und zu schmecken und zu lernen und dass Max und seine Familie so großzügig gewesen waren. Wunschdenken bezüglich der Zukunft würde zu nichts führen. Er musste ein Erwachsener sein und auf dieses Date gehen. Auch wenn er nur hinter Max' Truck herlaufen und niemals zurückblicken wollte, er hatte zugestimmt, sich mit diesem Mann zu treffen, und konnte ihn nicht versetzen.

Von dort, wo er herumlungerte, konnte er das Café nicht wirklich sehen, das sich gleich hinter dem schmalen Eingang verbreiterte. Darum dachte er, dass er ebenfalls nicht gesehen werden konnte, und nahm sich eine weitere Minute, um seine Nerven zu beruhigen. Es war in Ordnung.

Fröhlicher_Drummer_Typ ging wahrscheinlich ständig auf Dates. Es war keine große Sache. Jeremy musste sich endlich beruhigen. Jetzt da er und Max herumgemacht hatten, sollte es einfacher sein.

Ja. Nicht wirklich.

Er stöhnte vor sich hin. Daran zu denken, mit Max herumzumachen, war gefährlich. Wenn er nicht obsessiv das Küchengespräch vom Nachmittag davor durchgespielt hatte, hatte er darüber fantasiert, wie Max über den Flur schlich, um ihn zu überraschen. Was offensichtlich dazu geführt hatte, dass er sich so leise wie möglich einen heruntergeholt hatte.

Jetzt da er Max in echt geküsst und berührt hatte – die feuchte Hitze seines Mundes auf seinem Schwanz erlebt hatte – hatte sich selbst zu befriedigen sich enttäuschend leer angefühlt. Obwohl er heftig gekommen war, als er sich daran erinnert hatte, wie er in Max' Mund abgespritzt hatte, war Max so nahe und gleichzeitig so fern zu sein, die reine Folter.

Unnnd wenn er nicht gleich aufhörte, darüber nachzudenken, würde er um elf Uhr morgens im Eingang des Cafés einen Steifen bekommen wie ein gewaltiger Perverser. Nicht, dass es je einen guten Zeitpunkt während des Tages gab, um in einem Café einen Steifen zu bekommen.

Er verbannte alle Gedanken an Max und Erektionen und zwang sich, in das Café zu treten und nach Fröhlicher_Drummer_Typ Ausschau zu halten, dessen Namen er nicht kannte, wie ihm jetzt klar wurde. Scheiße. Er hätte fragen sollen. Was für ein Idiot. Er war furchtbar. Er sollte sich umdrehen und –

Fröhlicher_Drummer_Typ winkte ihm von einem Tisch im hinteren Teil. Jeremy winkte zurück, ließ dann seine Hand sinken. Hatte er zu enthusiastisch gewirkt? Albern?

Was würde Max tun?

Er holte tief Luft, ging an verschiedenen Gruppen vorbei, die Brettspiele spielten und laut lachten und setzte sich zu seinem Date an den Tisch, schüttelte seine Hand und erfuhr, dass sein Name Levi war. Jeremy hängte seinen Mantel an eine Garderobe in der Nähe. Er hatte seine Blundstone-Imitate nicht mitgenommen und trug darum seine klobigen Stiefel. Aber wenn man bedachte, wie viel Schnee in Barrie lag, war er gewiss nicht der Einzige. Er widerstand dem Drang, unter den Tisch zu schauen, um zu sehen, was Levi trug.

Levi sah aus wie auf seinem Foto: weiß, zottelige braune Haare, Bart. Er trug ein Karohemd und eine Jeans, darum war er vielleicht ein wenig Hipster. Jeremy hatte sich seinen neuen rosa Pulli angezogen und seine übliche Jeans. Er rückte seine Brille zurecht und versuchte, nicht nervös herumzurutschen, während Levi zur Theke ging, um sich seinen Kaffee auffüllen zu lassen und einen Cappuccino für Jeremy zu holen.

„Ich war hier noch nie", bemerkte Levi, als er zurückkehrte und ihre Tassen abstellte. „Es ist cool. Bist du oft hier?"

„Nein. Das ist mein erstes Mal." Jeremy zwang sich, nicht zu erröten, weil seine Worte einen Haufen anderer Gedanken beschworen. „Ich verbringe die Feiertage mit einem Freund und seiner Familie. Er hat es empfohlen."

„Dann wohnt er in Barrie?"

„Nein, in der Nähe von Pinevale. Sie haben eine Ahornsirup-Farm. Das ist wirklich cool. Wenn man Ahornsirup mag. Was wohl die meisten Leute tun? Aber vielleicht nicht." Oh Gott. Er musste aufhören zu reden.

Levi lächelte. „Es wäre sehr un-kanadisch, Ahornsirup nicht zu mögen."

„Ja!", stimmte Jeremy zu laut zu. „Äh, also ja. Sie haben diese Ahornsirup-Farm. Morgen ist dort Tag der offenen Tür. Sie heißt Nadeau Farms, wenn du sie dir ansehen möchtest." Moment, hatte er Levi gerade aus Versehen um ein weiteres Date gebeten? „Du stehst wahrscheinlich nicht auf Kinderschminken und Ahorn-Süßigkeiten."

„Nun, meine Nichten würden es lieben und ich brauche etwas, wohin ich morgen einen Ausflug mit ihnen machen kann. Klingt sehr familienfreundlich."

„Ähm, ja. Großartig!" Seine Gedanken wirbelten. *Sag etwas. Etwas, das nicht absolut armselig ist.* „Es tut mir leid. Ich bin wirklich nervös."

Lachend meinte Levi: „Das ist mir aufgefallen. Lass uns etwas spielen. Hast du Vorschläge? Ich bin kein großer Spiele-Mensch, aber die hier sehen cool aus." Er deutete auf die Bücherregale, die an den Wänden des Cafés standen und voller Brettspiele waren.

Jeremy wollte unter den Tisch kriechen. „Es tut mir leid. Wir können woanders hingehen."

„Nein, so habe ich das nicht gemeint. Ich stehe nicht wirklich auf Videospiele." Er lachte. „Das ist eine Lüge. Das Problem ist, dass ich komplett obsessiv werde und sie mein Leben übernehmen. Darum muss ich zu Videospielen Nein sagen. Mit Monopoly komme ich klar." Er drückte Jeremys Arm, seine Hand verweilte für einen Moment. „Das war ein großartiger Vorschlag."

„Oh. Okay." Jeremy wusste nicht, was er empfinden sollte. Levi schien nett zu sein, das war gut, oder? Er sollte auf Dates gehen wollen, darum war er hier. „Wir könnten vielleicht etwas Fortgeschritteneres probieren, als über LOS zu gehen und zweihundert Euro zu kassieren."

„Klar", stimmte Levi zu und schob seinen Stuhl zurück. Sie gingen langsam ein Regal in ihrer Nähe durch und Levi meinte: „Hier sind eine Tonne Spiele, von denen ich noch nie gehört habe."

„Wir leben definitiv im goldenen Zeitalter der Brettspiele. Das hier soll wirklich gut sein." Er ging auf die Zehenspitzen und streckte sich, um Dead of Winter von einem hohen Regal zu holen.

Lachend schnappte Levi es, weil er ein paar Zentimeter größer war. „Dieses hier?" Er schaute auf die Schachtel. „Zombies? Lass es uns probieren."

Sie setzten sich und tranken Kaffee, während sie spielten. Es lief langsam an, mit vielen Blicken in die Spielanleitung, aber irgendwann hatten sie den Bogen heraus. Es machte Spaß, weil es ein kooperatives Spiel war, sodass sie zusammenarbeiten konnten.

Ihre Knie trafen sich hin und wieder unter dem Tisch und sie lachten und überlegten sich Strategien und Jeremy war erleichtert, dass er nicht seine Lebensgeschichte hatte erzählen und über seine Familie hatte reden müssen. Er hatte nur gesagt, dass er über die Feiertage nicht bis nach Victoria zurückfahren würde. Er fragte Levi übers Schlagzeugspielen aus und erfuhr, dass er in einer lokalen Band spielte und in Barrie aufs College für Mechaniker ging.

Sie plauderten und versuchten, die Welt vor Zombies zu retten, und irgendwann holten sie sich Sandwiches und Bier. Jeremy dachte, dass er dieses Date ganz gut meisterte. Aber wollte er Levi küssen? Während Levi über seinen nächsten Zug nachdachte, strich er sich abwesend über seinen Bart und Jeremy versuchte sich vorzustellen, mit ihm herumzumachen. Es war nicht so, dass es schlecht sein würde, aber …

Es wäre nicht Max.

Ein Schmerz füllte ihn und er sagte sich, dass dieses Sehnen albern war. Er kam an die Reihe und er versuchte, sich auf die Züge zu konzentrieren, die er machen konnte und was für ihre Figuren am besten wäre.

„Hey, kennst du diesen Typen?"

Jeremy drehte sich auf seinem Stuhl und folgte Levis Blick – und blinzelte überrascht, als er Max auf der anderen Seite des Cafés sah, wie er schnell den Kopf senkte. „Das ist mein Freund", sagte Jeremy. „Er ist wohl mit seinen Einkäufen fertig."

„Bist du sicher, dass er nicht dein Bodyguard ist? Er beobachtet uns ziemlich genau."

Ein Thrill raste durch Jeremy und er unterdrückte ihn schnell und zwang sich zu einem Lachen. „Er weiß, dass ich nervös war, darum ist er wahrscheinlich nur …" Was genau? Jeremy wedelte mit seiner Hand, weil ihm das richtige Wort nicht einfallen wollte.

„Hmm. Okay. Musst du los oder …"

„Nein, ich bin sicher, dass es in Ordnung ist. Lass uns das Spiel zu Ende spielen." Er warf einen Blick über seine Schulter, aber Max war in sein Handy vertieft.

Sie spielten weiter, bis Levi sagte: „Na gut. Das hier hat Spaß gemacht, aber es fühlt sich an, als wäre ich hier das fünfte Rad am Wagen."

Jeremy ruckte seinen Kopf zurück, weil er schon wieder in Max' Richtung geschaut hatte und wandte sich schuldbewusst zu Levi. „Ich wollte nur sichergehen, dass er da drüben immer noch beschäftigt ist und nicht aufbrechen möchte oder so. Es tut mir leid." Er verzog das Gesicht. „Ich bin ein grauenvolles Date. Ich habe keine Ahnung, was ich mache."

Levis Gesichtsausdruck wurde weicher und er seufzte. „Schon gut. Bist du sicher, dass ihr beide nur Freunde seid? Weil ihr die Augen nicht voneinander lassen könnt."

„Wirklich? Wir haben uns erst vor einer Woche kennengelernt.

Obwohl er mir meinen ersten Kuss gegeben hat. Und Blowjob." *Habe ich das gerade laut gesagt? Oh mein Gott.* „Aber wir sind nur Freunde!"

„Dein erster … ah, ich verstehe." Levi lachte. „Ich weiß nicht, Mann. Weil er absolut eifersüchtig aussieht." Er hob seine Hände. „Pass auf, das ist schon in Ordnung. Ich werde mich nicht zwischen euch stellen, was immer ihr laufen habt."

„Ich mache dir keinen Vorwurf." Jeremy schüttelte seinen Kopf. „Ich bin so verwirrt." Er nahm seine Brille ab und putzte sie mit seinem weichen Pulli, was es nur schlimmer machte. Den Kopf gesenkt, während er es mit einer Serviette auf den Gläsern versuchte, seufzte er. „Du scheinst sehr nett zu sein, aber ich mag Max wirklich." Es war die Wahrheit und es machte keinen Sinn, sich dagegen zu wehren.

„Das ist fair. Und schade, weil du verdammt niedlich bist."

Jeremy spürte, wie sein Gesicht heiß wurde, und setzte sich wieder seine Brille auf. „Ähm, danke."

„Ich bin mir ziemlich sicher, dass Max diese Meinung teilt."

„Was? Nein." Jeremy zuckte mit den Schultern und spielte mit der Rinde seines Sandwiches. „Er ist so was von außerhalb meiner Liga. Schau ihn dir an! Der Kapitän des Football-Teams und ein Senior. Ich bin ein dürrer Ersti ohne Freunde. Ich habe ihn nur kennengelernt, weil ich auf einer Eisplatte ausgerutscht bin und er Mitleid mit mir hatte."

Levi lachte. „Autsch. Aber ich empfange kein Mitleid. Seine Ausstrahlung ist eher, dass er mir eine verpassen und dich über seine Schulter werfen möchte."

„Auf gar keinen Fall. Er ist derjenige, der aufgehört hat, mich zu unterrichten. Oder es auf Pause gesetzt hat. Wir sind auf Pause."

„Dich unterrichten?"

„Vergiss es." Warum, um alles in der Welt, hatte er das erwähnt?

„Ah. Ich verstehe."

„Wie dem auch sei, zurück zum Spiel. Also, unsere Essensvorräte sind wirklich leer. Ich denke, wir sollten in den Lebensmittelladen gehen, obwohl dieser Zug ein ziemlich hohes Risiko birgt."

Aber Levi ließ sich nicht abbringen. „Dein Freund Max da drüben hat dir also *Privat*stunden gegeben?"

Mit brennende Ohrspitzen nickte Jeremy. „Aber jetzt wohnen wir bei seiner Familie, darum ist alles pausiert. Wegen der Hausregeln und weil es einfach nur seltsam wäre. Was für mich in Ordnung war, weil es nur zwei Wochen bis Januar sind und dann können wir … wieder weitermachen. Aber er hat mich ermutigt, mich mit dir zu treffen, darum will er mich vielleicht gar nicht? Ich bin mir nicht sicher. Es ist so verwirrend."

Levi runzelte die Stirn. „Das klingt, als würde er mit dir spielen."

„Nein, so ist es nicht."

„Hmm. Vielleicht solltest du *ihm* eine Lektion erteilen, dass er dich nicht für selbstverständlich nehmen soll." Er winkte Jeremy näher zu sich. „Komm, ich verrate dir ein Geheimnis."

Nicht sicher, was er erwarten sollte, beugte Jeremy sich über den Tisch. Levi flüsterte: „Er beobachtet uns in genau diesem Moment. Ich will wetten, dass, wenn ich deine Haare berühre oder etwas in der Art, ihm Dampf aus den Ohren kommen wird." Er zwinkerte und berührte ganz leicht Jeremys Kopf. „Von dort, wo er sitzt, sieht es wahrscheinlich so aus, als würde ich dich gleich küssen – oh Scheiße, das reicht. Er kommt her. Schau nicht hin. Lache, als wäre ich unglaublich witzig."

Jeremy saß wie erstarrt da und versuchte mit hämmerndem Herzen zu lachen. Max kam her?

Dann war Max da, stand neben dem Tisch und öffnete seinen Mund, um etwas zu sagen, bevor er ihn wieder schloss. Er versuchte es erneut und sagte: „Äh … Hi."

„Hi", antwortete Jeremy vorsichtig. „Alles in Ordnung?"

Max' Gesicht war rot und er sah entsetzt aus. „Ja. Es tut mir leid, dass ich euch unterbreche. Ich habe … Hi! Ich bin Max." Er hielt Levi seine Hand hin, der halb aufstand, sie schüttelte und seinen Namen sagte, bevor er sich wieder setzte. Max räusperte sich. „Ich wollte nur sichergehen, dass alles in Ordnung ist."

Jeremy rutschte unsicher auf seinem Stuhl herum. Einerseits, wenn Max wirklich eifersüchtig war, wäre das unglaublich – aber andererseits war er irgendwie ein Arsch, weil er hergekommen war. Vielleicht wollte er nur sichergehen, dass Jeremy nicht gerettet werden musste? Was ein warmes, weiches Gefühl in ihm auslöste. Und vielleicht *sollte* Jeremy ihn eifersüchtig machen.

„Ja, uns geht es hervorragend. Das hier ist ein lustiges Spiel. Zombies und so.“

„Cool.“ Max wippte auf seinen Füßen. „Cool, cool, cool, cool.“

Levi meinte: „Ich muss los. Ich habe nicht gedacht, dass unser Kaffee so lang dauern würde, aber die Zeit verfliegt, wenn man gute Gesellschaft hat.“ Er zwinkerte Jeremy zu. „Hören wir uns bald? Ich sehe dich morgen.“

Morgen? Jeremy schaffte zu sagen: „Das wäre cool. Danke für das wunderbare Spiel.“

„Morgen?“, wiederholte Max.

„Ja, diese Ahornsirup-Sache klingt spaßig. Perfekt für meine Nichten. Dann sehe ich euch beide morgen.“

Jeremy schob seinen Stuhl zurück und gab Levi die peinlichste Umarmung der Welt, weil, sich die Hände zu schütteln, sich einfach nicht richtig anfühlte. „Es hat mich wirklich gefreut, dich kennenzulernen.“

„Richte dich morgen nach mir“, flüsterte Levi. „Das wird lustig.“

Max starrte finster hinter Levi her. Frust baute sich auf, weil es *wirklich* unhöflich von ihm gewesen *war*, sich einzumischen, und Jeremy war bereits ein wirklich schlechtes Date für jemanden gewesen, der etwas Besseres verdiente.

„Warum hast du uns unterbrochen?“

Max zuckte mit den Schultern. „Ich war mit meinen Einkäufen fertig und ich dachte mir, ich schaue, wie es so läuft. Du hättest nicht einmal mitbekommen sollen, dass ich da bin.“

„Das habe ich nicht, aber Levi hat bemerkt, wie du uns angestarrt hast.“

Max lachte unsicher. „Mein Fehler. Ich habe nicht versucht …“
„Was?“
„Ich weiß nicht.“

Jeremy verschränkte seine Arme und versuchte, es lachend abzutun. „Du warst derjenige, der überhaupt wollte, dass ich auf dieses Date gehe."

Aber Max lachte nicht. „Nicht wirklich. Ich habe dich ermutigt. Ich dachte, es wäre eine gute Übung. Ich dachte, dass du daten möchtest."

Jeremy wusste nicht, wie die richtige Antwort lautete. „Ich habe das Gefühl, dass ich das sollte. Du hast gesagt, dass wir jetzt nur Freunde sind, oder? Das hast du gesagt."

„Ja. Das habe ich gesagt." Er rieb sich über sein Gesicht. „Du hast recht. Ich bin ein Arschloch. Es tut mir leid. Ich hätte mich nicht in dein Date einmischen sollen. Er scheint cool zu sein."

Aber er ist nicht du. „Ja, er ist lässig. Er ist Drummer in einer Band."

„Und du hast ein zweites Date klargemacht!" Max hob seine Handfläche. „Deine gute Fee ist sehr stolz."

Jeremy gab ihm das High Five, obwohl *triumphierend* keine der vielen Emotionen war, die in einem großen Ball aus Nervosität in seinem Bauch herumwirbelten. Wenn Levi recht hatte und Max eifersüchtig war, warum sagte Max das nicht einfach? Jeremy wollte fragen, aber er konnte die Worte nicht über seine Lippen bringen. Die Furcht, sich lächerlich zu machen, war zu stark.

Wenn er es laut aussprach und Max es leugnete – oder schlimmer, ihn auslachte – würde ihn das zerstören. Vielleicht war Jeremy ein Feigling, aber das Letzte, was er zu Weihnachten wollte, war ein gebrochenes Herz.

MACAULAY CULKIN SCHLUG sich auf dem großen Fernseher über dem knisternden Feuer auf die Wangen und sie alle lachten. Jeremy hatte den Großteil seines dritten Pizzastücks gegessen und spielte mit der Kruste. Er schaute den Film nur halb, seine besockten Füße hatte er auf der Couch unter sich gezogen und sein Knie presste durch die Lagen ihrer Jeans angenehm an Max' Oberschenkel.

Hatte Max sich extra so breitbeinig hingesetzt, damit sie sich berühren konnten? Oder las Jeremy viel zu viel hinein? Wahrscheinlich Zweiteres. Sie saßen auf der Couch, die dem Baum am nächsten war und der Kiefergeruch füllte seine Nase. Darunter waren schwache Noten von Kokosnuss und Jeremy wünschte sich, er könnte sich nach rechts lehnen und an Max' dichten Wellen schnuppern.

Das Telefon klingelte in der Küche – ein altes mit Wählscheibe, das wahrscheinlich viele Jahrzehnte an der Wand gehangen hatte und nach der Renovierung wieder angebracht worden war. Valerie nahm die leere Pizzaschachtel und ein paar Teller und beeilte sich, hinzugehen.

Jeremy hatte den albernen Gedanken, dass vielleicht seine Mutter anrief, und unterdrückte das plötzliche Aufblühen von Hoffnung. Seine Eltern hatten die Nummer nicht. Sie kannten Max nicht und wussten nicht, dass seine Familie existierte. Es war schwer zu glauben, dass Jeremy das bis letzte Woche auch nicht hatte. Er durfte das nicht vergessen. Durfte nicht vergessen, dass dies alles neu und höchstwahrscheinlich vorübergehend war.

Valerie rief: „John! Es sind deine Eltern. Auf Lautsprecher."

Alle lachten und Jeremy lächelte. „Macht man das?"

John erhob sich vom anderen Ende der Couch. „Jep. Sie werden sich gegenseitig ins Wort fallen und die Hunde werden bellen und es wird Chaos sein." Er lächelte liebevoll und zuckte mit den Schultern. „Eltern."

Ein schneller Schlag des Verlustes raubte Jeremy den Atem, während er nickte. Er starrte auf den Fernseher, einer der Einbrecher fiel die Treppe mit einem lauten Schrei und Soundeffekten hinunter. Seine Hand ruhte auf seinem angezogenen Bein und sein Atem stockte erneut, als Max seine eigene darüberlegte, sie zwischen sie zog, wo niemand es sehen konnte, obwohl es Meg definitiv auffiel. Max schaute immer noch auf den Bildschirm und lachte, aber er rieb Jeremys Fingerknöchel tröstend mit seinem Daumen, bis John zurückkehrte und Max sagte, dass er an der Reihe war.

Als Max zurückkam und Meg sagte, dass jetzt sie dran war, ließ er sich wieder auf die Couch fallen. Er faltete seine Hände auf seinem Schoß und Jeremy versuchte, die kleine Berührung, die Max ihm geschenkt hatte, nicht zu vermissen. Papy stand nicht auf, um mit seinen angeheirateten Verwandten zu reden, aber er schrie Grüße, mit seinen Füßen auf dem Fußhocker.

Als Meg mit Valerie zurückkam, pausierten sie den Film und alle lachten über etwas, das mit Tanten und Onkeln zu tun hatte, dem Jeremy nicht ganz folgen konnte. Das störte ihn aber nicht. Es war schön, einfach in einer Familie zu sein, auch wenn es nicht seine war.

„Der monatliche Anruf ist immer der Hammer, wenn sie in Goa sind", meinte Meg.

„Die Beschwerden sind nicht von dieser Welt", stimmte Max zu. Er fügte an Jeremy gewandt hinzu: „Sie verbringen den Winter jetzt immer in Goa. Sie haben ein Haus am Strand. Es ist herrlich. Wir alle sind vor ein paar Weihnachten hingeflogen. Dad und Valerie besuchen sie für ein paar Wochen im Januar."

Valerie fragte John: „Denkst du, sie werden versuchen, dich und deine Schwestern dazu zu bringen, zur Beichte zu gehen?"

John lachte. „Mein Vater wird es wahrscheinlich versuchen." Zu Jeremy meinte er: „Als ich ein Teenager war, hat mein Dad mich und meine drei Schwestern ins Auto gepackt und ist mit uns zur Kirche in Scarborough gefahren. Ist mit uns reinmarschiert und mit verschränkten Armen dagestanden, während wir, einer nach dem anderen, in den Beichtstuhl gegangen sind. Ich war der Letzte und habe dem Priester gesagt, dass mein Vater mich zwingt und dass ich nichts zu sagen habe. Der arme Priester hat seinen Kopf geschüttelt und gefragt, ‚Wie viele gibt es von euch?'"

Jeremy lachte. „Bist du einfach ein paar Minuten schweigend dagesessen?"

„Nein, wir haben über die Lücken im Angriff der Habs gesprochen. Vater Rossi dachte nicht, dass Gebete ausreichen würden, um sie durch die erste Runde der Play-offs zu bekommen. Er hatte recht."

Sie räumten den Rest der Teller auf und Jeremy sprang auf, um zu helfen. In der Küche fragte Valerie: „Könnt ihr bitte den Biomüll rausbringen?" Sie holte einen grünen Eimer unter der Spüle heraus und stellte ihn auf die Theke neben der Hintertür.

„Max kann das machen", schlug Meg vor.

Natürlich antwortete er: „Du kannst es machen."

„Nein. Du." Sie warf einen Mini-Zapfen aus einem Feiertags-Potpourri in einer Schüssel auf der Kücheninsel auf ihn.

Max warf einen zurück. „Du."

„Du."

„Du."

Sie bewarfen sich gegenseitig und Jeremy lachte und vermisste Sean. Valerie seufzte dramatisch.

„Wie alt seid ihr beide?"

Meg zuckte mit den Schultern. „Wir werden nie zu alt sein, uns mit Sch – Sachen zu bewerfen." Um ihre Aussage zu untermalen, zielte sie mit einer Zimtstange auf Max. „Du machst es."

„Ich mache das!", bot Jeremy an, schlüpfte mit seinen besockten Füßen in ein großes Paar Gummi-Crocs, das neben der Tür stand, und, wie er vermutete, für diesen Zweck verwendet wurde. Er öffnete die Tür und löste den Verschluss der gläsernen Außentür.

Max kam mit einem Lächeln um die Insel herum. „Nein, ich mache das schon. Geh und setz dich."

„Ich kann das!" Jeremy freute sich, dass er helfen konnte, und nahm den grünen Eimer.

„Danke und sei vorsichtig, Hon", rief Valerie ihm nach. „Es könnte glatt sein."

Die hintere Veranda hatte kein Dach und war an diesem Tag nicht geräumt worden, aber es waren nur wenige Schritte. Jeremy ging zum Kompost, leerte den Eimer und legte den Deckel dann schwungvoll wieder auf.

Zu viel Schwung, weil er für einen Moment das Gleichgewicht verlor und rückwärts rutschte. Wie aufs Stichwort glitten die abgenutzten Crocs unter ihm weg, als er fiel, und dann landete er mit seinem

Hintern auf der verschneiten Veranda.

Schon wieder, ernsthaft?!

„Scheiße!" Max rannte nach draußen und ging vor Jeremy auf die Knie. „Geht es dir gut?"

„Mm-hmm! Ich bin nur die ungeschickteste Person aller Zeiten." Sein Gesicht brannte und er versuchte, sich aufzurichten, den Eimer immer noch in der Hand.

„Oh meine Güte!", rief Valerie von der Tür. „Hast du dir wehgetan? John, du solltest die Veranda doch salzen!"

Max' Hände lagen stark um Jeremys Taille, als er ihn auf die Füße zog – und beinahe hochhob. „Ist dein Steißbein in Ordnung?"

„Ja." Es pochte, aber der Schnee hatte seinen Sturz ein wenig abgefedert, dachte er. Er schaute nach unten. „Du hast nur Socken an", sagte er zu Max. Max' Füße mussten eiskalt sein, aber er ignorierte ihn und führte Jeremy zurück in die Küche, wo der Rest der Familie sich um ihn sammelte.

„Es geht mir gut!", beharrte Jeremy.

Meg nahm ihm den Eimer ab. „Bist du sicher?"

Piere sagte: „Das wird dir Haare auf der Brust wachsen lassen."

Jeremy musste lachen. „Ich habe nicht viele, darum ist das gut."

„Papy denkt, dass alles, was unangenehm ist, dir Haare auf der Brust wachsen lässt", meinte Max und rieb dabei Jeremys Arm.

Valerie schüttelte ihren Kopf. „Es tut mir so leid. Wir können dich in die Notaufnahme fahren, damit du untersucht wirst."

„Ehrlich, ich bin nicht so schlimm gestürzt." Jeremy winkte weitere Sorgen von Valerie und John ab, der sich eindeutig schuldig fühlte.

„Na gut. Ihr Jungs zieht euch die nassen Sachen aus." Valerie scheuchte sie nach oben.

Nicht nur Max' Füße waren nass, sondern auch die Knie seiner Jeans. Jeremys Hintern hatte den Großteil abbekommen, aber seine Socken waren ebenfalls ein wenig feucht geworden. Er schaltete das Licht im Gästezimmer an und war überrascht, als Max ihm folgte.

„Es geht mir wirklich gut."

Max' runzelte die Stirn. „Du bist sicher, dass es nicht zu sehr schmerzt?"

„Absolut." Jeremy beugte sich vor, um seine Socken herunterzuziehen, und konnte ein Wimmern nicht vermeiden. Ehe er wusste, wie ihm geschah, war Max auf seinen Knien, seine Hände legten sich fest um Jeremys Hüften.

„Fuß hoch", befahl er und tippte eines von Jeremys Beinen an.

Jeremy gehorchte und hielt sich an Max' Schultern fest, während Max sanft seine Socken abzog und seine kalten Füße, einen nach dem anderen, rieb. Seine Hände waren so groß und es fühlte sich verdammt gut an. Viel, viel zu gut. Dann legten sich diese Hände auf Jeremys Reißverschluss und Max zog seine Jeans nach unten und half Jeremy, aus ihr herauszutreten.

Und befand sich an der perfekten Stelle, um zu sehen, wie Jeremys Schwanz anschwoll.

Max' Atem stockte hörbar und er schaute durch dichte Wimpern zu Jeremy auf. Seine Lippen teilten sich und es fühlte sich an, als wäre die Luft zwischen ihnen plötzlich elektrisch. Mit hämmerndem Herz klammerte Jeremy sich an seine Schultern.

„Es geht mir gut", flüsterte er. „Du musst dir keine Sorgen machen." Das war der Teil, wo er zurücktreten musste, aber er war am Boden festgewachsen.

Langsam stand Max auf, strich mit seinen Händen an der Außenseite von Jeremys Oberschenkeln nach oben und legte sie dann wieder auf seine Hüften. Er starrte nach unten, ihre Blicke waren fest aufeinander gerichtet. „Bist du sicher?"

Jeremy konnte nur nicken.

Noch langsamer glitt Max' Hand herum und strich über Jeremys Hintern über seiner Unterwäsche. „Es tut nicht weh?"

Jeremy schüttelte seinen Kopf und schluckte schwer. Max' Hand ruhte auf seinem Hintern und er wollte unbedingt nach hinten drücken und sich daran reiben. Um mehr Kontakt betteln. Obwohl sie schon viel mehr gemacht hatten, war etwas Aufregendes an dieser leichten

Berührung.

Langsam fuhr Max mit dieser Hand an Jeremys Rücken nach oben, eine Spur aus Hitze folgte ihr, kam um seine Schulter und stoppte an seiner Wange. Er strich über eine Seite von Jeremys Brille, dem schwarzen Rahmen folgend. „Wenigstens hat es deine Brille dieses Mal überlebt."

Jeremy versuchte zu lächeln und nickte. Er gab einen kleinen Laut von sich, der peinlicherweise wie ein Wimmern klang. Max' Atem war warm auf seinem Gesicht und Max leckte seine Lippen. Er beugte sich nach unten, sein Körper presste sich an –

„Jeremy, wie geht es dir?", rief Valerie. Ihre Stimme war zu nahe, die Treppe knarzte.

Er und Max sprangen auseinander und Jeremy hechtete zum Bett, schnappt sich seine Schlafanzughose und riss den karierten Flanell nach oben. Max tauchte über den Flur in sein Zimmer, während Jeremy seinen Pulli herunterriss und ihn auf seinem Schoß zusammenknüllte, um seine Erektion zu verbergen. Er rollte seine Zehen reflexhaft auf dem Teppich ein.

„Mir geht es hervorragend!" Seine Stimme war viel zu hoch und dünn.

Valerie erschien in der Tür, die Sorge stand ihr ins Gesicht geschrieben. „Wirklich? Ich fühle mich grauenvoll."

„Ehrlich, es geht mir absolut gut. Schauen wir den Rest des Films an?"

„Definitiv. John macht heiße Schokolade." Sie winkte ihm. „Komm, machen wir es uns gemütlich."

Zum Glück hatte er seinen Körper unter Kontrolle bekommen. Max gesellte sich in seinem eigenen Schlafanzug und frischen Socken zu ihnen und Valerie gab ihm einen Kuss auf die Wange. Sie drückte Jeremy in einer halben Umarmung und sie marschierten nach unten.

Wieder auf der Couch zusammengerollt, trank Jeremy seine milchige, perfekt süße heiße Schokolade neben Max – so nahe, aber so, so weit weg.

DIE E-MAIL-BENACHRICHTIGUNG ERSCHIEN oben am Bildschirm, blieb dort ein paar Sekunden, bevor sie wieder verschwand. Max' Daumen froren ein, seine Nachricht an Honey war nur halb fertig.

LSAT-Ergebnisse. Das war es.

Er blinzelte in den Sonnenschein eines kalten und frischen Tages, der perfekt für den Tag der offenen Tür war. Max schob seine Sonnenbrille zurück und schrieb schnell die Nachricht zu Ende, bevor er sein Handy wegsteckte. Er stand neben dem langen, schmalen Pflanzgefäß, das sie auf zwei Tischen gegenüber der Scheune gestellt hatten, und klopfte sauberen Schnee mit einem Paar Nylon-Handschuhe fest, die frisch aus dem Trockner kamen.

Schon bald würden Kinder Schlangen bilden, um den Ahorn-Toffee zu bekommen, den sie machten, indem sie heißen Sirup in den Schnee gossen, aber gerade im Moment wirbelten Max' Gedanken. Die Zweifel, die er monatelang gedämpft – erstickt – hatte, fanden ihre Stimme. Wollte er wirklich ein Anwalt sein?

„Schau dir einfach die Ergebnisse an", murmelte er, während er einen weiteren Eimer Schnee in das Pflanzgefäß schüttete und ihn festdrückte. Er atmete ohne guten Grund schwer, die Wolken seines Atems kamen stoßweise.

Er musste darüber reden. Es war, als würden die Worte in seine Kehle klettern und darum kämpfen, herauszukommen.

Meg rückte Heuballen auf der großen Kutsche zurecht, die ein

Nachbar ihnen für den Tag geliehen hatte, damit sie Touren über die Arbeitswege zwischen den Ahornbäumen anbieten konnten. Er könnte hinübergehen und ihr alles gestehen, in dem Wissen, dass sie ihre Meinung nicht beschönigen würde. Aber so sehr er seine Schwester liebte, er wusste nicht, ob er gerade im Moment ihre Ehrlichkeit ertragen konnte.

Papy nahm Kontakt mit den geliehenen Pferden auf, die die Kutsche ziehen würden und Max wollte ihn nicht stören. Dad und Valerie arbeiteten in der Scheune, deren Türen weit offenstanden. Er wusste, dass sie verständnisvoll sein würden, auch wenn er Angst hatte, seinen Dad zu enttäuschen. Aber war er bereit, es ihnen zu sagen? Um Himmels willen, er wusste nicht einmal, was er ihnen erzählen würde. Und der Tag der offenen Tür würde jeden Moment anfangen.

Vor der Scheune goss Jeremy Sirup-Proben in winzige Papierbecher, die nicht größer waren als Fingerhüte, und stellte sie in ordentlichen Reihen auf einen Tisch. Wie es aussah, hatte er sie nach Art geordnet, vom Hellsten zum Dunkelsten, und er rückte die Becher um Winzigkeiten herum, damit die Reihen exakt waren. Er trug seine neue grüne Mütze und den Parka und sogar über die Distanz konnte Max sehen, dass seine Wangen rosa von der Kälte waren.

Erst als Jeremy den Kopf hob und erstaunt dreinschaute, wurde Max klar, dass er über den weiten Parkplatz starrte. Dass er Jeremy mit einem großen, dämlichen Lächeln im Gesicht dabei zuschaute, wie er Becher organisierte. Mit ihm wollte er reden. Der Knoten der Anspannung in seinem Bauch löste sich.

Zögerlich erwiderte Jeremy das Lächeln und winkte. Max bedeutete ihm, näherzukommen und traf ihn auf halbem Weg. „Kannst du mir helfen, etwas aus dem Haus zu holen?"

„Klar." Jeremy ging neben ihm her. „Es ist ein perfekter Tag, hm? Der frische Schnee von letzter Nacht sieh auf den Bäumen umwerfend aus. Erinnert mich an Whistler, ohne die Berge. Und es sind vor allem Ahornbäume, also nicht wirklich wie Whistler. Das ist wohl nur der einzige Ort, den ich je gesehen habe, der auch so viel Schnee hat."

„Macht Sinn." Max hatte den ganzen Morgen mit dem Versuch verbracht, nicht daran zu denken, ihn zu küssen – oder auf die Knie zu gehen, wie er es gestern Abend getan hatte – aber Jeremy war so niedlich, wenn er so redete und die Worte aus ihm herauspurzelten.

„Die Kinder lieben das sicher. Jede Menge Schneemänner und so."

„Im Moment ist der Schnee nicht gut zu formen – dafür muss er etwas feuchter sein. Aber ja, als ich ein Kind war, habe ich ihn trotzdem geliebt. Jede Art von Schnee kann deiner Schwester in den Nacken gestopft werden."

Jeremy lachte. „Das ist wohl der Job eines Bruders." Sein Lächeln flackerte.

„Du musst Sean vermissen."

„Ja." Er zuckte angespannt mit den Schultern. „Aber es sieht so aus, als würde er Spaß haben." Er holte sein Handy heraus und zeigte ein Foto seines Bruders, der an der Reling des Kreuzfahrtschiffs grinste. „Mein Dad hat es geschickt. Wir schicken uns jetzt Fotos hin und her. Hoffentlich ist das ein gutes Zeichen."

„Definitiv. Es ist ein Fortschritt." Max trat auf die Veranda, die unter Dach war, stapfte seine Stiefel ab. Vielleicht sollte er Jeremy nicht mit seinem Scheiß belästigen. Jeremy hatte selbst genug an der Backe. Soweit Max wusste, hätte er auch damit beschäftigt sein können, Levi zu schreiben. Er musste sich nicht mit Max' Nicht-Einmal-Viertel-Midlife-Crisis auseinandersetzen.

„Wirst du diesen Typen heute wiedersehen?" Max hielt den Blick gesenkt, während er gegen die Ziegel neben der Tür trat. Es störte ihn nicht. Nun, es *sollte* ihn nicht stören, genauer gesagt.

Letzte Nacht, als Jeremy auf dem Eis ausgerutscht war, hatte Max ihn in seine Arme nehmen und nie wieder loslassen wollen. Er hatte sich gerade so beherrschen können, als Jeremys Erektion seine Unterwäsche nach außen gedrückt hatte. Er konnte sich die glatte Kurve seines Schwanzes vorstellen, der aus den roten Haaren hervorstand und hatte darauf gebrannt, Jeremy bis zum Anschlag zu schlucken. Nicht nur, um seine eigene Lust zu befriedigen, sondern um Trost und Erlösung zu spenden. Um zu sehen, wie Jeremy lächelte und zu hören, wie er keuchte und ihm Lust zu bereiten.

Er erkannte, dass Jeremy sich viel Zeit mit der Antwort ließ und wollte sich gerade dafür entschuldigen, dass er so neugierig war. Max sollte sich auf seine eigenen Probleme konzentrieren und aufhören, sich bei Jeremy einzumischen. Nicht, dass einen interessierten Typen zu haben, ein *Problem* war. Max sollte sich für ihn freuen.

„Ich nehme an?", sagte Jeremy. „Er hat es so klingen lassen, als würde er kommen. Soll ich ihm eine Nachricht schreiben, um es zu bestätigen?"

„Nein. Du willst nicht zu eifrig aussehen." Sobald die Worte heraus waren, zuckte Max innerlich zusammen. Das war ein schlechter Rat. So sollten gute Feen nicht agieren. Oder Freunde, wenn sie schon dabei waren. Er sagte: „Aber wenn du ihn magst, solltest du ihm schreiben. Einen auf cool zu machen hat seine Zeit und seinen Ort, aber es ist nichts falsch daran, jemandem zu zeigen, dass man auf ihn steht. Mach es."

„Nun, er hat gesagt, dass er kommen wird, darum möchte ich nicht aufdringlich wirken. Er ist nett, aber ..."

Max war viel zu glücklich über dieses *aber*. „Kein Druck, Mann." Er stieß die Tür auf, die Glocken an dem Kranz klingelten fröhlich. Sie zogen ihre Stiefel, Handschuhe und Mützen aus, behielten ihre Mäntel aber an. Jetzt musste Max entweder mit der Sprache herausrücken oder sich eine Ausrede einfallen lassen, warum er Jeremy ins Haus gebracht hatte.

Jeremy schaute ihn erwartungsvoll an. Max' Handy fühlte sich an, als würde es ihm gerade ein Loch in seine Jeanstasche brennen. „Ich, ähm ..."

Mit hochgezogenen roten Brauen fragte Jeremy: „Ist alles in Ordnung?" Er berührte Max' Arm nur leicht auf seinem dicken Mantel, aber das schickte dennoch Funken in Max' Schaft. Ihm wurde klar, dass Jeremy der erste Mann war, mit dem er ausgegangen war, der diese Wirkung auf ihn hatte. Er fühlte sich davon betrunken.

Nur, dass wir nicht zusammen sind, weil ich ein Idiot bin.

„Max?"

„Ja. Ich weiß nicht. Ich meine, ja, mir geht es gut."

Seine Gedanken stockten, wechselten zwischen den LSAT-Ergebnissen und dem Drang, Jeremy in seine Arme zu ziehen und ihn zu küssen, als würde sonst nichts eine Rolle spielen. Nur, dass er eigentlich nicht so schnell so intensiv empfinden sollte.

Er hatte schon zuvor Männer gemocht. Er war schon mit Männern zusammen gewesen. Er hatte sich nie so außer Kontrolle gefühlt. Das hier war genau der Grund, warum er auf die Bremse getreten war. Der Schneeball, der den Berg hinunterrollte, musste langsamer werden. Er hatte genug Probleme.

Wie diese wartende E-Mail. Er musste das Pflaster endlich abreißen. Ein Erwachsener sein und sich dem stellen.

Jeremys Handy brummte in seiner Tasche. „Es tut mir leid, ich-" Er starrte auf den Bildschirm. „Meine Mom."

„Geh ran, geh ran." Max trat ins Wohnzimmer, um ihm Raum zu geben. Nur, dass Jeremys Mutter so laut redete, dass Max für eine Sekunde dachte, sie wäre auf Lautsprecher.

„Wo bist du?"

„Was?" Jeremy schien sofort mit den Nerven am Ende zu sein. „Was ist los?"

„Wo bist du? Ich habe die Fotos gesehen, die du deinem Vater geschickt hast." Sie sagte das vorwurfsvoll. „Das sieht nicht wie Toronto aus."

Wow. Max erstarrte vor dem Kamin, wo er die kalte Asche der vergangenen Nacht hatte wegräumen wollen. Er sollte in die Küche gehen und aufhören zu lauschen, aber er schien sich nicht bewegen zu können.

„Das ist – ist es nicht. Ich bin in der Nähe von Pinevale. Das liegt zwei Stunden nördlich."

„Mit wem bist du da?"

Jeremy stand im Foyer und begegnete Max' Blick quer durchs Wohnzimmer. Sein Adamsapfel hüpfte. „Mit einem Freund von der

Uni. Ich bin über die Feiertage bei seiner Familie."

„Wer ist dieser Freund?"

„Sein Name ist Max."

„Und was für eine Art *Freund* ist das?" Sie brüllte jetzt.

Jeremy zuckte zusammen. „Nur ein Freund", sagte er mit brechender Stimme.

Max konnte sich gerade so beherrschen, nicht zu ihm zu marschieren, das Handy zu schnappen und Jeremys Mutter zu sagen, wo sie sich hinscheren sollte.

„Warum hast du uns das nicht erzählt? Du solltest auf dem Campus sein!"

Jeremy öffnete seinen Mund und schloss ihn dann wieder, während seine Mutter weiter schrie, über Ehrlichkeit redete und darüber, sich Vertrauen zu verdienen. Max' Blutdruck stieg, als er zuhörte, wie sie Jeremy im Grunde als Lügner bezeichnete und ihn nicht zu Wort kommen ließ. Jeremy sank in sich zusammen und starrte auf den Boden. Als er kurz zu Max aufblickte, verzog er das Gesicht und Max konnte die Entschuldigung in seiner Grimasse sehen.

Wieder kämpfte Max gegen den Drang, zu ihm zu marschieren, das Handy zu nehmen und ihr seine Meinung zu sagen. Er wollte Jeremy schützen und sie anschreien, weil sie ihn verlassen hatte. Stattdessen formte er mit den Lippen: *„Das ist Unsinn!"*

Den Blick auf den von Max gerichtet, holte Jeremy tief Luft, richtete sich auf und rollte seine Schultern zurück. Er schnitt seiner Mutter das Wort ab. „Warum sollte ich die Feiertage nicht mit einem Freund verbringen? Er ist wunderbar und seine Familie ist wunderbar. Wäre es dir lieber, wenn ich über Weihnachten allein in meinem Studentenzimmer sitze? Ist es das, was du willst, Mom? Soll das meine Strafe sein?"

Seine Worte hingen in der Luft, eine schreckliche Stille folgte. Max hielt den Atem an.

Ein schmerzliches Wimmern erklang aus dem Telefon. „Nein." Ihre Stimme war jetzt leiser, aber Max konnte die Worte dennoch grade noch so verstehen. „Ich habe mir Sorgen gemacht. Ich mache mir Sorgen um dich. Das magst du nicht glauben, aber es stimmt.“

Tränen glänzten in Jeremys Augen. Er schob seine Brille nach oben und wischte darüber. Er flüsterte: „Es geht mir gut, Mom. Du musst dir keine Sorgen machen.“

Sie erwiderte etwas, das Max nicht ganz verstehen konnte und dann herrschte wieder Stille, aber Jeremy hielt sein Telefon immer noch an sein Ohr. Ein paar Sekunden später rief eine junge Stimme: „Cherry! Ich bin es!“

Freude erhellte Jeremys wunderschönes Gesicht und Max wollte ein Foto machen. Jeremy sagte: „Hey, Sean! Ich vermisse dich so sehr. Hast du Spaß in Hawaii?“

Max setzte sich endlich in Bewegung, zeigte Jeremy einen Daumen hoch und eilte in die Küche, um ihm endlich seine Privatsphäre zu lassen. Er öffnete seinen Mantel und zerrte an seinem Schal. Ein paar von Papys Gebäckschnecken waren noch übrig und er aß dankbar eine. Es dauerte nicht lang, bis Jeremy zu ihm kam.

„Tut mir leid wegen grade.“

„Das muss es nicht.“ Max strich sich Gebäckkrümel von den Fingern. „Geht es dir gut?“

„Ich glaube schon.“ Er lächelte. „Es war großartig, Seans Stimme zu hören. Er hat Spaß.“

„Das ist gut. Deine Mom klingt … intensiv.“

Jeremy zog eine Grimasse. „So kann man es auch nennen.“ Er nahm sich seine Brille ab und rieb über sein Gesicht. „Sie macht mich so wütend.“

Max zog Jeremy in eine Umarmung. Vergessen war sein eigener Mist – Jeremy sah aus, als ob er gerade von einem Linebacker umgerissen worden wäre. Max wollte, dass es ihm gut ging. Er wollte dieses Lächeln wiedersehen. Jeremy sackte an ihn, seine Arme legten sich um Max’ Taille, der Parka war dick zwischen ihnen. Er legte seinen Kopf auf Max’ Schulter.

„Manchmal hasse ich sie beinahe“, flüsterte er. „Aber sie ist meine Mom.“

Max streichelte Jeremys Haare. „Es tut mir leid, dass es gerade so ist." Er wollte sie jeden Namen heißen, der ihm einfiel, aber dadurch würde Jeremy sich nicht besser fühlen. „Ich hoffe, dass es sich ändern wird. Ich bin mir sicher, dass sie sich wirklich Sorgen um dich gemacht hat. Ich könnte ein Serienmörder sein, soweit es sie betrifft."

Jeremy lachte leise, hob seinen Kopf und setzte seine Brille wieder auf. „Wenn du es bist, dann lässt du dir Zeit."

„Vielleicht ist das meine Vorgehensweise. Vielleicht steckt meine ganze Familie mit drin. Wir warten auf den richtigen Moment."

Jeremy riss seine Augen auf. „Was ist wirklich in diesen Flaschen mit dem extra dunklen Ahornsirup?"

„Das wirst du schon bald herausfinden. Auf die harte Tour." Er lachte irre und Jeremy kicherte.

„Danke. Ich fühle mich besser." Er schaute zu Max auf, ihre Körper waren immer noch nahe.

Max umfasste Jeremys Schultern und drückte rhythmisch das dicke Material. „Es tut mir leid, dass ich gelauscht habe."

„Nein, wenn sie so drauf ist, glaube ich, dass die Leute im nächsten Postleitzahlenbereich sie hören können."

Zögerlich meinte Max: „Wir sollten wieder rausgehen. Die Leute werden bald kommen."

„Was musstest du für den Toffee holen?"

Max musste verlegen lachen, als er die Schachtel mit den Eisstilen nahm und sie hochhielt.

Jeremy hob eine Braue. „Soll ich eine Seite tragen? Ich weiß nicht, ob du das allein schaffen kannst."

„Das ist eine Jumbo-Packung."

„Es steht hier schwarz auf gelb. Eindeutig ein Job für zwei Leute. Ich bin froh, dass ich hier bin, um helfen zu können." Er zögerte. „Man könnte meinen, dass du versucht hast, mich allein zu erwischen."

Motoren rumpelten draußen, darum blieb keine Zeit, um seine Lippen auf die hübsche Röte auf Jeremys Wangen zu drücken. Aber er musste Jeremy bald allein erwischen. Regeln hin oder her. Plan hin oder her. Warum hinderte er sich selbst am Sex? Wenn sie beide es wollten, warum sollten sie es nicht tun?

Sie zogen ihre Stiefel wieder an und eilten nach draußen und Max wollte gerade vorschlagen, dass sie sich später, wenn weniger Leute da waren, wegschleichen sollten, als eine Stimme erklang.

„Jeremy!"

Max unterdrückte ein Stöhnen. Levi war gekommen, wie versprochen. Dämlicher verlässlicher netter Kerl, der auch noch sexy war. Verdammt. Was hatte Max sich dabei gedacht, als er Jeremy ermutigt hatte, auf dieses Kaffee-Date zu gehen? Jetzt musste er lächeln und die Zähne zusammenbeißen, als Levi zu ihnen kam und Jeremy umarmte. Umarmte!

Zwei kleine Mädchen mit Pferdeschwänzen folgten Levi und sie winkten Max mit fröhlichen Hallos. Er konnte Levi nicht aus-Versehen-absichtlich in die nächste Schneewehe schubsen, wenn die Kinder zuschauten. Nicht, dass er Levi überhaupt schubsen sollte. Er grummelte in sich hinein. Konnten sie zurückspulen zu von vor ein paar Minuten, als Jeremy sicher und warm in seinen Armen gewesen war?

Er mied es, Levi die Hand zu schütteln, was furchtbar kleinlich war und floh. Viele Autos strömten jetzt die Auffahrt herauf und er musste das Toffee bereitmachen oder Valerie würde wütend sein. Nun, nicht wirklich wütend, aber enttäuscht, was irgendwie schlimmer war.

Max schaltete den Kerosin-Campingkocher an und stellte einen Topf mit Sirup darauf. Er beeilte sich, den Rest des Schnees in das hölzerne Pflanzgefäß zu schütten und festzudrücken. Während er arbeitete, behielt er Jeremy und Levi im Auge. Sie hatten die Mädchen zu der Schminkstation gebracht, die Max' Dad mit einem breiten Lächeln und seiner üblichen ruhigen Hand bemannte.

Levi und Jeremy unterhielten sich über etwas und Levi berührte immer wieder Jeremys Arm. Es bestand kein Grund, ihn so oft anzufassen. Definitiv kein Grund, sich so nahe zu ihm zu beugen. Jeremy konnte ihn sicher gut hören.

Worüber redeten sie? Warum lächelten sie so viel?

Warum bin ich so ein Idiot?

Der süße Geruch alarmierte Max gerade noch rechtzeitig und er wirbelte herum und riss den blubbernden Topf von dem Campingkocher. „Scheiße!" Er schnappte sich das uralte Zuckerthermometer, das Mamy gehört hatte. Es zeigte Fahrenheit und er konnte die verblassten Zahlen gerade so ausmachen. Zweihundertfünfzig, was mindestens zehn Grad zu heiß war, aber, nun ja. Die erste Charge würde eher knusprig als zäh sein.

Er rief: „Wer möchte Ahorn-Toffee?"

Schon bald wurde er von Kindern überrannt, die sich je einen Eis-Stil schnappten und sich entlang des Pflanzgefäßes aufstellten. Max goss den heißen Sirup in einer Reihe in das Gefäß und die Kinder rollten ihre Eisstecken darin, um eine Art Lolli zu machen. Während der Saison machten sie das mit Saft, der direkt aus den Bäumen kam, aber es funktionierte auch mit Sirup gut.

Max war mit einem beständigen Strom an Abnehmern beschäftigt. Als er sich mit einem frischen Topf vom Kocher wegdrehte, stand Jeremy vor ihm – und Levi. Und die Nichten, die enthusiastisch ihre Stecken rollten. Diese Charge war perfekt zäh und sie kicherten fröhlich, während sie mit ihren Zähnen daran zogen.

Max konnte nur zusehen, wie Levi einen Ball Toffee rollte und ihn Jeremy anbot, ihn direkt an seinen Mund hielt. Jeremy leckte daran, seine rosa Zunge kam heraus und *warum hatte Max ihn ermutigt, auf dieses dämliche Date zu gehen?* Sicher würden Levi und seine Nichten bald gehen.

Nur dass sie das nicht taten.

Eine Stunde verging und die Kinder waren irgendwie nicht gelangweilt und Levi hing an jedem Wort von Jeremy und manchmal auch an seinem Körper, einen Arm um seine Schultern oder ein Drücken seines Bizeps.

„Sieht aus, als hätte Jeremy einen neuen Freund gefunden."

Max unterdrückte ein Stöhnen. „Halt den Mund, Meg." Er füllte mehr Kerosin in den Kocher, ignorierte sie und hoffte, dass sie weggehen würde. Natürlich stand sie immer noch da und lächelte sanft, als er sich umdrehte.

„Wo liegt das Problem, großer Bruder.“

„Das weißt du genau“, grummelte er.

Mit einem Lachen, das ein echtes Gackern war, sagte sie: „Natürlich weiß ich das. Du liiiiebst ihn.“

„*Meg.*“

„Schon gut, schon gut.“ Sie hob beschwichtigend ihre Hände. „Mom wird Papy eine Pause gönnen und die nächste Kutschfahrt übernehmen. Ich mache Toffee, wenn du das Zuckerhaus übernehmen möchtest. Oh, schau, Jeremy und sein heißes Date gehen da hin.“

Max verfluchte sie leise, aber zeigte einer sich nähernden Familie ein strahlendes Lächeln, als er an ihr vorbeikam. Und ja, Jeremy und Levi standen im Zuckerhaus und schauten sich die Kisten mit den Ahornzucker-Süßigkeiten an. So ausgeräubert wie sie aussahen, hatten sie einiges verkauft.

„Hey, Leute!“ Ungefähr fünfzehn Leute spazierten herum. „Ich beantworte gern alle Fragen und ich kann euch etwas über die Farm erzählen.“ In dem folgenden Schweigen huschte sein Blick zu Jeremy – und Levi, der einen Arm um Jeremys Schultern legte und Max ein strahlendes Lächeln schenkte.

„Wie viele Zapfhähne kommen in die Bäume?“, fragte Levi.

„Wir haben, ähm-“ Max räusperte sich und nahm einen Schluck aus seiner metallenen Wasserflasche. „Entschuldigt. Frosch im Hals. Ich bin sicher, dass ihr alle die Schläuche an den Bäumen gesehen habt, als ihr hergefahren seid. Wenn der Saft anfängt zu laufen, wahrscheinlich im März, werden wir die Hähne zurück in die Bäume stecken und der Sirup wird durch die Schläuche laufen. Wir haben dreitausendvierhundert Hähne.“

Levis Nichte fragte: „Kommt es so aus den Bäumen?“ Sie deutete auf die durchsichtigen Flaschen mit bernsteinfarbener Flüssigkeit, die in den Regalen standen.

„Nein, es ist nur Saft, wenn er aus dem Baum kommt und seinen

Weg hierher ins Zuckerhaus nimmt. Er deutete auf die metallenen Gerätschaften, die den Raum dominierten. „Das ist unser Verdampfer, der mit Holz betrieben wird. Wir kochen darin den Saft, bis er zu dem Sirup wird, den ihr auf eure Pancakes gießt."

Er beantwortete weitere Fragen und verkaufte einige Produkte aus dem kleinen Markt. Als die Gruppe weiterzog, seufzte er erleichtert, bevor er bemerkte, dass Levi und Jeremy noch da waren. Und Levi war immer noch zu handgreiflich, beugte sich nahe zu Jeremy und flüsterte etwas in sein Ohr, neben dem Verdampfer.

In den Max Levi gleich schubsen würde.

„Ihr solltet aufbrechen", platze Max heraus. Jeremy und Levi blinzelten ihn überrascht an. „Wir haben ein zwei-Stunden- Limit. Um, ähm, anderen Leuten eine Chance zu geben", fügte Max schwach hinzu und gestikulierte zu den neuen Fahrzeugen, die draußen einparkten.

„Onkel Levi, ich habe Hunger auf echtes Essen! Ich bekomme Bauchweh, wenn ich noch mehr Zucker esse."

Levi lächelte seine Nichten an. „Burger und Pommes? Erzählt es nicht eurer Mom."

„Yay!" Die Mädchen hüpften auf und ab.

„Willst du mitkommen?", fragte Levi Jeremy, dessen Gesicht gerötet war. Was absolut logisch war, erinnerte Max sich selbst.

„Nein, ich sollte bleiben und helfen."

Das war der Punkt, an dem Max ihm sagen sollte, dass er zum Mittagessen gehen sollte, aber er schien die Worte nicht herausbringen zu können. Weil er ein Arschloch war.

„Es tut mir leid, wir sind zu lange geblieben", sagte Levi zu Max und bot ihm seine Hand. „Es war schön, dich wiederzusehen."

Max zuckte innerlich zusammen. „Nein, schon gut. Ihr könnt so lange bleiben, wie ihr wollt." Er schüttelte Levis Hand.

„Burger und Pommes!", rief eine der Nichten und Levi scheuchte sie hinaus. An der Tür sagte er: „Bis später, Jeremy." Und zwinkerte. Weil er der Schlimmste war, auch wenn er abscheulich nett und vernünftig zu sein schien.

Max lockerte sich. Der Mann war weg. Jetzt würde er Jeremy sagen, was für ein Idiot er gewesen war – nur, dass Jeremy ihn wütend anstarrte. Sein Magen zog sich zusammen.

„Das war so unhöflich!", zischte Jeremy, als Valerie eine Familie mit roten Backen in das Zuckerhaus führte. Er schüttelte seinen Kopf, zwängte sich durch die Gruppe und verschwand nach draußen.

„Warte!" Max bat Valerie, zu übernehmen rannte hinaus und ging zügig über das Grundstück, um keine Aufmerksamkeit auf sich zu ziehen. Jeremy näherte sich dem Haus. Fluchend folgte Max ihm nach drinnen und riss sich seine Stiefel herunter, bevor er die Treppe hinaufsprintete, dabei zwei Stufen auf einmal nehmend. Jeremy verschwand um die Ecke.

Es bestand kein Zweifel. Er wollte Jeremy. Der Schneeball raste immer noch den Berg hinunter. Der Schneeball war eine verdammte Lawine und Max hatte keine Lust mehr, sich dagegen zu wehren.

J EREMY GRIFF HINTER sich, um die Tür zum Bad zu schließen, traf
aber stattdessen auf solides Fleisch. Es war Max und er schob ihn
hinein und schloss die Tür hinter ihnen. Er zog seine Mütze und seine
Handschuhe aus und warf sie auf die Kommode. Er trug immer noch
seinen Mantel.

„Hör zu-"

„Nein, du hörst zu!" Jeremy spannte seinen Kiefer an, Frust und
Verlegenheit kämpften in ihm. Levi hatte nur versucht, ihm zu helfen.
„Er ist ein netter Kerl und du warst absolut unhöflich."

„Ich war nur-" Max schnaubte. „Unhöflich. Ja." Er hob seine Hände
und ließ sie dann wieder sinken. „Ich bin ein Arschloch. Es tut mir leid."

Jeremy war sich nicht sicher, was er sagen sollte. „Das ist es?" Nach
dem Anruf seiner Mutter war er automatisch im Streit-Modus, erwartete
defensive Rechtfertigungen und ging auf sein Gegenüber los.

Max wiegte sich auf seinen Fußballen, er sah aufgewühlt aus. Er
öffnete seinen Mantel und schaltete ruhelos das Licht an und aus,
obwohl Sonnenlicht durch das Fenster am anderen Ende des kleinen
Badezimmers strömte. „Es tut mir wirklich leid. Das war nicht in
Ordnung."

„Nein, ich meine – Du gibst es einfach zu?" Jeremy hatte seinen
Mantel im Foyer auf einen Haken geworfen und spielte jetzt mit dem
Ärmel seines Pullis, bevor er seine Arme verschränkte.

Max runzelte die Stirn. „Wäre es dir lieber, wenn ich das nicht tun würde?"

„Nein." Er lachte peinlich und Max zeigte ihm ein zögerliches Lächeln, das Jeremys Wut schmelzen ließ. „Ich bin nicht daran gewöhnt." Er biss sich auf die Lippe. Zur Hölle damit. „Bist du eifersüchtig?"

Die Frage hing in der Luft. Max stand immer noch an der geschlossenen Tür und Jeremy hatte sich ans Ende des schmalen Bads zurückgezogen, neben die Toilette. Die alte Badewanne mit den Klauenfüßen und der Dusche befand sich rechts von ihm. Er spielte mit dem Duschvorhang, während er auf Max' Antwort wartete. Levi war sich so sicher gewesen, aber …

„Ja." Max schaute ihn an, seine braunen Augen waren auf Jeremy fokussiert, als gäbe es sonst nichts auf der Welt. „Ich bin wahnsinnig eifersüchtig."

Mit hüpfendem Herzen behielt Jeremy einen neutralen Gesichtsausdruck bei, hoffte er zumindest. „Was, wenn ich versucht habe, dich eifersüchtig zu machen?"

Max' Brauen schossen nach oben. „Es hat funktioniert. Ich habe es gehasst, dich mit ihm zu sehen. Ich möchte nicht, dass er dich berührt." Er kam näher und umfasste Jeremys Gesicht mit seinen Händen, strich dann weiter nach unten zu seinen Schultern. „Die Wahrheit ist, ich möchte nicht, dass irgendjemand dich berührt. Ich möchte dich ganz für mich."

Jeremy konnte kaum widerstehen, sich in Max' Arme zu werfen, aber er beherrschte sich. Er musste wissen, dass sein Vertrauen gerechtfertigt war. „Was, wenn ich sage, dass du mich nicht haben kannst?"

Max atmete scharf ein, trat zurück und schob seine Hände in seine Taschen. „Dann kann ich dich nicht haben. Dann habe ich wirklich alles verbockt."

Wärme schwoll in seinem Brustkorb an und Jeremy konnte sein Grinsen nicht verbergen. „Können wir aufhören so zu tun, als wären wir nur Freunde?"

Max atmete schnell aus und riss Jeremy in seine Arme. Jeremy klammerte sich durch seinen dicken Mantel an seine breiten Schultern, seine Zehen berührten kaum noch den abgetretenen Fliesenboden.

Der Kuss war alles, was er sich vorgestellt hatte – heiß und zärtlich und absolut verzehrend. Max' Zunge eroberte seinen Mund. Er schmeckte schwach nach Schokolade und Minze und Jeremy fragte sich, ob es sich um Minzschokolade handelte oder Schokolade und Zahnpasta oder vielleicht Kaugummi. Er begegnete Max' Zunge mit seiner eigenen und Max summte, er schien das gutzuheißen.

Er hatte noch nie zuvor eine andere Person so intim geschmeckt oder gerochen oder gefühlt. Es war weniger als eine Woche vergangen, seit sie sich zuletzt geküsst hatten und es fühlte sich wie eine Ewigkeit an. Jeremy war beinahe wild vor Begehren und rieb sich auf seinen Zehenspitzen stehend an Max. Sein Schwanz schmerzte und drückte gegen den Reißverschluss seiner Jeans. Er versuchte, ein Bein um Max zu schlingen, Erleichterung und Freude nahmen den Rücksitz ein und überließen der Lust das Steuer.

Max löste sich mit einem Grinsen, dieses grübchenhafte Aufblitzen von weißen Zähnen machte Jeremys Blut nur noch heißer. Max riss sich seinen Mantel herunter, griff nach unten, um Jeremy hochzuheben und setzte seinen Hintern auf den Rand des Waschbeckens. Jeremy schlang seine Beine um Max und stöhnte, als ihre Erektionen durch ihre Jeans aneinanderrieben. Schwer atmend lehnte Max sich zurück.

„Ich soll hier der Erfahrene sein, aber ich habe dieses Spiel so richtig verbockt."

„Fängst du wieder an, in Football-Klischees zu reden?" Er schob seine Hände unter Max' Pulli, streichelte nach oben zu seinen Nippeln und brachte Max zum Keuchen. Dieses Keuchen war Öl ins Feuer, Jeremys Selbstbewusstsein wuchs. Max *wollte* ihn. Max war eifersüchtig gewesen! Jeremy scherzte forsch: „Weil ich sonst vielleicht Levi nehmen muss."

Max lachte. „Oh, ich sehe, wie es ist. Na schön, das habe ich verdient." Er knabberte an Jeremys Ohr, seine Finger fuhren durch seine Haare. „Ich war ein Idiot. Ich habe nie gewollt, dass du auf dieses Date gehst. Ich habe es gehasst, dass du überhaupt die App geöffnet hast."

„Ich war wirklich nur neugierig! Glaub mir, ich will niemand anderen, weil mein Traummann im Flur mir gegenüber schläft."

Max stöhnte. „Himmel, die letzten beiden Nächte waren Folter." Er rieb Jeremys Erektion durch seine Jeans. „Vor allem letzte Nacht. Ich konnte nicht aufhören, daran zu denken, meinen Mund auf dich zu legen."

Jeremy schauderte, wölbte sich in Max' Berührung. „Ich habe mich danach gesehnt, dass du dich zu mir schleichst."

Max küsste ihn. Hart. Als er den Kuss unterbrach, flüsterte er: „Du hast keine Ahnung, wie heiß du bist."

Jeremy öffnete und schloss seinen Mund und Max lachte. „Du wirst mir widersprechen, oder? Mir sagen, dass du nicht heiß bist. Du bist so unschuldig, aber du treibst mich in den Wahnsinn. Du neckst mich mit deiner Zunge. Ein Lecken, und ich denke an Blowjobs. An all die Möglichkeiten, wie ich diese dämlichen Hausregeln brechen kann."

Jeremys Schwanz schwoll noch mehr an, sein Körper kribbelte. „Das sollten wir nicht. Ich bin ein Gast."

„Möchtest du, dass ich aufhöre?" Er rieb Jeremy, beugte sich vor, um an seinem Hals zu saugen.

„Wage es ja nicht. Kannst du-" Jeremy brach ab und war plötzlich wieder schüchtern.

„Was? Alles, was du willst, Baby."

„Kannst du mich wieder küssen?"

Max liebkoste Jeremys Wange mit seiner rauen Hand und drückte ihre Lippen aufeinander. Dieser Kuss war zunächst zärtlich. Trocken und leicht. Ihre Nasen stießen aneinander und Jeremy lachte leise. „Es tut mir leid. Ich habe immer noch keine Ahnung, was ich tue."

„Mach dir keine Sorgen." Max fuhr Jeremys Wangenknochen mit seinem Daumen nach. „Ich schon." Er grinste und neigte dann Jeremys Kopf, um ihn härter zu küssen.

Jetzt war er wieder feucht, das Reiben von Max' Stoppeln herrlich auf Jeremys Haut. Jeremy wurde eindeutig *geküsst* und als Max seine Zunge in ihn schob, stöhnte er und klammerte sich an Max' muskulöse

Arme. So erobert zu werden, machte ihn extrem heiß und er gab sich dankbar hin, und schnappte nach Luft, wann immer er konnte.

Ihn immer noch küssend, neigte Max ihn nach hinten auf das Waschbecken und griff nach unten, um Jeremys Beine weiter auseinanderzuschieben. Jeremy wimmerte bei dem Druck gegen die frische Prellung an seinem Hintern.

„Was?" Max blinzelte ihn im Sonnenlicht, das durch die gelben Vorhänge an dem schmalen Fenster hereinfiel, an. Er richtete sich auf und stand zwischen Jeremys gespreizten Oberschenkeln. „Tut es weh?"

„Ein bisschen. Aber mach dir darüber keine Sorgen." Jeremy zupfte an Max' Pulli, aber Max gab nicht nach.

„Ich werde mir absolut darüber Sorgen machen, dass du Schmerzen hast. Das ist kein guter Schmerz." Er stellte Jeremy wieder auf die Füße.

„Bitte, hör nicht auf." Jeremy war es egal, wie sehr sein wunder Hintern wehtat.

„Oh, mach dir keine Sorgen." Ein Lächeln hob Max' volle Lippen. „Ich höre nicht auf. Wäre nicht cool von mir, dich in diesem Zustand zu lassen. Du brauchst das wirklich, huh?" Er rieb langsam Jeremys steifen Schwanz, der Jeansstoff war straff gespannt.

„Bitte." Jeremy wölbte seinen Rücken auf, begierig nach mehr Druck auf seinem Schwanz. Er war schon früher in seiner Hose gekommen und gerade im Moment war es ihm egal, ob das peinlich war oder nicht.

„Ich bin da. Es ist in Ordnung." Max strich mit seiner Hand nach oben, nahm den Saum von Jeremys Pulli und zog ihn über seinen Kopf.

Jeremy hob seine Arme und schauderte, als Max die Wolle zur Seite warf. Max' Blick wanderte über Jeremys Brustkorb, seine Hände folgten. Jeremy schrie bei der leichten Berührung beinahe auf. Er war kitzlig und wand sich.

Max lächelte, seine Finger tanzten über Jeremys Rippen. „Empfindlich, hmm?"

„Mm-hmm. Bitte …"

„Soll ich dich einfach kommen lassen?" Er hob eine Braue. Als Jeremy nickte, lachte er leise, seine Finger strichen weiter über Jeremys

Haut. „Das werde ich. Ich möchte herausfinden, was du magst."

„Das. Ich mag das. Alles. Bitte."

Max lachte erneut, beugte sich vor und küsste ihn tief. Er liebkoste Jeremys Wange und ließ seinen Kopf weiter nach unten sinken, saugte hart und hinterließ sicher einen Knutschfleck auf seinem Schlüsselbein.

„Wir sollten das nicht tun. Beeil dich."

Max lächelte an Jeremys Haut. „Alle sind draußen beschäftigt. Wir können eine Pause machen."

Als Max seinen Mund über Jeremys Nippel schloss, schrie Jeremy auf. Errötend presste er seine Lippen aufeinander. Es war, als hätten sich alle Nervenenden, die nicht mit seinem Schwanz beschäftigt waren, um seinen Nippel geschart und es gab eine unsichtbare Kette zwischen diesem Fleischknubbel und seinen Eiern.

Max hob seinen Kopf, saugte an seinem eigenen Zeigefinger und ließ ihn mit einem *Plop* los, das Jeremy dazu brachte, die Luft hilflos mit seinen Hüften zu stoßen. Er wollte unbedingt Reibung an seinem Schwanz.

„Ich wünschte, ich könnte dich hören." Max umkreiste Jeremys anderen Nippel mit seinem feuchten Finger, bevor er wieder seinen Kopf senkte, um den ersten Nippel zu lecken und zu stimulieren. „Aber wir. Sollten ..." Er knabberte mit seinen Zähnen. „Still sein. Nur für den Fall."

Jeremy hatte seine Lippen so fest zusammengepresst, dass es schmerzte, und er schnappte nach Luft, ließ seinen Mund offen. Wenn er sich als Teenager einen heruntergeholt hatte, hatte er in der Regel leise sein müssen. Es war immer gedämpftes Stöhnen gewesen und kleine Schreie, die von der Dusche oder seinem Gesicht in seinem Kissen verschleiert worden waren. Irgendwie erregte es ihn sogar noch mehr, diese Stille mit Max zu haben, als damals, als er in seinem Studentenzimmer laut hatte sein können.

Dann ging Max auf die Knie und Jeremy musste ein Stöhnen unterdrücken. Er dachte an die letzte Nacht und wie geil er gewesen war. Zu stehen, während Max – groß und muskulös und so maskulin – vor ihm kniete, war schockierend heiß. Er konzentrierte sich darauf, nicht zu kommen, bevor seine Jeans auch nur geöffnet war.

„Wenn wir die Regeln schon brechen, sollte es das immerhin wert sein, oder?", flüsterte Jeremy.

Max' Lachen war leise und schickte einen Schauder an Jeremys Rückgrat nach unten. Dieser Schauder verwandelte sich in ein Ganzkörperzittern, als Max seinen Schwanz befreite und schluckte. Er summte um ihn herum und die Vibration brachte Jeremy dazu, so laut zu keuchen, dass er sich eine Hand auf seinen Mund legte.

Max lachte nur wieder und dann waren da nur Lippen und Zunge und Speichel und Atem und Perfektion. Jeremy musste ihn berühren, musste Max' Kopf mit beiden Händen halten, darauf achtend, dass er nicht an seinen Haaren zog. Max' Mund wieder auf sich zu haben, war alles, was er sich vorgestellt hatte. Seine Eier waren so hart. Er würde nicht durchhalten, aber Himmel, er wollte es.

Er konnte das Stoßen seiner Hüften nicht stoppen und Max würgte ein wenig. „Tut mir leid!", zischte Jeremy, zog sich zurück und ließ Max' Kopf los.

Max ließ den von Speichel feuchten Schaft los und atmete tief ein. Seinen Blick auf den von Jeremy gerichtet, strich er mit seinen Lippen über die Eichel und leckte die Liebestropfen mit einem Stöhnen. Dann nahm er Jeremys Hände und legte sie wieder an seinen Kopf.

„Fick meinen Mund. So hart, wie du möchtest."

Diese Worte brachten ihn beinahe zum Orgasmus. „Oh, Himmel."

Flach atmend, mit trockener Kehle, führte Jeremy seinen Schwanz ein. Max schloss seine Lippen um ihn und nickte. Jeremy stieß ein paar Zentimeter zu. Er wollte ihm nicht wehtun, aber Max nickte erneut, packte Jeremys Hüften in seiner offenen Jeans und drängte ihn weiter.

Jeremy fand kaum seinen Rhythmus, bevor er seine Ladung verschoss, dabei viel zu laut stöhnte. Max schluckte und hielt ihn an den Hüften gegen das Waschbecken gedrückt, molk ihn, bis Jeremys Knie kurz davorstanden nachzugeben und es zu viel war.

Max erhob sich, ragte über ihm auf und hielt ihn an sich gedrückt.

Er rieb Jeremys Rücken und liebkoste seinen Kopf und Jeremy wollte für immer dort bleiben, warm und befriedigt und … *gemocht*.

„Du magst mich, oder?" Jeremy verzog das Gesicht. Er hatte das laut gesagt, nicht wahr?

Aber Max lachte ihn nicht aus. Er lehne sich mit ernstem Gesichtsausdruck zurück. „Ich mag dich sehr. Es tut mir leid, dass ich die Bremse angezogen habe. Wir können definitiv aufhören so zu tun, als wären wir nur Freunde." Er schnitt eine Grimasse. „Aber wenn wir es meiner Familie erzählen, werden sie nervig sein. Es liegt nicht an dir, es liegt zu einhundert Prozent an ihnen."

Jeremy lachte. „Das ist in Ordnung. Es kann unser kleines Geheimnis sein. Wir müssen uns ohnehin an die Hausregeln halten."

Max strich mit seiner Nase über die von Jeremy. „Ich muss zuerst kommen."

Er streichelte die Schwellung von Max' Schwanz. „Soll ich dafür sorgen, dass du kommst?" Es war eine dumme Frage – *natürlich* war die Antwort ziemlich offensichtlich – aber es schickte einen Thrill durch Jeremy, sie laut zu stellen.

„Du musst nicht."

„Ich will." Mit einem schaudernden Atemzug griff Jeremy nach Max' Hosenöffnung und führte ihn rückwärts, bis er an der Tür lehnte. Max stöhnte.

„Dann zur Hölle, Ja, Baby. Lass mich kommen."

Max war steinhart, als Jeremy auf seine Knie sank und seinen Schwanz befreite. Auf Augenhöhe sah er riesig aus. Zögerlich leckte Jeremy die Spitze und genoss den bitteren Geschmack. Nicht weil es sonderlich gut schmeckte, sondern weil es Max war. Er hatte öfter, als er zählen konnte, darüber fantasiert, einen Schwanz zu lutschen, und jetzt hatte er einen fleischigen Schaft und große, haarige Eier nur wenige Zentimeter von seinem Mund entfernt. Er saugte an dem Schaft und schmeckte warme Haut, während er stöhnte. *Endlich*. Er leckte auf und ab und herum, legte eine Hand um die Basis und drehte, wie er es gesehen hatte, als er und Kara heimlich Pornos auf ihrem Laptop geschaut hatten, kichernd und neugierig.

Max musste schon deutlich bessere Blowjobs gehabt haben, aber er verteilte nur Lob. Er liebkoste Jeremys Haare, flüsterte, wie gut er es machte und ermunterte ihn mit gemurmelten Worten und Berührungen.

„Das fühlt sich unglaublich an. Ich liebe deinen Mund. Du siehst so gut aus mit meinem Schwanz in dir."

Jeremy stöhnte um ihn herum und saugte heftiger. Es stimmte – Max' Schwanz war in ihm. Wie wäre es, wenn er in seinem Hintern war? Jeremy war in Versuchung sich umzudrehen, auf Hände und Knie zu gehen und darum zu betteln, gefickt zu werden, aber er musste das hier zu Ende bringen. Musste wissen, wie es war, wenn Max in ihm kam.

Max stieß weder, noch drängte er und überließ Jeremy die absolute Kontrolle. Er keuchte und wimmerte und bemühte sich eindeutig, leise zu sein. Wurde eindeutig von *Jeremy* an den Rand getrieben. Dieser zu Kopf steigende Ausbruch von Selbstbewusstsein sorgte dafür, dass Jeremy ihn tiefer aufnahm, beinahe würgte und schwer durch seine Nase atmete.

„Ich komme", flüsterte Max.

Jeremy saugte, seine Lippen dehnten sich und sein Speichel tropfte. Max wirkte riesig über ihm, seine Lippen geteilt, seine Kehle arbeitete. Er hielt Jeremys Kopf, seine Finger krallten sich ein, als er kam und seinen Kopf gegen die Tür knallte, während er bebte.

Jeremy schluckte verzweifelt, fing an zu husten, aber er erwischte das meiste. Er ließ Max' Schaft mit einem feuchten Klatschen aus seinem Mund, die letzten Tropfen Wichse trafen seine heißen Wangen.

„Himmel", keuchte Max, strich mit seinem Daumen über Jeremys feuchte Lippen und fütterte ihm die verteilten Tropfen. Er hob Jeremy hoch und küsste ihn tief, ihre Zungen spielten miteinander. Jeremy wurde wieder hart, aber er sackte gegen Max und war es zufrieden, in seinen Armen zu ruhen.

„Max, bist du da drin?", erklang Papys Stimme zusammen mit einem lauten Klopfen.

Adrenalin schoss wie eine Rakete durch Jeremy, als er und Max hektisch auseinandersprangen. Jeremy hatte gedacht, dass Papy die Treppe nicht mehr heraufkam, aber anscheinend hatte er sich geirrt. Er starrte Max entsetzt an, aber Max beugte sich vor Lachen vornüber und schlug sich eine Hand auf den Mund, um es zu dämpfen.

Als er dazu in der Lage war, sagte er: „Ja, Papy."

„Sobald du da drin fertig bist, brauchen wir dich wieder beim Toffee."

Oh Gott, wusste er es? Jeremys Gedanken wirbelten. *Bitte lass ihn denken, dass Max kackt.*

„Okay!", rief Max zu laut zurück. Nach ein paar weiteren Momenten versuchte er, weiteres Lachen zu unterdrücken.

Jeremy konnte sein eigenes Lachen nicht aufhalten, auch wenn Schuld ihm dichtauf folgte. Er war ein Gast und er sollte die Hausregeln beachten. Er säuberte sich schnell mit heißem Gesicht. „Das darf nicht wieder passieren. Wir müssen brav sein."

„Oh, wir sind gut zusammen." Hinter ihm am Waschbecken schlang Max seine Arme um Jeremy und liebkoste seinen Nacken.

„Mmm." Jeremy lehnte sich zurück, bevor er den Kopf schüttelte, Max mit dem Ellbogen wegschob und sich dabei zu ihm drehte. „Hör auf, mich in Versuchung zu führen. Wir müssen die Regeln befolgen. Deine Familie war so nett zu mir. Ich möchte sie nicht enttäuschen, indem ich ihr Vertrauen verrate."

Max seufzte dramatisch und flüsterte: „Schon gut, schon gut. Wir befolgen die puritanischen Regeln. Zumindest für den Rest des Tages." Er drückte seine Lippen auf Jeremys Stirn, der Kuss war so zärtlich, dass Jeremy der Atem stockte. „Es tut mir leid, dass ich ein Arsch war." Er nahm Jeremys Hand.

„Schon gut. Levi und ich haben schließlich versucht, dich eifersüchtig zu machen." Jeremy drückte Max' Finger. „Er wusste, was los war, sobald er gesehen hat, wie du unser Date ausspioniert hast."

„Ich schulde ihm wohl ein Dankeschön", grummelte Max und fing an zu lächeln. „Komm. Lass uns brav sein."

BRAV ZU SEIN, wurde maßlos überschätzt.

Jeremy rollte sich auf die Seite und trat ruhelos gegen die verwickelte Decke. Er sollte nachgeben und sich wieder einen herunterholen, aber was, wenn jemand ihn hörte? Himmel, was, wenn jemand ihn letzte Nacht gehört hatte? Er spielte das Frühstück wie einen Film in seinem Kopf ab, suchte in seiner Erinnerung nach Hinweisen von Valerie, Meg oder John, dass sie wussten, was er getrieben hatte.

Natürlich hatte er jetzt mehr getrieben als sich nur heimlich einen runterzuholen. Sein Magen schlug einen Purzelbaum, der selige Rausch der Erinnerung half ihm nicht, wieder einzuschlafen. Er hatte Max in seinem Mund gehabt – mehr als das, er hatte dafür gesorgt, dass er kam. Nachdem er sich so lange gesorgt und alles zerpflückt hatte, konnte er mit Max endlich loslassen.

Nur dass er das nicht konnte, weil sie nicht herummachen sollten. John und Valerie waren so cool und ihre Regeln bezüglich Ausdrucksweise und keinen Sex im Haus waren irgendwie niedlich. Nicht übergriffig und stressig, sondern … heilsam.

Jeremys Eltern hätten sicher dieselbe Regel zu keinem Sex im Haus – wenn sie einen festen Freund überhaupt übernachten ließen. Aber es wäre nicht niedlich. Es wäre stressig und verurteilend und verdammend. Sein Magen fühlte sich sauer an, wenn er nur daran dachte, dass Max sie kennenlernte, obwohl er wusste, dass es dumm von ihm war, voranzupreschen und sich darüber Sorgen zu machen.

Er starrte auf die verschwommenen dünnen Vorhänge, die vom silbernen Glühen des Mondes erhellt wurden. Es gab eine Jalousie, die er nach unten hätte ziehen können, aber er war ausgeflippt bei dem Versuch, in absoluter Dunkelheit zu schlafen. Es gab hier keine Straßenlaternen und das Mondlicht, das sich auf dem Schnee spiegelte, war weich und friedlich. Es hätte perfekt sein sollen, um einzuschlafen, aber sein Hirn wollte nicht abschalten.

Anstatt wie üblich peinliche Vorfälle von vor Jahren abzuspulen –

wie viele Male musste er sich daran erinnern, dass er Jake Podowski gefragt hatte, ob er Windpocken hatte, obwohl es eigentlich eine frische, grauenvolle Akne gewesen war – dachte Jeremy darüber nach, dass Max tatsächlich sein fester Freund war.

Aber er hatte nur flüchtige Visionen, wie wunderbar das sein würde. Sich an den Händen zu halten, Dinge zusammen zu machen, sich zu küssen und zu berühren, wann immer sie wollten. Vor allem machte er sich Sorgen, was seine Eltern denken würden. Sie hatten genug mit der theoretischen Vorstellung gekämpft, dass Jeremy schwul war. Der Ausbruch seiner Mom vorhin verhieß nichts Gutes, was die Akzeptanz eines festen Freundes betraf.

Er legte sich auf den Rücken und schloss resolut seine Augen. Vielleicht, wenn er sich still einen runterholte, konnte er sich in den Schlaf wiegen. Er hatte so viel Wichsvorlagenmaterial, dass er nicht wusste, wo er anfangen solle, als er seine Hand in seine Schlafanzughose gleiten ließ und sich selbst berührte.

Und da war es. Er fokussierte sich auf die Erinnerung von letzter Nacht hier in diesem Zimmer, Max' starke Hand über Jeremys Hintern gespreizt. Sie lag nur dort, drückte und presste nicht. Versprach so viel …

Die Tür des Gästezimmers *knaaaarzte* auf. Jeremy ließ seinen Schwanz los und griff hektisch nach seiner Brille. Er sah Max in der Tür stehen in einem T-Shirt und seiner Schlafanzughose, das silberne Glühen des Mondes umspielte seine Gestalt. Himmel, er war *wunderschön*. Sein Atem verließ ihn schnell, als Leidenschaft sich entzündete.

Max machte eine Handbewegung und fragte eindeutig, ob er hereinkommen durfte. Jeremy nickte. Vielleicht hatte er vergessen, etwas zu sagen oder zu fragen, oder vielleicht wollte er einfach nur reden? Oder vielleicht –

Jeremys Herz hämmerte, als Max die Brauen hochzog und in Richtung Bett nickte. Eine weitere Frage und Jeremy nickte nachdrücklich, zog seine Hand aus seinem Schritt und schlug die Decke zurück. Er zitterte in der kühlen Luft. Ein Lächeln erblühte auf Max' attraktivem

Gesicht, als er zu ihm kletterte und die Decke über sie beide zog.

Er kletterte nicht nur ins Bett – er kletterte auf Jeremy, sein muskulöser Körper presste Jeremy in die Matratze, bedeckte ihn, köstlich warm und stark. Sie küssten sich, bis ihre Atmung laut in der Stille klang, ihre Lippen feucht und ihre Zungen erkundend.

„Hey", flüsterte Max und rieb ihre Nasen zusammen.

„Hey. Ich dachte, wir würden brav sein."

„Ich habe es versucht. Es ist nach Mitternacht, also *waren* wir brav für den Rest des Tages." Er grinste, bevor er ernst fragte: „Möchtest du, dass ich gehe?"

Es machte keinen Sinn so zu tun als ob. „Nein."

Sein Lächeln kehrte mit voller Wucht zurück, glühte im Mondlicht und ließ Jeremys Atem stocken. „Was willst du?"

„Alles." Das Wort klang rau. Verzweifelt.

Max küsste ihn hart, dann sanft. „Ich weiß, Baby." Er stupste Jeremys Beine auseinander, sodass er komplett dazwischen lag, ihre harten Schwänze trafen sich durch den Flanell. „Geduld", murmelte er.

Jeremy wollte nicht geduldig sein. Er brauchte mehr. Nicht nur *mehr*, sondern … frei. Er musste *frei* sein. Um ganz und komplett zu sein. Er war sich nicht sicher warum, aber er zog an seinem T-Shirt und seinem Schlafanzug. Die Baumwolle und das Flanell fühlten sich ganz falsch an. Zu einschränkend. Er keuchte, seine Finger waren ungeschickt, als er sich unter Max wand.

Mit gerunzelten Brauen hielt Max Jeremys Hände fest. „Es ist in Ordnung."

Jeremy schüttelte seinen Kopf. „Bitte, ich muss …" Er vertraute Max. Es fühlte sich richtig an, bei ihm absolut nackt und verletzlich zu sein. Gesehen zu werden. „Können wir nackt sein?" Es war wahrscheinlich dämlich, weil sie sich schon gegenseitig einen geblasen hatten, aber gemeinsam komplett unbekleidet zu sein, fühlte sich irgendwie noch intimer an.

Max nickte und half ihm, das T-Shirt loszuwerden, dann rutschte er zurück, um Jeremys Schlafanzughose und seine Socken herunterzuziehen. Er strich mit seinen Handflächen über Jeremys haarige Schienbeine, die Reibung ließ ihn schaudern. Max war immer noch bekleidet, die Decke lag um seine Schultern. Jeremy war vollkommen nackt im Mondlicht, die Beine gespreizt, sein harter Schwanz stand trotz der Kälte auf.

Und Max betrachtete ihn, als wäre er kostbar und liebkoste seinen Körper mit seinen Händen. Jeremy lag da, für Max entblößt, willens, alles zu tun. Mehr als willens – begierig, beinahe verzweifelt. Verzweifelt, nicht nur, zu kommen, sondern zu *werden*. Dass dies alles real und wahr und richtig war.

„Du bist wunderschön, weißt du das?", murmelte Max.

„Ich? Ich bin zu klein und dürr. Schau *dich* an!"

Den Kopf schüttelnd, beugte Max sich hinunter, um Jeremys Oberschenkelinnenseiten zu küssen und zu liebkosen und an seinen kribbelnden Eiern zu riechen. „Du bist nichts zu. Du bist genau richtig. Taschengröße und perfekt."

Max zog sich zurück, aber nur, um sich seine Schlafanzughose schneller herunterzureißen, als Jeremy es für möglich gehalten hätte. Sein fetter Schwanz stand hart zwischen starken Oberschenkeln, als er sich wieder zwischen Jeremys Beine kniete. Sein Bauch und sein Brustkorb waren muskulös und haarig und er zwickte schaudernd seine eigenen, steifen Nippel.

„Die Heizung in diesem alten Haus ist beschissen." Er zog die Decke wieder über seine Schultern und machte es sich erneut zwischen Jeremys Oberschenkeln gemütlich. Sie beide stöhnten leise. „Ist das gut?", fragte Max.

Jeremy nickte. Sie waren zusammen nackt und er fühlte sich herrlich sicher, obwohl sie es geheim halten mussten und nur flüsternd sprechen konnten. „Ich habe mich immer gefragt, wie das sein würde."

Max legte eine Hand flach auf Jeremys Brustkorb und spielte mit einem Nippel. „Haut an Haut?" Er stieß ihre Körper zusammen, rieb seine Beine und Arme. „Das gefällt dir?"

„Es ist ganz okay, würde ich sagen." Jeremy konnte nicht ernst bleiben. Er fuhr mit seinen Waden über die von Max, begierig auf Reibung. Unter der Decke waren sie warm in ihrer eigenen kleinen Welt und Jeremy konnte die Worte nicht aufhalten. „Ich möchte, dass du mich fickst."

Max küsste ihn und stöhnte in seinen Mund, bevor er sich zurückzog. „Du willst meinen Schwanz in dir? Hast darüber nachgedacht?"

Jeremy war sich nicht sicher, ob er damit meinte, gefickt zu werden oder seinen Schwanz im Speziellen. „Will dich. Ich wollte schon immer gefickt werden. Jetzt vertraue ich dir."

Max drückte Küsse auf Jeremys Gesicht und flüsterte: „Danke." Er richtete sich ein wenig auf und begegnete Jeremys Blick. „Hast du viele Pornos gesehen?"

„Ja. Vor allem seit ich an der Uni bin. Als ich jünger war, musste ich wirklich vorsichtig sein. Aber meine Mom hat immer diese Romanzen gelesen. Du weißt schon, die dicken mit einem Piraten mit nacktem Oberkörper, der eine Frau mit großen Möpsen an sich drückt? Ich habe sie mir heimlich geschnappt, wenn sie fertig war. Habe darüber fantasiert. ..." Er schluckte schwer. „Genommen zu werden."

Er konnte schwören, dass Max' Augen im Mondlicht vor Lust dunkel glühten. Ein Atemzug schauderte sichtbar durch ihn. Max rollte seinen harten Schwanz über den von Jeremy. „Du möchtest geplündert werden, hmm?"

Jeremys stilles Lachen schüttelte ihn und Max grinste. Max küsste ihn spielerisch, aber tief, seine Zunge war befehlend. Jeremy stöhnte in seinen Mund.

Als Max den Kuss abbrach, schnappten sie beide nach Luft. Max flüsterte mit einem weiteren heißen Atemstoß an Jeremys Ohr: „Ich will dich unbedingt ficken, aber nicht hier. Nicht, wenn ich dich nicht hören kann. Aber wir können dennoch erkunden. Okay?"

Jeremy nickte. „Wirst du ..." Er hoffte, Max konnte nicht sehen, wie er errötete.

„Was, Baby?" Max küsste seine heiße Wange. „Du kannst alles sagen. Hab keine Angst."

Er räusperte sich, seine Kehle war trocken. „Wirst du meinen Hintern anfassen?"

„Auf alle Fälle. Willst du dich für mich umdrehen? Lass mich dich sehen."

Mit hämmerndem Herzen legte Jeremy sich auf seinen Bauch und stützte sein Kinn auf seine Hände, damit seine Brille nicht gegen das Kissen gedrückt wurde. Die kühle Luft bescherte ihm Gänsehaut auf seinem nackten Körper, als Max die Decke teilweise zurückzog. Er erwartete, dass Max ihn sofort berührte, aber die Sekunden vergingen und als er über seine Schulter schaute, war Max damit beschäftigt, ihn lang und langsam zu betrachten. Gemustert zu werden war nervenaufreibend und peinlich, aber doch *aufregend*.

Max pfiff leise und strich endlich mit einer Hand über Jeremys Hintern. „Was für ein Anblick." Seine Berührung war leicht, als er erkundete, mit seinen Fingerspitzen über die Erhebungen von Jeremys Hintern streichelte und seine Ritze neckte. Zitternd wand Jeremy sich, ermunterte mehr Druck. Er biss sich auf die Lippe, als Max ihn aufspreizte.

Ihm wurde klar, dass die leisen, feuchten Laute von Max kamen, der in seine Ritze spuckte, die kleinen Platscher waren warm. Jeremys harter Schwanz war an der Matratze gefangen und er wollte gerade seine Hand darunter schieben, als Max einen langen, festen Streifen entlang seiner Ritze leckte.

Sein Aufschrei war viel, *viel* zu laut.

Jeremy keuchte, als er seinen Lippen entkam und ehe er sich entschuldigen konnte, legte Max' Hand sich über seinen Mund und sein Gewicht war auf Jeremys Rücken. Sie blieben für beinahe eine Minute so und Jeremy konnte Max' Herzschlag spüren.

Stille.

Kein Knarzen aus dem Flur, keine neugierigen oder besorgten Schritte oder leises Klopfen oder gemurmelte Fragen.

Max' Atem kitzelte Jeremys Ohr, als er seine Hand löste. „Mein Fehler. Ich hätte dich warnen sollen, dass ich deinen Hintern rimmen werde."

„Oh mein Gott", hauchte Jeremy. So viele Fantasien wurden lebendig. „Das habe ich schon immer gewollt."

„Ja?"

Er nickte. „Erinnerst du dich, als du mir Sexting beigebracht hast? Das ist meine Antwort. Für die schmutzigste Sache, die ich mir vorstelle." Er lachte unsicher. „Wahrscheinlich zahm, ich weiß."

„Überhaupt nicht. Manche Leute flippen da definitiv aus, was absolut in Ordnung ist. Aber du stehst drauf? Du willst, dass ich deinen Hintern lecke?" Max küsste Jeremys Nacken. „Du hast vor dem Schlafengehen geduscht, oder?" Er umkreiste Jeremys Loch mit einer Fingerspitze.

„Mm-hmm!"

Max ließ sich Zeit, küsste sich an Jeremys Rückgrat nach unten. Als Jeremy das erste Mal Rimmen in einem Porno gesehen hatte, hatte er auf der Stelle von dem Gedanken, dass es widerlich war zu einer steinharten Erektion gewechselt. Zu spüren, wie Max seine Pobacken spreizte, seinen warmen Atem auf seinem Loch und dann das feuchte, texturierte Streichen seiner Zunge genau *dort* war unglaublich.

Er würde nicht in der Lage sein, leise zu bleiben.

Jeremys Schwanz war schmerzlich hart. Er wimmerte und wand sich, die Empfindungen von Max' feuchter, starker Zunge, die ihn stimulierte, waren zu viel. Sein Brustkorb verengte sich, seine Zähne gruben sich in seine Unterlippe. Er griff nach unten und zog Max' linke Hand zu seinem Mund.

Max' Lachen an seinem Hintern war warm. „Du brauchst Hilfe, um nicht zu laut zu sein, hmm?"

Jeremy nickte und seufzte erleichtert, als Max nach oben kam und seinen Mund mit seiner Handfläche abdeckte. Auf seinem Bauch, die Beine gespreizt und Max auf ihm, fühlte Jeremy sich auf die herrlichste Weise niedergedrückt. Er hatte nie erwartet, dass es sich so gut anfühlen würde, aber das *tat* es. Sie brachen die Regeln und Jeremy musste leise sein, der verbotene Aspekt erregte ihn genauso sehr wie es das Gefühl von Max' Zunge getan hatte.

Max manövrierte ihn herum, sodass er Jeremys Stöhnen mit einer Hand dämpfen konnte, während er seinen Hintern bearbeitete. Jeremy klammerte sich an Max' Arm, die Knie hochgezogen und sein Loch entblößt. Max zog sich zurück und Jeremy hätte schreien können, wimmerte aber stattdessen an Max' feuchter Handfläche.

„Ich weiß." Max schob seinen rechten Mittelfinger in Jeremys Mund. „Mach ihn gut feucht." Jeremy saugte Max' Finger, als wäre es sein Schwanz und Max atmete tief, kämpfte gegen ein Lächeln. „Du lernst schnell." Er nahm seine Hand weg und zog die Decke mit einer Welle aus Wärme wieder über sie.

„Das wäre besser mit Gleitgel", murmelte Max. „Aber es ist zu kalt da draußen, um es zu holen."

Da Max jetzt wieder köstlich auf ihm lag, klammerte Jeremy sich an ihn. „Geh nicht weg. Ich schaffe das."

Es war nur ein Finger und Jeremy hatte sich selbst schon gefingert. Aber das hier war anders. Das hier war ein anderer Mann. *Max.* Jeremy war nackt, seine Beine waren geöffnet und er wurde penetriert. Das war eine andere Person, die in ihn drückte. Das war *Max.*

In der mitternächtlichen Stille waren ihre Blicke aufeinander gerichtet. Ihre wilde Atmung füllte die Nacht, leise genug, dass niemand es hören konnte, aber alles umfassend in ihrer geheimen, privaten Welt unter der Decke.

Sogar mit allem, was sie zuvor schon gemacht hatten, hatte Jeremy noch nie eine Intimität wie diese gespürt. Max schaute in seine Augen, rieb langsam seinen Finger in ihm und all seine Aufmerksamkeit war auf ihn fixiert, als wäre Jeremy das Einzige, was zählte.

„Stell dir vor, wie es sein wird, wenn es mein Schwanz ist." Max' Flüstern war kaum hörbar.

Jeremys Atem stockte – er konnte es sich lebhaft vorstellen. Er wäre riesig im Vergleich und es würde zweifellos wehtun, ganz egal, wie viel Gleitgel sie benutzten. Es würde sich anfühlen, als würde er aufgespießt werden, als würde es nie passen, während es sich gleichzeitig komplett und perfekt und *richtig* anfühlen würde.

Max' Brauen zogen sich zusammen und sein Finger hörte auf, sich zu bewegen. „Tut es zu sehr weh?"

„Nein!" Jeremy flüsterte und griff nach unten, um Max' Handgelenk zu packen. „Hör nicht auf. Bitte."

„Aber du siehst aus, als würdest du anfangen zu weinen."

„Ich bin nur glücklich. Es tut mir leid."

Ein kleines Lächeln erschien auf Max' vollen Lippen. Er küsste Jeremy zärtlich, krümmte seinen Finger und rieb über die perfekte Stelle. Jeremy keuchte, sein Schwanz zuckte. Er ließ Max' Handgelenk los und strich mit seinen Händen über seine nackten, starken Schultern.

„Es muss dir nicht leidtun", murmelte Max. Er presste kleine Küsse auf Jeremys Stirn und Schläfen und Wangen, alles, während er seine Prostata rieb. Es würde sich mit Gleitgel glatter anfühlen, aber Jeremy stöhnte vor Lust angesichts der Rauheit, dem Verfangen und Zerren und des dumpfen Drucks.

„*Max.*" Es war ein Wimmern, aber Jeremy konnte nicht anders.

„Ich weiß, Baby. Fühlt es sich gut an? Willst du mehr?"

Jeremy nickte und schaute gebannt zu, wie Max nach hinten rutschte und die Decke von seinen breiten Schultern glitt. Er spuckte auf den Zeigefinger neben Jeremys Loch, der Mittelfinger befand sich noch in ihm. Zusammen mit seinem eigenen, leisen, keuchenden Atem, war das einzige Geräusch das feuchte Schmatzen von Max, der Speichel sammelte.

Es war die Art Sache, die manche Leute vielleicht widerlich fanden, aber Jeremy konnte den Blick nicht abwenden, sein Schwanz schmerzte. Die Intimität war seltsam schön. Vor einer Woche hätte er sich nicht vorstellen können, bei einer anderen Person so exponiert zu sein. Als wäre er geschält worden. Roh und verletzlich. Doch als Max einen weiteren Finger hineinschob, das Dehnen brannte, als er sich vor und zurückbewegte, ihn stimulierte und folterte, vertraute Jeremy ihm komplett.

„Musst du kommen, Baby?"

„Ja!"

„Lass mich sehen, wie du kommst." Max stützte sich auf seinen Ellbogen, fickte ihn immer noch mit seinen Fingern. Der Druck auf Jeremys Prostata war beinahe zu viel. „Fass dich selbst an. Leg deine Hand um deinen Schwanz."

Jeremy beeilte sich, seinen vernachlässigten Schwanz zu pumpen, zitterte dabei am ganzen Leib und starrte im Mondlicht in Max' Augen, als der Orgasmus in einer mächtigen Welle explodierte. Er spannte sich an, sein Rücken und Hals bogen sich durch, Max schlug seine freie Hand auf Jeremys Mund. Jeremy malte seinen Bauch und Brustkorb mit Wichse an, er versuchte, seine Augen offenzuhalten, um zu sehen, wie Max mit geteilten Lippen und riesigen Pupillen zuschaute, wie er sich auflöste.

Als Jeremy fertig war und keuchte, nahm Max seinen eigenen harten Schwanz in die Hand, pumpte sich schnell und kam mit harschem Stöhnen auf Jeremy. Die weiße Wichse mischte sich mit der von Jeremy und der Anblick ließ Jeremys Eier zucken.

Max küsste ihn schmutzig und seufzte in seinen Mund, als er sie auf die Seite drehte und seinen muskulösen Oberschenkel zwischen die von Jeremy schob.

„Ich hatte nicht gewusst, dass Fingern so sein kann", sagte Jeremy, bevor er überhaupt eine Chance hatte, sich zu hinterfragen oder seine Worte zu sehr zu analysieren.

Max lachte leise und liebkoste seine Wange. „Warte nur. Das ist erst der Anfang."

Feucht von Schweiß und klebrig in Max' Armen, wollte Jeremy unbedingt, dass das stimmte.

Kapitel Zwölf

MAX WACHTE NACH sieben Uhr mit einem steinharten Steifen auf, trotz des Sex' nach Mitternacht. Er wollte unbedingt zurück ins Gästezimmer schleichen und Jeremy durchnehmen, bis keiner von ihnen mehr geradeaus schauen – oder gehen – konnte, aber es war immer noch nicht der richtige Ort oder die richtige Zeit.

Er hatte seinen Wecker nicht gestellt, aber er beeilte sich wie immer, aus dem Bett zu kommen. Der Holzboden war kalt unter seinen nackten Sohlen. Er konnte bratendes Fleisch riechen – Truthahn-Schinken, wahrscheinlich – und konnte das Murmeln von Dad und Valerie hören, die sich unten unterhielten. Megs Tür stand überraschenderweise offen und ihr Zimmer war leer, obwohl sie in der Regel keine Morgenperson war. Jeremys Tür war geschlossen und Max grinste vor sich hin, als er daran vorbei ins Bad ging.

Verdammt, das war *heiß* gewesen.

Er hatte die Regeln ohne die geringste Reue gebrochen. Sich unter der Decke zu verstecken, mit Jeremy unter ihm, eifrig und vertrauensvoll … Max hatte noch nie zuvor Sex wie diesen gehabt. Er war noch nie so bereit gewesen, seine Ladung zu verschießen, nur weil er jemanden rimmte und fingerte.

Unter der Dusche holte er sich einen herunter, während er sich vorstellte, wie es sein würde, Jeremy mit seinem Schwanz, anstatt mit seinen Fingern zu ficken. Max wollte ihm nicht wehtun, obwohl er wusste, dass ein wenig Schmerz beim ersten Mal unvermeidlich war.

Dem ersten Mal.

Er wusste, dass es dämlich war zum Höhlenmenschen zu werden und ganz obsessiv zu sein, weil er eine Jungfrau fickte, aber er konnte das Kribbeln in seinen Eiern und die Welle an *Begehren* nicht leugnen, bei dem Gedanken, in jeder Hinsicht Jeremys Erster zu sein. Er wollte es perfekt machen. Er wollte, dass es das großartigste erste Mal in der Geschichte erster Male wurde. Er wollte …

Mehr, als er je zuvor gewollt hatte.

Max pumpte seinen Schaft härter, spreizte seine Beine und stützte sich mit einer Hand an den nassen Fliesen ab. Er schloss seine Augen und stellte sich vor, wie er in Jeremy stieß, seinen Körper füllte und seinen süßen Mund küsste. Ihm zeigte, wie gut es sein konnte, ihn hörte, wie er vor Lust aufschrie –

Das Wasser wurde eiskalt und er schrie auf, tanzte aus dem Wasserstrahl und stolperte auf die weiche Bademattte. Fluchend konnte er doch ein Lachen nicht unterdrücken, als er nach hinten griff, um das Wasser auszuschalten. Verdammte uralte Rohre.

Er schlang sich ein Handtuch um seine Taille, seine Erektion ließ nach. Er sollte ohnehin zum Frühstück nach unten gehen – es schien Valerie glücklich zu machen, sie zu füttern. Er zögerte, die dampfende Wärme des Bads zu verlassen, öffnete dann doch die Tür und wappnete sich für die kältere Luft.

Jeremy stand direkt vor ihm, in seiner Schlafanzughose, eine Hand erhoben, um zu klopfen, und sie beide zuckten zusammen und lachten dann. Jeremy sagte: „Ich war mir nicht sicher, ob jemand drin ist oder ob die Tür nur geschlossen war. Meine Großmutter hat die Badtür immer geschlossen gehalten, weil es vulgär war oder …" Sein Blick wanderte an Max' feuchtem Körper nach unten. „Etwas."

Unter dem weißen Handtuch um seine Taille erwachte Max' Schwanz brüllend wieder zum Leben. Mit einem verspielten Grinsen rieb er sich selbst durch das weiche Material. „Vulgär, hmm?"

Mit geteilten Lippen schluckte Jeremy schwer, sein Blick war auf Max' Gemächt gerichtet, bevor er ihn hob, um ihm in die Augen zu sehen. Jeremy öffnete und schloss seinen Mund, als wollte er etwas sagen.

Er schaute nach rechts und links.

Dann schob er Max mit einer erstaunlich starken Hand auf seinem nackten Brustkorb zurück ins Bad und schloss die Tür hinter sich ab. Seine Brille beschlug an den Rändern.

Hölle, ja.

Die Regeln waren dazu da, gebrochen zu werden, oder? Max hob seinen Finger an seine Lippen. „Shh." Doch als Jeremy tief Luft holte und Max' Handtuch entschlossen wegzog, war es Max, der ein lautes Stöhnen unterdrücken musste. „Ich habe ein Monster geschaffen."

Anstatt zu lachen, zögerte Jeremy, klammerte sich an das Handtuch. „Ist das zu viel? Bin ich zu …" Er bewegte seine Hand ruckartig, das Handtuch schwang herum.

„Was?" Max hatte noch keinen Kaffee gehabt und er versuchte festzustellen, welchen Nerv er getroffen hatte. „Welches Problem auch immer dein nervöses Hirn ausbrütet, die Antwort lautete Nein. Du bist nichts zu. Du bist genau richtig."

Jeremy atmete lang aus. „Okay. Ich habe nur Angst-" Er schüttelte seinen Kopf. „Vergiss es." Er spielte mit dem Handtuch, bevor er es fallenließ.

„Sag mir, wovor du Angst hast." Max zog ihn an sich und küsste ihn. Sogar Jeremys Morgenatem war anbetungswürdig.

„Ich weiß nicht." Jeremy verdrehte die Augen. „Dass ich alles falsch mache. Zu sehr klammere. Zu eifrig bin."

„Ja, ich hasse es, wenn ein wunderschöner, süßer, sexy Typ meinen Schwanz will. Das ist so eine Last."

Jeremy duckte seinen Kopf und lachte. „Schon gut, schon gut." Er hob den Blick und schob seine Brille an seiner Nase nach oben. „Ich will auch mehr als das. Nicht, dass dein Schwanz nicht – ich meine-" Er rieb sich über das Gesicht und murmelte: „Das ist der Grund, warum ich nicht reden sollte."

Max' Herz war angeschwollen und er konnte nur Jeremy küssen, bis sie beide keuchten. „Du solltest immer reden", murmelte Max. „Du bist viel besser darin, als du denkst."

Mit einem entschlossenen Glanz in den Augen ging Jeremy auf dem zu Boden geworfenen Handtuch auf die Knie und Max wollte zum Mond schreien. Oder der Sonne oder wohin auch immer. Max spreizte seine Beine, damit er einen soliden Stand hatte, und pumpte seinen harten Schwanz von der Basis bis zur Spitze. „Willst du das?", flüsterte er.

Jeremy nickte heftig und packte Max' Hüften.

„Das gefällt dir, hmm? Du bist so eine hübsche kleine Schwanz-Nutte, nicht wahr?"

Jeremy atmete flach und nickte erneut verzweifelt. „Darf ich? Bitte?"

„Baby, ich gehör ganz dir."

Max musste mit seiner linken Hand den Rand des Waschbeckens umklammern, weil der heiße Sog von Jeremys gierigem Mund seine Knie bereits weich werden ließ. Er war in der Dusche kurz davor gewesen und er war in kürzester Zeit wieder an diesem Punkt. Jeremy benutzte dieses Mal seine Zunge mehr und obwohl er immer noch lernte, war es der heißeste Blowjob, an den Max sich erinnern konnte.

Er flocht seine Finger durch Jeremys wunderschöne Haare, die vom Schlaf so zerzaust waren, dass er lächeln musste. Er sprang hin und her zwischen dem mächtigen Strom des Begehrens und der sanften, warmen Zuneigung, die er für Jeremy hegte.

Seinen Schwanz zwischen Jeremys roten Lippen verschwinden zu sehen, machte ihn schwindlig. Jeremy hatte mit absoluter Konzentration geleckt und gesaugt und jetzt schaute er zu Max auf. Speichel tropfe aus seinem gedehnten Mund, seine Nasenflügel blähten sich. Seine Brille war wieder klar und Max starrte in seine Augen, streichelte seinen Kopf.

„Du bist ein Naturtalent", murmelte Max. „Ich bin so stolz auf dich."

Jeremy gab um Max' Schwanz herum einen kleinen, stöhnenden Laut von sich und dann kam Max. Jeremy klammerte sich an seine Hüften, ließ ihn nicht zurückweichen und schluckte so viel er konnte.

Die Lust brannte so intensiv, dass Max' Knie nachgaben, aber Jeremy hielt ihn mit sicherem Griff.

Max keuchte, als er ein letztes Mal abspritzte, der Samen tropfte an Jeremys Kinn nach unten, als er sich zurückzog, um Luft zu holen. Max riss ihn auf die Beine und küsste ihn tief, schmeckte sich selbst und Jeremy stöhnte in seinen Mund.

Jeremy war in seiner Schlafanzughose steinhart und Max ging auf die Knie, um ihn zu befreien und ihn zu schlucken. Jeremy zitterte und wimmerte und kam beinahe auf der Stelle in seiner Kehle. Max schluckte alles, stand dann auf und küsste ihn erneut. Ihre beiden Geschmäcker mischten sich auf ihren Zungen und Max hielt Jeremy eng an sich gedrückt.

Das Klopfen ließ sie beide bis an die Decke springen. „Kommt ihr zum Frühstück?", fragte Meg vom Flur.

Max und Jeremy starrten sich voller Entsetzen an – dann lösten sie sich in hilflosem Kichern auf. Max räusperte sich. „Wir kommen."

Das war definitiv die Wahrheit.

„FROHE WEIHNACHTEN, MEIN Bruder!" Honey hüpfte aus dem verbeulten Yaris, er trug eine Santa-Mütze und ein Grinsen. „Wir sind bereit, mit dem Winterwunderland anzufangen." Er deutete mit seiner Hand auf den frischen Schnee. Es war bedeckt, aber es sollte erst später wieder anfangen zu schneien.

Es gab ein Durcheinander aus Umarmungen und Begrüßungen, Dad und Valerie kamen aus dem Zuckerhaus, um Honey und Alicia zu begrüßen, die atemberaubend aussah in einer schwarzen Leggins und hohen Stiefeln, einem taillierten roten Mantel und einem dazu passenden Lippenstift. Ihre dunkle Haut war makellos. Max hatte mit Honey immer gescherzt, dass sie weit außerhalb seiner Liga spielte und Honey hatte nie etwas dagegen eingewendet.

„Ich bin so froh, dass ihr beide es einrichten konntet", sagte Dad.

„Es tut mir leid, dass wir den Tag der offenen Tür verpasst haben." Alicia warf Honey einen Seitenblick zu. „Ein gewisser *jemand* muss anfangen, Termine in seinen Kalender zu schreiben, damit wir keine Doppelbuchungen haben."

Honey zuckte mit den Schultern. „Du hast nicht unrecht, aber so haben wir alles für uns." Er legte einen Arm um Max. „Du hast mich endlich hier oben. Ich bin bereit, in einen Bottich mit Sirup zu springen, oder was immer ihr hier so treibt, um Spaß zu haben. Wo ist Meg?"

„Unterwegs mit Freunden. Du wirst sie nächstes Mal gnadenlos aufziehen müssen."

„Ach, als ob sie nicht jedes Mal damit anfängt?" Honey gab ein rümpfendes Geräusch von sich. „Aber hier ist mein Mann, Jeremy!" Er marschierte zur Veranda, wo Jeremy aufgetaucht war, eingepackt und mit einem zögerlichen Lächeln, als würde er darauf warten, dass man sich über ihn lustig machte.

„Ohh", sagte Alicia leise. „*Niedlich.*" Sie stieß Max spielerisch mit dem Ellbogen an. „Nicht dein üblicher Typ."

„Wir sind nur Freunde!", beharrte Max viel zu schnell und mit viel zu viel Nachdruck. Er warf einen Blick zu Dad und Valerie, die miteinander geredet und hoffentlich nicht zugehört hatten. Max war albern. Er sollte ein Erwachsener sein. Die Hausregel betraf nur den Sex mit jemandem unter ihrem Dach.

Valerie lächelte wie immer, die Falten um ihre Augen zogen sich zusammen. „Kommt ins Zuckerhaus, wenn ihr so weit seid, und nehmt den Campingkocher mit. Ihr Kids könnt Toffee machen." Sie und Max' Dad gingen zurück, um weiter Inventur zu machen.

Alicias anmutige, gezupfte Brauen zogen sich zusammen. „Tut mir leid. Ich dachte, ihr wärt zusammen? Honey hat ständig darüber geredet, dass er dich noch nie so in einen Typen verschossen gesehen hat. Er war sicher, dass ihr beide die Laken in Brand stecken würdet. Seine Worte."

Max schaute zur Veranda, wo Honey Jeremy mit wilden Gesten eine Geschichte erzählte. Jeremys Schultern waren nicht mehr nach vorne gebeugt. Sein Lächeln erhellte sein Gesicht, die Musik seines Lachens wurde vom Wind zu ihnen getragen.

„Ähm …“

Er drehte sich zurück zu Alicia. „Tut mir leid. Was?“

Mit einem Lachen malte sie einen Kreis in der Luft vor Max' Gesicht, ihre Lederhandschuhe waren glatt. „Ich sehe, was er meint. An deinem Pokerface musst du noch arbeiten, Sohn.“

„Na schön“, murmelte er. „Wir machen rum.“ Ihm gefiel aber nicht, wie diese Worte sich anfühlten. „Wir sind zusammen.“

Alicia runzelte die Stirn. „Was ist dann das Problem mit deinen Eltern? Schämst du ich für ihn oder so?“

„Nein!“ Er schrie beinahe. „Es ist nur so neu. Ich wollte, dass es noch nur uns gehört. Und meine Familie kann so peinlich sein. Sie werden es übertreiben und eine große Sache daraus machen. Ich bringe in der Regel keine Typen mit nach Hause. Nie.“

„Dann lass sie doch eine große Sache daraus machen. Du magst ja der Kapitän des Football-Teams sein, aber du kannst dich nicht aufführen, als wärst du zu cool.“

„Aber wir haben uns erst vor gut einer Woche kennengelernt. Es könnte zu nichts führen.“

Wieder ließ Alicia ihren Finger in der Nähe von Max' Gesicht kreisen. „Es führt zu etwas. Darum schlage ich vor, dass du mitgehst. Als ich Honey kennengelernt habe, dachte ich, es würde eine Nacht sein und das war es dann. Wenn du es am wenigsten erwartest, kommt der Richtige zu dir. Jetzt stell mich vor.“

Es dauerte nicht lang und Max hatte den Campingkocher an. Der Sirup begann zu kochen, während sie zu viert frischen Schnee in das Pflanzgefäß packten und über alles Mögliche redeten. Als sie alle ihre Toffee-Bälle auf Eisstilen hatten, aß Honey seinen mit beinahe einem Biss, bevor er mit einer Tirade über die Offensive der Steelers anfing.

Alicia lenkte das Gespräch immer wieder in Jeremys Richtung, stellte ihm Fragen über alles, angefangen mit seinem Hauptfach bis hin zu Tipps, wo man in BC gewesen sein sollte. Sie hakte sich bei ihm ein und bat ihn, ihr die Toilette zu zeigen, obwohl die sich eindeutig im Haus befand und das eine Entschuldigung war, ihn allein zu sprechen.

Honey schaute grinsend zu, wie sie davongingen. „Maxwell, sie mag deinen Jungen, darum solltest du das besser nicht verbocken." Sein Grinsen verbreiterte sich. „Hast du diese Kirsche schon gepflückt?"

„Beinahe." Max musste zurückgrinsen und schlug in Honeys Faust ein. Aufregung durchfuhr ihn. Er musste Jeremy irgendwo allein hinbringen, wo sie wirklich ihre Ruhe hatten. Nicht, dass Herumschleichen nicht auch aufregend war. Mmm. Der feuchte Atem auf seiner Handfläche, als er seine Hand über Jeremys Mund gelegt hatte …

„Ich habe es dir doch gesagt."

„Das hast du." Ein Gedanke tauchte mit fröhlicher Klarheit in seinem Kopf auf. „Willst du mir helfen, ein Date in die Wege zu leiten?"

In kürzester Zeit hatte Max einen Rucksack voller Vorräte außer Sichtweite verwahrt und das Schneemobil aus der Garage geholt.

„Darf ich fahren?", fragte Honey und rieb seine Hände in freudiger Erwartung.

„Ganz gewiss nicht", sagte Valerie nachdrücklich. „Max hat einen Schneemobil-Sicherheitskurs gemacht und er ist der Einzige, der fahren darf."

„Ach, kommen Sie, Mrs. N-P!" Honey klimperte mit den Wimpern. „Bitte, bitte?"

Valerie lächelte ihn fröhlich an. „Nein!"

„Kumpel, glaub mir", lachte Max. „Sie wird auf keinen Fall nachgeben."

„Unter keinen Umständen", stimmte Valerie zu. „Helme auf! Alicia und Jeremy, wollt ihr nach Honey mitfahren? Ihr könnt meinen Helm benutzen. Der ist ein wenig kleiner."

„Nein, Ma'am." Alicia schüttelte ihren Kopf nachdrücklich. „Ich überlasse den Geschwindigkeitsrausch ihnen."

Jeremy sah unsicher aus und Max meinte zu ihm: „Ich kann später mit dir fahren. Das wird lustig." *Lustiger, als du dir vorstellen kannst.* Jeremy nickte und Max versuchte, nicht zu breit zu grinsen, während die Vorfreude durch ihn hindurchraste.

„Während die Jungs spielen, kann ich eine Flasche Sirup kaufen, die ich meiner Mom mitbringe?", fragte Alicia.

Valerie antwortete: „Du kannst keine kaufen, aber du kannst dir eine aussuchen, die dann aufs Haus geht."

„Vielen Dank!" Alicia strahlte und sagte zu Max: „Deine Mom ist so nett."

Max' Atem stockte und er erstarrte. Valerie lächelte und dankte Alicia und schien sich daran überhaupt nicht zu stören. „Kennst du den Unterschied im Geschmack von hell zu dunkel? Du und Jeremy, ihr kommt mit mir ins Zuckerhaus."

Max schaute ihnen nach. *Meine Mom.* Es war nicht das erste Mal, dass jemand Valerie so genannt hatte und es sorgte immer dafür, dass Max sich seltsam und peinlich und schuldig fühlte. Was, wie er wusste, nicht wirklich Sinn ergab. Sie war wunderbar zu ihm gewesen, seit dem Tag, an dem sie sich kennengelernt hatten, sogar als er ein missmutiger kleiner Mistkerl gewesen war. Meg nannte seinen Vater mit solcher Mühelosigkeit „Dad". Was stimmte nicht mit Max, dass er sich deswegen so stresste?

„Alles in Ordnung?", fragte Honey.

„Mm-hmm." Er sah, wie sie im Zuckerhaus verschwanden.

„Was ist mit dir los? Oh, Scheiße, hast du die Ergebnisse bekommen?"

Max konzentrierte sich wieder auf Honey. „Nein", log er. Nun, irgendwie war es die Wahrheit, dass er die Ergebnisse noch nicht *bekommen* hatte, weil er sie noch nicht gesehen hatte.

„Okay. Dann lass uns das durchziehen." Honey hielt seine Handfläche in die Höhe.

Max schlug ein und schüttelte die unangenehmen Gefühle ab. Er konnte sich mit all diesem Zeug später herumschlagen. Er schnappte sich den Rucksack von dort, wo er ihn außer Sichtweite verstaut hatte, und Honey zog ihn über, bevor sie über einen Versorgungsweg durch die Hektar von Ahornbäumen rasten.

Sie hatten einiges zu tun.

Kapitel Dreizehn

D IE ARME FEST um Max' Taille geschlungen, hielt Jeremy sich fest, das Visier des Helms schützte sein Gesicht vor dem kalten Wind, als das Schneemobil über die schmale Straße durch den Wald raste. Er lehnte sich an Max und konnte nicht widerstehen, ein „Woohoo!" zu rufen.

Max schüttelte sich vor Lachen, wurde vor einer Kurve langsamer und schrie zurück: „Ich habe dir gesagt, dass es Spaß macht!"

Jeremy war noch nie auf einem Motorrad oder einem Schneemobil gewesen, und ohne seine Brille, die nicht unter den Helm passte, war die Welt verschwommen. Aber er war mit Max zusammen, darum war es nicht beängstigend. Max drehte den Motor auf, als sie eine weitere Gerade erreichten und Jeremy jubelte erneut. Adrenalin kreiste durch ihn hindurch.

Honey und Alicia waren zurück in die Stadt gefahren und Jeremy freute sich, Max für den Rest des Nachmittags für sich zu haben. Valerie hatte ihnen Sandwiches und eine Thermoskanne mit heißer Schokolade eingepackt und es fühlte sich sehr wie ein Date an. War es ein Date? Er und Max mochten sich. Aber waren sie jetzt offiziell zusammen?

Genieß es einfach!

Jeremy versuchte, seine wirbelnden Gedanken zu beruhigen, als Max langsamer wurde, von der Straße abbog und frischen Schneemobilspuren entlang eines Weges folgte. Ein grauer Klumpen erschien in der Ferne und nach einer Minute parkte Max das Schneemobil draußen. Jeremy zögerte, ihn loszulassen, aber er zog seinen Helm herunter, sein Atem bildete Wolken in der frostigen Luft. Seine Haare waren im Nacken feucht von Schweiß. Er holte sein Brillenetui aus seiner Manteltasche und setzte die Brille wieder auf.

„Oh!" Er schaute die kleine Steinhütte an, die er jetzt erkennen konnte.

Max ließ seinen Helm auf dem Sitz des Schneemobils. „Das hier war ein Original-Haus in den Zeiten der Pioniere. Wir nutzen es während der Saison manchmal, um uns aufzuwärmen und eine Pause zu machen."

„Cool. Es wurde für die Ewigkeit gebaut."

„Jep. Damals hatte man vor allem Holzhütten, glaube ich, aber es war wohl ein Steinmetz in der Gegend."

Rauch kam aus dem Kamin und verschwand im grauen Himmel. „Ist da jemand drin?"

„Nein." Max schien nervös zu sein. „Komm."

Neugierig folgte Jeremy ihm und trat mit seinen Stiefeln gegen die Steinwand. Die Hüttentür knarzte und eine Welle warmer Luft ließ Jeremys Brille beschlagen. Er blinzelte durch den Nebel in die Hütte, die aus nur einem Raum bestand. Das Fenster ließ nicht viel Licht herein, aber Flammen flackerten in dem großen Steinkamin.

Jeremy nahm seine Brille ab und öffnete seinen Mantel, um sie ungeduldig an seinem Hoodie abzuwischen. Dann zog er sie wieder auf und sein Herz setzte einen Moment aus. „Oh."

Er sah Lichterketten – sie waren um ein paar alte Holzstühle gewunden, die an einem ramponierten alten Tisch standen, andere lagen darauf. Es schien sich um batteriebetriebene LEDs zu handeln, was Sinn machte, weil die Hütte wohl keinen Strom hatte. Es gab nicht viele Möbel in dem kleinen Raum, die Ecken waren leer. Aber vor dem Kamin waren weich aussehende Decken in Rot ausgelegt.

Es war einfach, aber Jeremy konnte sich nichts Romantischeres vorstellen.

Max wechselte von einem Bein auf das andere. „Wenn ich mehr Zeit gehabt hätte, wäre es besser geworden."

„Es ist perfekt. Danke." Jeremy ging auf die Zehenspitzen und küsste Max laut. „Du hast all das für mich gemacht?"

„Honey hat geholfen. Ich weiß, ich weiß, man soll niemals etwas Brennendes unbeaufsichtigt lassen. Aber ich wollte, dass es für dich bereit ist."

Jeremy inhalierte tief die süße, holzige Luft. „Bilde ich mir das nur ein, oder riecht das Feuer nach Ahornsirup?"

„Das sind die Kerzen, die wir verkaufen." Max deutete auf ein paar davon auf dem Tisch. „Man kann sie auch online bei ein paar Händlern bekommen."

„Oh!" Jeremy inspizierte eine genauer. Die Dose mit den Rillen war auf die altmodische rot-weiße Art gestaltet, und auf dem Etikett stand, dass es sich um reinen Ahornsirup handelte. Darunter befand sich das Bild einer verschneiten, rustikalen Scheune. „Das sieht wie eure Farm aus! Mir war nicht klar, dass das Kerzen sind." Die Dochte waren aus Holz und gaben ein leises, knisterndes Geräusch von sich. Er atmete tief ein. „Es riecht wirklich wie Ahornsirup." Er deutete herum. „Es ist absolut gemütlich." *Und romantisch! Und es ist für* mich!

„Ich habe mir gedacht, dass wir hier abhängen können. Unsere Ruhe haben."

„Mm-hmm." Jeremy nickte, seine Aufregung wechselte ins Lustvolle. „Das wäre cool."

„Hast du Hunger? Wir könnten diese Sandwiches essen."

„Richtig. Ja." Er nickte, seine Kehle war plötzlich trocken. „Oder wir könnten …"

Max hob eine Braue, ein neckendes Lächeln erschien auf seinen Lippen. „Was?"

„Wir könnten ficken." Er wusste, dass er errötete, aber was sollte es. „Genauer gesagt könntest du mich ficken."

„Ich könnte." Max zog ihn an sich und sie küssten sich tief. Max rieb seine Wange an der von Jeremy, seine Stoppeln kratzten wunderbar. „Bist du bereit, Cherry?"

„Cherry ist sehr bereit, offiziell seinen Jungfrauenstatus aufzugeben.“

Sie lachten und küssten sich noch mehr und als Max über seinen anschwellenden Schwanz rieb, unterdrücke Jeremy automatisch ein Stöhnen.

„Hier draußen kannst du so laut sein, wie du möchtest.“ Max grinste. „Hier sind wir allein. Keine Regeln.“

„Oh mein Gott“, flüsterte Jeremy. „Passiert das wirklich?“

Max beugte sich nach unten und hob ihn hoch. „Es passiert.“ Er verzog das Gesicht. „Aber wir müssen zuerst unsere Stiefel und alles andere ausziehen.“ Er trug Jeremy zurück zur Tür und sie zogen sich schnell ihre Mäntel und Stiefel aus, bevor sie zurück zu den Decken eilten, um sich nackt zu machen. Max schürte das Feuer, die Flammen warfen ein warmes Glühen auf ihre Haut.

Jeremy war sich nicht sicher, wie lang sie sich einfach küssten und ihre Körper vor dem Feuer aneinanderrieben. Sie waren hart und ein Teil von Jeremy wollte Max rammeln und kommen, was er in kürzester Zeit hätte schaffen können. Aber er war sicher in Max’ Armen und er wollte, dass es dauerte.

Er murmelte: „Ich könnte ewig so weitermachen.“

Max lächelte auf ihn hinunter. „Wir können tun, was immer du willst. Kein Druck.“

„Ich weiß.“ Es war für ihn immer noch wild, wie schamlos er sich mit Max fühlte. Er war immer noch ein wenig nervös, aber er wollte das. Wollte alles. „Ich bin bereit. Ich möchte meine Jungfräulichkeit wirklich loswerden. Meine Hintern-Jungfräulichkeit, um es technisch auszudrücken.“

Max lachte. „Ich glaube, das ist der wissenschaftliche Name dafür.“

„Eindeutig. Mein Hauptfach ist in Naturwissenschaften, schon vergessen?“

„Entschuldige.“ Max’ Schultern bebten, sein Lächeln zauberte Grübchen auf seine Wangen. „Du bringst mich zum Lachen. Ich liebe das an dir.“

Liebe. Das Wort gab Jeremy das Gefühl, als würde er fliegen. Nein, es war keine wirkliche Liebeserklärung gewesen, aber sie gab ihm das Gefühl, etwas Besonderes zu sein. „Du auch“, schaffte er zu sagen.

Sie küssten und küssten und küssten noch etwas mehr und Max öffnete ihn mit Gleitgel, bis sie beide keuchten. Jeremys Beine waren weit gespreizt. Max fragte: „Wie willst du das machen?“

„Ähm, auf die normale Art? Wie immer du willst.“

Max lachte, ein leiser, atemloser Klang. „Nun, gestern Nacht hast du etwas von Piraten gesagt und *genommen* zu werden.“

Jeremy schauderte und drückte seinen Hintern um Max' Finger zusammen, die immer noch tief in ihm waren. Es war nicht mehr schmerzhaft, aber es war auch nicht wirklich angenehm. „Ja. So.“

„Sobald du es ertragen kannst, werde ich dich vorbeugen und so hart ficken, dass du danach kaum noch gehen kannst.“

„Himmel.“ Jeremy stöhnte, bockte mit seinen Hüften und drückte erneut zusammen. „Ja, bitte. Ich kann es ertragen.“

„Ich will dir nicht wehtun.“ Max strich mit einer Fingerspitze über Jeremys geteilte Lippen. „Und heute möchte ich dein Gesicht sehen, wenn ich in dir bin. Ich muss sicherstellen, dass du dich wohlfühlst. Ist das in Ordnung?“

Jeremy nickte. Um ehrlich zu sein, würde er fast alles tun, worum Max ihn bat, aber sein Herz flog, weil Max ihm nicht wehtun wollte. Es von Angesicht zu Angesicht tun wollte. Er winselte, als Max seine Finger zurückzog.

„Mach dir keine Sorgen. Es gibt noch mehr, dort, wo das herge-kommen ist.“ Max grinste, setzte sich auf seine Fersen und pumpte seinen Schwanz. „Eine Menge mehr.“ Er grinste anzüglich, absolut übertrieben und sie lachten erneut gemeinsam. Jeremy musterte seinen Schaft, war sich nicht sicher, wie er hineinpassen würde.

Aber er konnte es nicht erwarten, es herauszufinden.

Max rollte sich ein Kondom über und gab noch mehr Gleitgel da-rauf, bevor er sich auf seinen Rücken legte, und Jeremy drängte, sich rittlings auf ihn zu setzen. „Wir machen es eine Weile so. Du kannst kontrollieren, wie viel von mir du aufnimmst. Wir gewöhnen dich langsam daran. Du kannst herumspielen, sehen, was sich gut anfühlt."

Max' Schwanz strich über Jeremys Hintern und Jeremy positionierte sich. Sein Herz hämmerte. „So?"

„Jep. Für den Moment hast du die Kontrolle. Fang an." Max grinste und rieb dabei beruhigend über Jeremys Oberschenkel. „Benutz mich."

Ein Schwanz war viel größer als Finger.

Nicht, dass es eine Überraschung war, aber die Realität des Umfangs von Max' Schaft – sein Gewicht und seine Kraft, die Dicke – füllten Jeremy auf eine Art und Weise, mit der Finger, weder seine eigenen noch die von Max, nicht mithalten konnten. Er hatte sich das vorgestellt, darüber fantasiert, sich gefragt, wie es sein würde.

Die Realität war so … *viel*.

„Gut so. Langsam und gleichmäßig." Max strich mit seinen Händen über Jeremys Brustkorb und liebkoste seine Nippel.

Jeremy spannte seine Oberschenkel an und drückte gegen die Eichel von Max' Schwanz. Sie dehnte seinen Eingang und er atmete tief durch den Schmerz, inhalierte den rauchigen Kiefernduft des Feuers mit dem Hauch von süßem Sirup. Er grunzte, öffnete sich dem Druck. Mit einem Keuchen bekam er die Eichel ganz in sich und glitt nach unten, beinahe unerträglich voll, aber es liebend.

„Du fühlst dich so gut an, Baby." Max streichelte Jeremys Rückgrat mit seinen Fingern. „Okay?"

„Ja. Es ist eine Menge, aber … ja." Er beugte sich auf Max' breiten Brustkorb. „Was soll ich tun?"

„Dieser Teil des Programms ist deine Show. Es liegt ganz bei dir. Wir können alles tun, was du willst."

Jeremys Atem stockte. „Alles?"

„Natürlich. Warum?" Max' Wangen bekamen wieder Grübchen. „Hast du irgendeinen kinky Scheiß, den du ausprobieren möchtest? Lass hören." Er streichelte Jeremys Oberschenkel und Hüften.

„Ich … ich weiß nicht." Das wusste er wirklich nicht. Alles bestand aus Dehnung und Empfindungen und er konnte kaum denken, während er sich auf die Füllung in seinem Hintern konzentrierte. „Ich will … Ich will sicherstellen, dass du es genießt."

„Du spürst, wie hart mein Schwanz in dir ist, oder? Vertrau mir. Ich genieße es." Seine Brauen trafen sich. „Aber du musst nichts Spezifisches wollen. Kein Druck."

„Ja." Jeremy nickte. Er saß still da, mit Max wie Stahl in ihm, keiner von ihnen stieß oder pumpte oder stöhnte im Moment. Sie … waren einfach nur. Es fühlte sich plötzlich intensiver an, als wenn sie einem Orgasmus nachjagten. Es war ruhig. Friedlich.

Die Intimität war beinahe zu viel. Sie starrten einander im Feuerschein an, die Hütte wurde dunkler, als der Nachmittag verging. Die winzigen Lichterketten machten es noch magischer, als würden sie sich in einer Fantasiewelt befinden. Jeremy kreiste vorsichtig seine Hüften und sie beide stöhnten.

„Gut so", sagte Max. „Probiere Sachen aus. Auch wenn du denkst, dass es zu schmutzig ist. Das hier ist eine urteilsfreie Zone."

Aus irgendeinem Grund dachte Jeremy bei diesen Worten an ihren Telefonsex und Max' Lektion, wie er die Apps benutzen sollte. „Okay." Er grinste. „Du hast mir immer noch nicht die schmutzigste Sache erzählt, an die du je mit einem Typen gedacht hast."

Max lachte, während er Jeremys Brustkorb streichelte, seine Nippel zwickte und so Funken erschuf. „Man nennt es Felching. Hast du schon einmal davon gehört?"

Jeremy pausierte mit seinen langsamen, experimentellen Kreisen. „Ich bin mir nicht sicher. Ich glaube ja? Meine Eltern haben das Internet streng überwacht."

„Das ist, wenn man im Hintern eines Typen kommt und es dann heraussaugt und schluckt. Es muss nicht mit einem Typen sein. Das ist nur das, worüber ich fantasiere. Wichse macht mich wirklich an." Er fügte schnell hinzu: „Wenn du darauf nicht stehst, ist das in Ordnung."

Jeremy bewegtes ich langsam auf Max' Schwanz und dachte nach, die Dehnung und das Brennen ließen nach. „Hast du es je gemacht?"

„Nein. Ich habe nur mit einem meiner Ex-Freunde ohne Kondom gefickt und er stand nicht darauf. Ich glaube, die meisten Leute finden es widerlich." Er lachte, aber es klang angespannt.

„Oh." Jeremy strich mit seiner Hand über Max' Brustkorb, rieb einen tröstenden Kreis. „Ich denke nicht, dass du dich deswegen schlecht fühlen solltest. Sex ist im Allgemeinen ziemlich widerlich, aber irgendwie auch herrlich."

„Das ist er, nicht wahr? Danke, Baby." Max nahm Jeremys Hand und drückte einen Kus sauf seine Handfläche.

„Muss es drinnen sein? Ich möchte Kondome benutzen, aber was, wenn du auf meinem Loch kommst und es ableckst?" Jeremy dachte darüber nach, während er seine Hüften in die andere Richtung kreiste.

Max stieß nach oben. Hart. „Himmel, Cherry. Du klingst so unschuldig, während du etwas so Schmutziges sagst."

Jeremy blinzelte und lächelte dann. „Dir gefällt die Idee?"

„Das könnte man so sagen." Er packte Jeremys Hüften. „Du weckst in mir den Wunsch, die Kontrolle zu verlieren."

Ja. „Das ist es, was ich will." Jeremy lachte jetzt nicht mehr. „Ich weiß, dass es wehtun wird, aber ich möchte, dass du oben bist. Drück mich nieder und fick mich." Sein Hintern fühlte sich weit gedehnt an, wie er so auf Max' Schwanz saß. Er war bereit. Er wollte es. „Dann komm auf meinem Hintern."

Finger zogen hart an Jeremys Haaren. Max zog ihn zu einem rauen Kuss herunter, bevor er ihn von seinem Schwanz hob, die Hände fest auf Jeremys Hüften. Seine Stärke machte ihn so an und Jeremy seufzte vor Lust, spreizte seine Beine eifrig, als Max ihn mit seinem Gewicht bedeckte.

Wieder fühlte der stumpfe Druck von Max' Schwanz sich groß an und die Dehnung brannte. Aber Jeremy neigte seine Hüften, klammerte sich an seine Schultern und drängte ihn weiter. Er keuchte und Schweiß bedeckte seine Haut, wo Max' großer Körper mit einem mächtigen Stoß auf seinen traf. Jeremy war so weit geöffnet, dass seine Knie jetzt beinahe in seinen Achseln waren und das Stoßen von Max' Schwanz in seinen Hintern brachte ihn zum Zittern und Erröten und all seine Nervenenden waren in Alarmbereitschaft.

Max schaute auf ihn herunter und liebkoste mit einer Hand Jeremys Gesicht und Haare. „Sag mir, wenn es zu viel wird."

„Hör nicht auf." Seine eigene Stimme klang fix und fertig. Es *war* zu viel, aber auch nicht genug. Es war *alles*. „Ich kann das."

Und das tat er.

Max' Stöße waren lang und kräftig, ihr Fleisch klatschte, als er beständig eindrang. Jeremy schrie auf und Max ermutigte ihn, laut zu sein. Frei zu sein. Er wurde von Max' muskulösem Körper niedergedrückt, nahm jeden Zentimeter seines Schwanzes und sein eigener Schaft tropfte an seinem Bauch.

„Du bist so eng", keuchte Max. „Ich kann nicht mehr länger durchhalten." Er bearbeitete Jeremys schmerzenden Schwanz, während er ihn kraftvoll fickte und ihn niederhielt.

Jeremys Orgasmus wurde aus ihm herausgerissen und er schrie, als er seinen Bauch bemalte, während er unter Max' schwerem, angespanntem Körper zitterte. Die Lust brannte glühend heiß. Er schauderte in den Nachbeben, als Max sich langsam aus ihm zurückzog und auf die Fersen ging – dann riss er das Kondom herunter und kam mit einigen wenigen Pumpbewegungen zum Ende.

Jeremy hielt sich mit zitternden Händen offen und schaute zu, wie Max auf seinem Hintern kam, er spürte das feuchte Klatschen von Wichse, bevor Max sich nach unten beugte und mit heißem Keuchen leckte, seine Zunge beinahe hektisch, als er Jeremys empfindliches Loch reinigte.

Jeremy wimmerte, die Reibung war ein wenig zu viel und Max wurde langsamer, bewegte sich an seinem Körper nach oben und ließ seine Beine langsam nach unten sinken. Er leckte Jeremys Ladung von seinem Bauch, hielt ihn dann an sich gedrückt und küsste seine Kehle.

„Ich bin wirklich keine Jungfrau mehr." Jeremy hatte den verrückten Gedanken, dass er vielleicht anders aussah, und lachte laut. „Das hat sich immer wie die letzte Grenze angefühlt oder so."

Max lachte mit einem Hauch warmen Atems. „Ich verstehe es. Kein Cherry mehr." Er griff nach unten und strich mit seinen Fingerspitzen über Jeremys empfindliches Loch. „Letzte Grenze, huh? Um mutig dorthin zu gehen, wo noch kein Mann zuvor gewesen ist?"

Jeremy schauderte unter der zärtlichen, köstlichen Berührung. „Macht dich das zu Captain Kirk?"

„Entschuldige bitte – ich bin eindeutig Picard."

„Es tut mir leid, ich habe nicht nachgedacht. Du hast mir das Hirn rausgevögelt."

Max lachte und liebkoste Jeremys Wange, seine Finger drückten jetzt nur noch leicht gegen Jeremys Loch. „Ich werde dir vergeben", murmelte Max an seiner Haut. „Du bist wunderbar."

„Bin ich das?" Obwohl Jeremys Augen schwer wurden, schaltete sein Hirn in einen höheren Gang. Max hatte definitiv so ausgesehen, als würde er auf seine Kosten kommen, aber er war sicher schon mit Typen mit mehr Erfahrung zusammen gewesen. Jeremy hätte es wahrscheinlich besser machen können. Wie als er –

„Baby."

Er öffnete seine Augen und fand Max über sich, auf einen Arm gestützt. „Du bist wunderbar", wiederholte er. „Es war unglaublich. Hör auf, es zu hinterfragen. Ich kann hören, wie du dir Sorgen machst."

Jeremy musste lachen. „Schuldig im Sinne der Anklage. Und es war wirklich unglaublich." Er blinzelte müde. „Der beste Piraten-Sex, den ich mir wünschen konnte."

Lachend küsste Max seine Stirn mit einem einfachen Aufdrücken seiner Lippen. „Arrgh, Matrose. Bin froh, dass ich deine Segel rütteln konnte."

„Du musst definitiv nicht über die Planke gehen." Jeremy döste jetzt ein.

Max gähnte. „Ich habe das Gefühl, als wäre da irgendwo ein anzüglicher Witz versteckt." Er zog eine der Decken über sie, Jeremy kuschelte sich an ihn und lächelte an Max' verschwitztem Brustkorb.

„WAS IST LOS?" Jeremy hörte auf, die Decken zusammenzurollen.

Max war wieder angezogen und stand an dem Tisch im sanften Schein der Lichterketten. Er starrte sein Handy an, der Bildschirm wurde dunkel. Er gab keine Antwort.

„Max?" Jeremy ließ die Decken vor dem Kamin liegen, stand auf und rieb seine Hände nervös an seiner Jeans. „Du siehst aus, als hättest du einen Geist gesehen."

„Es ist nichts." Max stopfte sein Telefon in seine Tasche und lächelte, aber es war kein echtes Lächeln. Jeremy kannte ihn definitiv gut genug, um das zu merken.

„Kommt mir nicht wie nichts vor." Er versuchte selbst zu lächeln. „Ich bin überrascht, dass es hier draußen überhaupt Netz gibt."

„War früher nicht so." Max deutete mit einem Daumen über seine Schulter. „Es ist dunkel. Wir sollten zurückfahren, sonst machen sie sich Sorgen."

„Okay. Bist du sicher-"

„Es ist in Ordnung", schnappte Max. Er atmete scharf ein. „Es tut mir leid. Ich möchte nicht darüber reden. Es ist nichts, worüber du dir Sorgen machen müsstest."

„Oh." Jeremy nickte und rollte dann weiter die Decken auf. Er hielt den Kopf gesenkt und sagte sich, dass er nicht traurig sein sollte. Sich nicht so albern *verletzt* fühlen sollte.

Angespanntes Schweigen breitete sich aus, während sie zusammen-packten. Jeremy hatte sich unglaublich gefühlt – als er nach seinem Nickerchen warm und gemütlich in Max' Armen aufgewacht war. Nachdem sie richtigen Sex gehabt hatten. Er hatte *Sex gehabt*. Sein Hintern war auf die beste Art und Weise wund und Max war so rücksichtsvoll gewesen, und alles war perfekt gewesen.

Max fragte mit erzwungener Fröhlichkeit: „Bereit für die Rück-fahrt?"

Das war der Teil, bei dem Jeremy einfach mitmachen und so tun sollte, als wäre alles in Ordnung. Max hatte sich entschuldigt. Jeremy sollte es einfach auf sich beruhen lassen. Sie lernten sich immer noch kennen. Es stand ihm nicht zu, neugierig zu sein. Aber, so zu tun als ob, hatte er mit seinen Eltern gemacht.

Er wollte mit Max nicht *zivilisiert* sein.

Er holte tief Luft. „Vielleicht geht es mich nichts an, aber ich wünschte, du würdest mir sagen, was los ist. Ich möchte helfen."

Max seufzte. „Baby, du hast schon genügend Sorgen."

Jeremy deutete auf den Kamin. „Ich dachte, wir hätten eine Verbindung. Nicht nur Sex. Die Dinge, die wir zusammen gemacht haben – das war etwas Besonderes für mich. Du hast mich für Weihnachten mit zu dir nach Hause genommen. Ich weiß, dass wir uns gerade erst kennengelernt haben, aber …" Er befahl sich, mit dem Reden aufzuhören. Er würde alles ruinieren.

Er war noch nie bei einer anderen Person verletzlicher gewesen. Nicht bei seinen Eltern oder Sean oder irgendwelchen Freunden. Er hatte sich Max komplett geöffnet. Mit Leib und Seele. Vielleicht war er nicht fair, aber Max' Schweigen fühlte sich wie ein Schlag ins Gesicht an. Wie eine Zurückweisung.

Max schüttelte seinen Kopf mit verkniffenem Gesichtsausdruck. Jeremy redete weiter. „Ich weiß, dass du diese ganze Sache mit der guten Fee hast. Und ich liebe es, wie beschützend und nett du bist. Aber ich möchte nicht, dass das hier einseitig ist. Ich habe dir so viele Dinge erzählt. Große Dinge. Nachdem, was wir gerade gemacht haben, schmerzt es, dass du mir nicht erzählst, was dich traurig macht. Ich vertraue dir. Vertraust du mir nicht?"

Ihm ging der Schwung aus. Er holte in der Stille tief Luft und starrte auf die Decke, die er fest in der Hand hielt. Vielleicht war er albern. Max schuldete ihm rein gar nichts. Als er Jeremy für die Feiertage eingeladen hatte, hatte er ausdrücklich gesagt, dass es nur als Freunde war. Sogar wenn Jeremy sich ihm näher gefühlt hatte als irgendjemandem sonst auf der Welt, war er wahrscheinlich ein überemotionaler Verlierer. So viele Leute hatten Sex, als wäre es nichts. Auch wenn es sich für ihn wie alles anfühlte.

Max kniete sich vor den Kamin und packte Jeremys Schultern. „Du hast recht. Es tut mir leid.“

„Nein, ich mache Drama. Meine Mom sagt, dass ich überreagiere.“

Max schnaubte. „Da redet die Richtige.“ Er hob Jeremys Kinn mit einem Finger an, seine braunen Augen waren ernst. „Um ehrlich zu sein? Ich habe noch mit niemandem darüber gesprochen. Ich habe Angst, dass du denken wirst, ich bin ein selbstsüchtiges Arschloch. Weil ich mich wie eines fühle. Und ich möchte nicht, dass du das denkst. Ich möchte, dass du mich magst.“

„Das tue ich. Ich mag dich mehr als jeden anderen.“

Max lächelte, atmete dabei laut aus. „Ich mag dich auch. So, so sehr.“

„Bist du mit jemand anderem zusammen oder so?“ Jeremy war sich nicht sicher, ob er es wissen wollte, aber er musste fragen.

„Was? Nein, überhaupt nichts in der Art.“ Max schaute ihn ernst an. „Wirklich. Das Problem hat nichts mit dir und mir zu tun.“ Er holte sein Handy heraus. „Ich habe eine weitere E-Mail-Notifikation bekommen. Die Leute von LSAT erinnern mich daran, dass ich mir meine Ergebnisse ansehen soll.“

„Oh! Sie sind da?“ Jeremy blinzelte. „Aber du willst es nicht wissen.“

Im letzten Glühen des Feuers lag Max’ Gesicht halb im Schatten. „Genau.“ Er tippte sein Handy an und der Bildschirm leuchtete auf. „Zuvor wollte ich die Ergebnisse einfach endlich haben. Jetzt habe ich Angst, sie mir anzusehen.“

„Sogar wenn du nicht so gut gewesen bist, wie du wolltest, kannst du die Prüfung noch einmal machen, oder?“

Max starrte den Bildschirm an. „Das kann ich. Das Problem ist, ich bin mir nicht sicher, wovor ich zu diesem Zeitpunkt noch Angst habe. Ein Teil von mir hofft, dass ich durchgefallen bin und mir die Entscheidung so abgenommen wurde. Ja, ich kann die Prüfung noch einmal machen und die Unis, an denen ich mich beworben habe, werden jetzt noch keine Entscheidung getroffen haben. Aber es fühlt sich an wie, wenn ich schlecht war, ist das ein Zeichen oder so.“

Jeremy dachte darüber nach. Es erschien ihm jetzt klar, wenn er an

Max' sofortige Anspannung dachte, wann immer das Jurastudium erwähnt wurde, dass es nicht um Angst wegen der Prüfung ging. „Sagt dir dieser Wunsch … es nicht irgendwie?" Er hob seine Hände. „Aber ich weiß nicht. Hör nicht auf mich." Er zuckte zusammen bei seinem Reflex, das hinzuzufügen.

Ein Lächeln erschien auf Max' Lippen. „Ich dachte, du wolltest, dass ich auf dich höre. Und das tue ich. Bitte. Sag mir, was du denkst."

Wieder nahm er sich Zeit, nachzudenken. „Wenn du dir die Ergebnisse jetzt auf der Stelle ansiehst und durchgefallen bist, wirst du dann erleichtert sein? Denk nicht darüber nach – Ja oder Nein."

Max öffnete und schloss seinen Mund. „Ja." Er nickte voller Sicherheit. „Ich wäre froh."

„Ich denke, das bedeutet, dass du nicht wirklich Jura studieren möchtest. Warum macht dir das solche Angst?" Er griff nach Max' freier Hand und drückte seine Finger. „Du kannst mir alles erzählen."

Mit hüpfendem Adamsapfel flüsterte Max: „Ich habe Angst, dass ich alle enttäuschen werde. Es war mein Plan, seit ich ein Kind war. Ich habe das jedem, den ich kenne, irgendwann einmal erzählt."

„Pläne ändern sich. Als ich fünfzehn war, war ich mir sicher, dass ich Arzt werden würde. Aber mir wurde klar, dass ich lieber in einem Labor stehe. Du denkst deswegen nicht schlecht von mir, oder?"

„Natürlich nicht. Aber das hier ist anders." Er packte Jeremys Hand, sein Blick war auf das verglühende Feuer gerichtet, sein Handy war wieder dunkel. „Als meine Mom gestorben ist, habe ich versprochen, ein Anwalt zu werden, wie sie."

Alles ergab jetzt Sinn und Jeremy litt mit ihm. Er kam näher, ihre Knie pressten aneinander, als er Max' Haare liebkoste. „Deine Meinung zu ändern, bedeutet nicht, dass du sie nicht geliebt hast. Es mindert nichts."

Max starrte ihn hoffnungsvoll an. „Du denkst wirklich, es ist in Ordnung?"

Jeremy nickte. Seine Gedanken wirbelten, suchten nach den richtigen Worten. „Ich weiß, dass in ihre Fußstapfen zu treten eine Art Tribut an sie ist, aber du kannst sie immer noch bewundern und dich an sie erinnern, ohne ein Anwalt zu sein. Du kannst immer noch ihr Gedenken ehren. Das tust du bereits. Sie würde das verstehen."

„Ja?" Max' Stimme zitterte.

„Absolut. Was auch immer du tust, sie wäre stolz. Du bist wunderbar."

Max' Augen glänzten, als er Jeremys Blick begegnete. „Auch wenn ich mein Versprechen nicht erfülle?"

„*Ja.*"

„Als sie gestorben ist, habe ich ihr und Gott alle möglichen Versprechen gegeben. Ich weiß nicht einmal, ob ich noch an Gott glaube. Ich bin definitiv kein guter Katholik."

„Ist das irgendjemand?"

Er lachte leise. „Wahrscheinlich nicht. Meine Mom kam mir perfekt vor, aber ich weiß, dass sie das nicht war. Aber das Jurastudium war der Plan, seit ich mich erinnern kann. Den Gang zu wechseln ist angsteinflößend. Ich mag Pläne."

„Du kannst einen Neuen machen. Hast du darüber nachgedacht, was du stattdessen machen möchtest?"

„Ich glaube, ich möchte Lehrer werden."

„Oh, da wärest du großartig. Das fühlt sich so richtig für dich an."

„Ja?" Max' Schultern entspannten sich, sein Gesicht wurde lebhaft. „Ich kann mich in einem Klassenzimmer sehen. Wenn ich an Gerichtssäle denke … Das fühlt sich wie eine Verpflichtung an. Es macht mir keine Freude. Aber ich weiß nicht. Ich will nicht die falsche Entscheidung treffen."

„Du musst wahrscheinlich ein Jahr warten, bevor du dich für das Lehramtsstudium bewerben kannst, oder? Wenn du für das Jurastudium zugelassen wirst, kannst du es aufschieben. Bewirb dich für das Lehramt und gib dir die Zeit, eingehend darüber nachzudenken."

Max lachte halb. „Wenn man es logisch und vernünftig angehen möchte, anstatt aufgebracht und gestresst."

„Es ist nur eine Idee." Jeremy grinste, als Max ihn in eine Umarmung zog.

„Danke. Wir haben wohl beide aufhören müssen, uns selbst im Weg zu stehen." Er lehnte sich zurück. „Ich sollte mir die E-Mail ansehen, oder?"

„Du schaust dir die E-Mail an und ich erzähle meinen Eltern, dass wir mehr als Freunde sind."

Er hatte nicht vorgehabt, es zu sagen – hatte nicht einmal daran gedacht, es seinen Eltern nach dem Ausbruch seiner Mutter zu sagen. Aber jetzt da die Worte heraus waren, wusste er, dass er das machen musste. Das hier war keine Phase. Er würde sich nicht verstecken und wenn das bedeutete, dass seine Familie ihn verstieß, dann war es so.

Max nickte. „Deal. Dann schau. Es lädt ..." Er richtete sich auf. „Wow. Volle Punktzahl."

„Herzlichen Glückwunsch?"

„Ja. Weißt du was? Das fühlt sich gut an. Ich habe hart dafür gearbeitet." Er schaute Jeremy an. „Und ich glaube nicht, dass ich Jura studieren möchte."

„Das ist in Ordnung."

„Das ist es, oder?"

Sie umarmten einander schweigend vor dem Kamin und atmeten einfach zusammen. Jeremy stellte sich vor, dass er spüren konnte, wie Max' Stress dahinschmolz und Akzeptanz seinen Platz einnahm.

Es ertönte ein leises Brummen und Max schaute erneut auf sein Handy. „Scheiße, eine Nachricht von meinem Dad. Wir fahren besser zurück zum Abendessen." Er tippte eine Antwort und sie beeilten sich, fertig zu packen und sich anzuziehen.

Ohne Brille und mit dem Helm auf dem Kopf, war die Welt ein Schemen aus Schnee und Schatten. Er hielt sich an Max fest, als sie über die kurvige Straße zurückfuhren. Max fuhr langsam in der Dunkelheit; es schneite leicht. Jeremys Hintern war empfindlich und er genoss es.

Das Haus und die Scheune glühten in bunten Weihnachtslichtern, die Explosion von Rot, Grün, Blau, Gelb und Rosa wunderschön. Während Max das Schneemobil in die Garage stellte, setzte Jeremy seine Brille wieder auf. Die Lichter waren nicht weniger schön, als sie scharf wurden. Er atmete tief ein.

„Das hier fühlt sich wie Frieden auf Erden an."

„Und den Menschen ein Wohlgefallen?"

„Ich glaube, da kommt etwas über Glocken?"

„Wir können Valerie fragen. Sie ist eine wandelnde Enzyklopädie von Weihnachtsliedern."

Ihre Stiefel knirschten auf dem Schnee, als sie zum Haus schlenderten. Die Veranda war in die Farben von den Lichterketten draußen getaucht und dem golden erleuchteten Baum im Inneren. Jeremy holte sein Telefon heraus und hob es hoch. „Denkst du, ein Selfie wird funktionieren?"

Max legte einen Arm um Jeremy, nahm ihm das Handy ab und positionierte sie, drehte sie hin und her, bis er zufrieden war. „Lächeln." Er senkte das Handy. „Ja. Das ist ein großartiges Foto. Kannst du es mir schicken?"

Jeremy starrte das Foto an. Er und Max hatten ihre Köpfe aneinandergelegt, die Bommel auf ihren Mützen trafen sich. Ihr Lächeln war strahlend im Glühen der schmeichelhaften Weihnachtslichter. Ehe er es sich ausreden konnte, tippte er eine Nachricht an seine Eltern und fügte ein Foto hinzu.

Ich hoffe, ihr hattet einen wunderbaren Tag auf Honolulu. Das ist Max. Mom, du hattest recht – wir sind mehr als Freunde. Das ist keine Phase, die ich durchmache. Ich bin schwul. Ich hoffe, ihr könnt das akzeptieren. Bitte sagt Sean, dass ich ihn vermisse. Ich vermisse euch alle. Ich liebe euch.

Er zeigte Max das Handy. „Klingt das gut?" Sein Mund war plötzlich trocken.

Max nickte. „Das klingt perfekt. Bist du sicher, dass du bereit bist? Es gibt keinen Druck. Wenn du noch weiter darüber nachdenken möchtest, nimm dir die Zeit."

Er hatte so viel Zeit damit verbracht, zu denken und zu denken und zu denken. Sein Finger verharrte über dem Bildschirm.

Die Eingangstür öffnete sich und Meg steckte ihren Kopf heraus. „Da seid ihr ja! Kommt rein, ihr Trottel. Das Abendessen ist fertig."

Jeremy schaute noch einmal auf die Nachricht, dann drückte er auf *Senden*.

Kapitel Vierzehn

MAX FLUCHTE LEISE vor sich hin, als der Tesa an seinem Daumen sich an einem anderen Teil verfing und verdrehte, während er versuchte, das Geschenkpapier glatt zu halten. Er wollte einen Witz darüber machen, dass er nur aus Daumen bestand, aber als er zu Jeremy auf der Couch auf der anderen Seite des Kaffeetischs schaute, verkniff er sich das.

Es waren zwei Tage vergangen, seit Jeremy das Foto von ihnen beiden an seine Eltern geschickt hatte. Es war keine Antwort gekommen. Jetzt war der Weihnachtsabend und Jeremy war während des Abendessens verständlicherweise niedergeschlagen gewesen und hatte in seiner Tourtière nur herumgestochert. Er hatte Max angeboten, ihm beim Einpacken der Geschenke zu helfen, aber er saß mit einer Schachtel halb verpackter edler Mints auf dem Schoß da und starrte ins Feuer.

Die Radiostation mit der Weihnachtsmusik, die sie im Fernseher gefunden hatten, spielte das traurige „In the Bleak Midwinter", was angemessen schien. Max wollte Jeremy zum hundertsten Mal sagen, dass alles gut werden würde, ganz egal, was auch war. Er wollte es *in Ordnung* bringen. Er wollte auf dem Kreuzfahrtschiff anrufen, die Rourkes holen lassen und ihnen den Kopf abreißen.

„Du musst nicht aufbleiben, um zu helfen", sagte Max leise. „Es ist meine Schuld, dass ich immer bis zur letzten Minute warte."

Jeremy ruckte mit dem Kopf hoch und blinzelte die Mints an, als wäre er überrascht, sie auf seinem Schoß zu finden. „Nein, es stört mich

223

nicht." Er faltete das Schneemann-Papier über die Schachtel.

Max musste immer noch Jeremys Geschenk einwickeln, aber er konnte es auch schnell in eine Geschenktüte stecken, wenn alle Stricke rissen. Während Jeremy sich mit Levi getroffen hatte, hatte Max ihm ein neues Etui für seine Brille ausgesucht. Was wahrscheinlich dämlich war, weil die Brille mit einem Etui gekommen war. Aber dieses war aus glattem Leder, mit seinen Initialen. Ein Kiosk in der Mall hatte alle möglichen personalisierten Lederwaren angeboten und das hier hatte sich perfekt angefühlt. Er hoffte, dass es das war.

„Das hier ist für Meg?", fragte Jeremy.

„Jep. Es ist ein alter Witz, dass ihr Atem stinkt. Das tut er nicht wirklich, aber einmal hat sie so viel Knoblauch gegessen, dass sie das Zeug ausgeschwitzt hat. Ihr Atem war eine tödliche Waffe."

Abwesend lächelnd, schrieb Jeremy das Schild und stand auf, um die Schachtel unter die dichten Äste des Baumes zu stellen. Die goldenen Licher spiegelten sich in seinen Brillengläsern. Er wanderte zum Feuer, legte einen Scheit nach und schaute dann auf die Fotos, die an der Wand hingen.

Als er bemerkte, dass Max ihn beobachtete, fragte er: „Ist das deine Mom?"

„Ja." Seine Kehle war plötzlich eng, aber Max zwang sich zu einem ruhigen Ton, als er zu Jeremy trat und auf die vier Fotos in dem großen Rahmen deutete. „Die Hochzeit von ihr und meinem Dad. Sie wollte immer ein Prinzessin Diana Kleid mit Puffärmeln, auch wenn es zu der Zeit nicht mehr modern war. Ihre Abschlussverleihung nach dem Jurastudium. Mit mir als haarigem Baby. Wir drei im Urlaub in Goa am Strand. Ich habe eine vage Erinnerung von ihr in diesem roten Badeanzug, wie sie mir hilft, eine Sandburg zu bauen."

„Sie war wunderschön."

„Danke." Sein Lachen war gequält. „Ich weiß nicht, warum ich das gesagt habe. Ich hatte nichts damit zu tun."

Jeremy lächelte und schaute die anderen Fotos der Familie an – Valerie, Dad, Meg, Mamy und Papy, Max und verschiedene Tanten und

Onkel und Cousins. Grinsend deutete Jeremy auf das Schulfoto der neunten Klasse, auf dem Max eine Uniform trug, mit Pickeln und die Haare mit einer halben Flasche Gel nach hinten gekämmt.

„Ich hätte mir nie vorgestellt, dass du eine peinliche Phase gehabt hast."

„Es freut mich, das zu hören, aber es ist inakkurat, wie du sehen kannst."

Jeremy lachte und Max würde mit Freuden seine peinlichen Jahrbücher herauskramen, wenn das Jeremy aufheiterte, der langsam an der Wand entlangging und seinen Blick dabei über die Fotos schweifen ließ. Max stellte fest, dass er bei den Fotos seiner Mom feststeckte, der Schmerz war vertraut. Verlässlich. Ihr Lächeln war ein wenig schief gewesen, und auf dem Strandfoto blinzelte sie in die Sonne.

„Ich kenne all diese Fotos so gut. Wenn ich meine Augen schließe, kann ich ihre Bilder vor meinem geistigen Auge sehen, als würde ich sie direkt anschauen. Aber ich erinnere mich nicht an sie als Person. Nicht wirklich."

Jeremy nahm Max' Hand. „Du warst jung, oder?"

„Ja." Er räusperte sich, während er das Strandfoto anschaute. „Ich habe mehr von meinem Leben ohne sie gelebt. Dreizehn Jahre."

„Das scheint mir nicht fair zu sein."

„Nein." Er drückte Jeremys Hand. „Aber das Leben ist nicht immer fair. Vor allem, wenn es um die Familie geht."

„Das stimmt. Aber ich sollte mich nicht beschweren. Verglichen mit dem, was du durchgemacht hast-"

„Keine Vergleiche. Du darfst traurig sein. Okay?"

Jeremy nickte. Sein Blick wanderte an der Wand entlang. „Ist das deine Mom in einem Gerichtssaal?"

„Ja, ihr erster Fall vor dem Superior Court of Justice, bei dem sie die Robe trägt." Max schaute das Foto an. Mom, die ihre welligen Haare zu einem Dutt gebunden hatte; die traditionelle schwarze Weste und die lange schwarze Robe waren ihr ein wenig zu groß, der weiße Kragen mit den Rüschen hing um ihren Hals. Sie hätte absolut ernst aussehen sollen, aber auf dem Foto hatte sie ihre Hände in die Hüften gestemmt und ein Grinsen erhellte ihr Gesicht. „Ihre Freundin hat es auf der Toilette gemacht, bevor sie in den Gerichtssaal gegangen ist."

„Wie fühlst du dich, wenn du es anschaust und weißt, dass du das vielleicht nie sein wirst?"

Max starrte das freche Grinsen seiner Mom an. „Ziemlich gut, genau genommen. Ich denke, sie würde mir sagen, dass ich mich endlich zusammenreißen soll." Er lachte und es fühlte sich wirklich gut an. Doch als er zu Jeremy neben sich schaute, verschwand sein Lächeln.

Komplett angespannt starrte Jeremy auf sein Handy. „Mein Dad hat geschrieben", krächzte er. Mit zitternden Händen entsperrte er sein Handy und las die Nachricht.

Bitte seid anständige Menschen, flehte Max die Rourkes in Gedanken an. *Bitte seht, wie unglaublich euer Sohn ist. Bitte habt nicht bis zum Weihnachtsabend gewartet, um ihn noch mehr fertigzumachen.*

Jeremy räusperte sich und las laut vor. „Hallo, Sohn. Honolulu war für unseren Geschmack zu überfüllt. Maui hat uns wirklich gut gefallen. Sean sagt, dass er dich lieb hat. Das haben wir alle. Max sieht wie ein netter junger Mann aus. Wir freuen uns darauf, ihn irgendwann kennenzulernen. Frohe Weihnachten."

Den Atem entlassend, den er angehalten hatte, fragte Max: „Wie fühlst du dich?"

Jeremy blinzelte Tränen zurück. „Gut, glaube ich? Besser zumindest."

„Komm her." Max umarmte ihn fest und Jeremy presste sein Gesicht an Max' Brustkorb, wodurch sein Schluchzen gedämpft wurde.

Die Stufen knarzten und Valerie rief: „Seid ihr beide immer noch auf? Santa wird-" Sie trug einen zusammenpassenden Schlafanzug mit Rentieren und kam im Wohnzimmer abrupt zum Stehen. Ihre Pantoffeln verursachten ein schlitterndes Geräusch. Ihr Zopf schwang nach. „Meine Güte. Ist alles in Ordnung?"

Jeremy wischte sich über sein Gesicht, nickte und glitt aus Max' Armen. „Mm-hmm! Das ist es. Tut mir leid."

Valerie schenkte ihm ein freundliches Lächeln. „Das muss es nicht, Hon."

„Ich werde nur schnell-" Jeremy deutete auf die Treppe. „Ich bin gleich wieder da."

„Lass dir Zeit", sagte Max und lächelte ihn an.

Valerie schaute zu, wie er ging und flüsterte dann: „Ich hoffe, seine Eltern sind immer noch ‚zivilisiert'. Oh, ich würde sie mir wirklich gerne einmal zur Brust nehmen."

„Stell dich hinten an. Aber ich glaube, dass sie umschwenken. Ich hoffe es."

„Ich bin froh, das zu hören. Ich werde nicht die ganze Nacht aufbleiben, darum wirst du einfach so tun müssen, als würdest du nicht sehen, wie ich die Geschenke von Santa unter den Baum lege." Sie trat ins Esszimmer und zog einen halb gefüllten schwarzen Müllsack unten aus einer rustikalen Anrichte.

Max griff sich an seinen Brustkorb. „Kindheits. Illusionen. Zerstört."

„Ja, ich fürchte, ich muss dir sagen, dass dein Vater und ich Santa Claus sind." Sie schnalzte mit der Zunge. „Wir haben versucht, euch so gut es ging vor den harten Realitäten des Lebens abzuschirmen."

Lachend gesellte Max sich vor dem Baum zu ihr. Als Teenager hatte er die Augen verdreht, weil Valerie darauf bestand, am Weihnachtsabend immer noch Geschenke von Santa unter den Weihnachtsbaum zu legen, aber jetzt mochte er die Tradition. Er schnappte sich Geschenke aus der Tüte und richtete eine Schleife an einem davon. Er schaute auf das Schild.

„Moment, hier steht ‚Jeremy'."

Valerie schaute von der Stelle zu ihm, an der sie Geschenke in den Strumpf seines Vaters stopfte. „Ich habe ihm ein paar Kleinigkeiten besorgt, schöne dicke Socken, einen Rollkragenpulli und ein paar dieser großartigen Handwärmer von Canadian Tire. Er wird an einen richtigen Winter nicht gewöhnt sein, wenn er in Victoria aufgewachsen ist. Oh, und ich hoffe, ihr Kids benutzt immer noch Spotify. In der kleinen Schachtel für ihn ist ein Jahresabo."

Max starrte sie an, während sie bei „Up on the Rooftop" mitsummte, das im Fernseher spielte und dabei die Strümpfe füllte – inklusive dem nicht personalisierten Gaststrumpf, der eindeutig für Jeremy war. Als sie sich wieder der Tüte zuwandte, zuckte sie zusammen.

„Max? Was ist los?"

„Stört es dich, dass ich dich nicht ‚Mom' nenne?" Oh Gott, er hatte endlich laut gefragt.

Valerie blinzelte, ihre Brauen schossen nach oben. „Was? Nein, Liebling."

Er trat unruhig von einem Bein auf das andere und versuchte es richtig auszudrücken, jetzt da er es nach so langer Zeit angesprochen hatte. „Es ist nur so, manchmal habe ich das Gefühl, dass ich das sollte. Aber es fühlt sich nicht richtig an, weil sie meine Mom war und ich sie so genannt habe."

„Natürlich." Valerie benutzte ihre beste beruhigende Tonlage und das half Max beim Atmen.

„Aber Meg nennt Dad so." Max verzog das Gesicht. „Du weißt, was ich meine."

„Ja. Und das ist ihre Entscheidung." Sie lächelte schief. „Wie du weißt, ist ihr biologischer Vater nicht lang genug geblieben, als dass sie ihn irgendetwas nennen konnte, darum ist es für Meg einfacher. Aber du kannst mich rufen, wie du möchtest."

Gemeinsam sagten sie: „Solange du mich nicht zu spät zum Abendessen rufst."

Es fühlte sich verdammt gut an, zu lachen. Valerie lächelte liebevoll. „Du hast immer die Augen verdreht, wann immer meine Mamy das gesagt hat, aber du hast ihre kitschigen Sprüche insgeheim geliebt."

„Das habe ich", gab Max zu. Er lächelte zittrig, stand kurz davor zu weinen und war sich nicht einmal sicher warum.

„Max, deine Mom war eine wunderbare Frau. Ich wünschte, ich hätte sie kennenlernen können, was wahrscheinlich ein wenig lustig klingt, weil ich mit deinem Dad verheiratet bin. Ich könnte niemals ihren Platz einnehmen. Aber wir können Menschen auf verschiedene

Arten lieben. Da ist eine ganze Welt voller Liebe, die es zu geben gilt."

Mit zugeschnürter Kehle und Tränen, die in seinen Augen brannten, nickte er. „Du warst-" Er deutete auf die Strümpfe und die Geschenke unter dem Baum. „Du warst mir immer eine wunderbare Mutter. Und danke, dass du an Jeremy gedacht hast."

Sie lächelte und blinzelte ihre eigenen Tränen weg. „Du warst der wunderbarste Sohn, den ich mir wünschen konnte. Und wir können den armen Jeremy nicht hier sitzen und zusehen lassen, wie wir alle Geschenke öffnen. Das ist nur ein Gebot der guten Gastfreundschaft."

„Es ist mehr als das. Danke."

Sie wedelte mit der Hand durch die Luft. „Oh, sei nicht albern." Sie schniefte und setzte ein strahlendes Lächeln auf. „Da kommt Jeremy. Wie geht es dir, Hon?"

Jeremy kam zögernd ins Wohnzimmer. „Mit geht es gut. Ist … bei euch alles in Ordnung?"

„Jep!", antwortete Valerie. „Wie wäre es mit einem Mitternachtssnack? Es ist schließlich Weihnachten. Jeremy, unten im Kühlschrank steht ein Krug mit Papys Apfelmost. Kannst du den auf dem Herd warm machen? Weißt du, wie man mit einem Gasofen arbeitet?"

Jeremy nickte eifrig und eilte los. Valerie sagte: „Lass und das schnell fertigmachen." Sie nahm Max' Kinn und küsste seine Wange mit einem lauten Schmatzen, so wie sie es gemacht hatte, als er noch ein Kind gewesen war.

Schon bald befanden sich alle Geschenke an Ort und Stelle, der Apfelmost dampfte und die übrig gebliebenen Gebäckschnecken von einem Blech, das Papy am Morgen gemacht hatte, wurden warm. Die Tür zu seinem Zimmer öffnete sich mit einem Knarzen, seine schlurfenden Schritte näherten sich der Küche.

„Dad, du solltest tief und fest schlafen!", schalt Valerie ihn.

„Ich musste pissen und habe gerochen, was ihr hier treibt."

„Wir alle haben es gerochen!", sagte Max' Vater, als er die Küche betrat. „Ist das für Santa?"

Meg folgte ihm. „Ich habe YouTube geschaut, aber ich werde mir das nicht entgehen lassen."

Valerie schnaufte empört. „Es ist nach Mitternacht!"

„Und da wir die Messe dieses Jahr ausgelassen haben, können wir am Altar von Papys Gebäck huldigen." Meg grinste und bekreuzigte sich. „Amen." Sie zwinkerte Jeremy zu und führte ihn aus der Küche.

Max blieb, um Valerie und Dad zu helfen, Apfelmost in Tassen zu gießen, während die anderen sich im Wohnzimmer entspannten. Ihre schiefe Interpretation von „Jingle Bells" erklang.

Es hatte an ihm genagt, seit Jeremy seinen Eltern erzählt hatte, dass sie zusammen waren und da dies anscheinend die Nacht für Geständnisse war, platzte er heraus: „Jeremy und ich ... Nun, ich denke, dass wir uns wirklich mögen."

Nach einem Moment der Stille tauschten Valerie und Dad einen Blick. „Was du nicht sagst!" Valerie bemühte sich, ein ernstes Gesicht zu machen.

Max musste lachen. „Okay, ihr habt es herausgefunden. Oder Meg hat geplappert."

„Deine Schwester hat nicht geplappert", sagte Dad. „Das war nicht nötig. Absolut nicht."

Valerie grinste. „Jeremy schaut dich an, als ob du den Mond, die Sterne und dazu noch Pluto an den Himmel gehängt hättest. Und du strahlst ihn genauso an."

„Armer Pluto." Dad schüttelte traurig den Kopf. „Ich behaupte immer noch, dass er ungerecht behandelt wurde."

„Ja, ja, Gerechtigkeit für Pluto. Aber zurück zu mir und Jeremy." Max hatte plötzlich keine Ahnung, was er als Nächstes sagen sollte. „Ähm ..."

Valerie drückte seinen Arm. „Er ist ein reizender junger Mann. Warum um alles in der Welt würdest du denken, dass wir mit ihm ein Problem haben?"

„Das habe ich nicht. Aber es ist noch neu und ich bin wohl ein bisschen durchgedreht. Ich mag ihn wirklich. Aber ihr habt diese Regel mit getrennten Zimmern, wenn wir jemanden mitbringen. Darum dachte ich mir, das wäre eine gute Entschuldigung, um langsamer zu machen. Für zwei Wochen nur Freunde zu sein und mir über ein paar Dinge klar zu werden."

Dad runzelte die Brauen. „Wir haben eine Regel?"

Valerie wirkte genauso verwirrt. „Liebling, du bist erwachsen. Natürlich wissen wir Diskretion immer zu schätzen, aber es ist nicht so, dass wir denken, dass du und Meg bis zur Ehe keusch bleiben werdet."

„Moment, was?" Er stotterte. „*Was*? Unmöglich. Ihr habt eine Riesensache daraus gemacht. Erinnert ihr euch? Als Meg ein Ersti war und sie mit diesem Typen ausgegangen ist, Craig? Sie hat ihn über Thanksgiving mit nach Hause gebracht und ihr beide wart super-seltsam deswegen."

„Oh!" Valerie fing an zu lachen. „Wir konnten diesen Craig nicht ausstehen! Zum Glück ist Meg schnell genug wieder zu Sinnen gekommen. Aber in der Zwischenzeit wollten wir nicht, dass dieser schmierige, kriecherische kleine Mann unter unserem Dach mit unserer Tochter schläft."

Dad verzog das Gesicht. „Was hat sie nur in ihm gesehen?"

Max starrte sie mit offenem Mund an. „Ja, er war grauenvoll. Aber ihr wollt mir erzählen, dass ihr nicht wirklich irgendeine seltsame puritanische Regel habt, dass wir mit unseren Partnern kein Zimmer teilen dürfen, wenn wir nicht verheiratet sind?"

Sie lachten ein wenig zu sehr. „Wir sind nicht in den Siebzigern, Max." Valerie keuchte, ihr blasses Gesicht lief rot an. „Du meine Güte. Ich kann nicht glauben, dass ihr dachtet, das wäre eine echte Regel. Stell dir nur vor, wenn das jahrelang so weitergegangen wäre!"

„Warte, bis wir es Meg erzählen." Dads Schultern bebten. „Warte, warte. Vielleicht sollten wir das sein lassen, bis sie einen anderen festen Freund hat und dann *noch mehr* drakonische Regeln hinzufügen."

Max schüttelte seinen Kopf. „Ihr seid so albern. Ich liebe euch."

Sie zogen ihn in eine Gruppenumarmung. „Wir lieben dich auch", murmelte Valerie und sie trennten sich, lachend, als das Kontingent im Wohnzimmer – vor allem Papy – laut nach Erfrischungen schrie.

Es war sehr spät, als sie endlich ins Bett gingen. Dad und Valerie hatten Meg gestanden, dass die Kein-Sex-Regel wegen ihrer schlechten Wahl eines festen Freundes für sie spezifisch gewesen war und nachdem Meg sich aufgeregt hatte, hatten sie alle gelacht und gelacht. Max nickte in Richtung seines Zimmers auf dem Flur und schnappte sich Jeremys Hand.

„Du darfst jetzt. Wenn du möchtest."

Jeremy lächelte und schaute den leeren Flur entlang. „Ist es in Ordnung, wenn ich trotzdem im Gästezimmer bleibe? Ich fühle mich sonst seltsam." Er duckte seinen Kopf, es war ihm eindeutig peinlich und Max konnte es verstehen.

„Natürlich", sagte Max und beugte sich dann vor, um ihm ins Ohr zu flüstern. „Außerdem macht es Spaß, sich durch den Flur zu schleichen."

Er küsste Jeremy sanft. Langsam. Ein Hauch von Apfelmost und buttrigem Gebäck lagen noch auf ihren Zungen und es schmeckte wirklich wie Weihnachten.

Epilog

Ein Jahr später

JEREMY ZOG SEINEN Helm herunter und atmete tief die kalte Luft ein. Er griff in seiner Tasche nach dem glatten Lederetui, seine Finger strichen über seine Initialen, bevor er seine Brille herausholte und sie auf seine Nase setzte.

Valerie rief: „Ist der Weg vorbereitet?"

Max hob den Daumen hoch, bevor er das Schneemobil in die Garage schob. Jeremy hatte nicht wirklich bei dieser Fahrt mitkommen müssen, aber es war seine erste Gelegenheit seit dem frühen März gewesen. Er hatte es vermisst, dahinzurasen und sich mit hämmerndem Herzen an Max festzuhalten.

Der Morgen war ein Wirbelwind aus Aktivität gewesen, als sie alles für den letzten Tag der offenen Tür vor Weihnachten vorbereiteten. Jeremy half Max, die Toffee-Station aufzubauen, als die ersten Autos ankamen. Sie hatten einen ständigen Strom an Besuchern und Jeremy war so damit beschäftigt, Eisstecken zu verteilen, dass er nicht bemerkte, dass Levi da war, bis er ihm und seinen Nichten die Holzstäbe reichte.

„Hey!" Jeremy beugte sich über das mit Schnee gefüllte Pflanzgefäß und umarmte Levi. „Ich wusste nicht, dass du kommst."

„Sie wollten es auf gar keinen Fall verpassen." Er deutete auf die Mädchen, die eifrig heißen Sirup auf ihre Stecken drehten. „Hey, Max!" Er streckte ihm seine Hand hin.

Max schüttelte sie mit einem aufrichtigen Lächeln, der Bommel seiner alten U of T Mütze schwang hin und her. „Es ist schön, dich zu sehen, Mann. Es tut mir leid, dass ich es nicht zu eurem Auftritt geschafft habe. Ich musste in der letzten Minute für den anderen Bartender einspringen."

„Kein Problem. Wenn du nächstes Mal Zeit hast, die Band hat einen weiteren Gig in Toronto bekommen, dank des Sets, das wir in der Rainbow Pub Night auf dem Campus gespielt haben. Danke noch einmal, dass du uns dem Komitee vorgeschlagen hast, Jer."

Jeremy errötete vor Freude. „Das ist wunderbar! Wir werden da sein. Ich bin sicher Honey und Alicia und die anderen Jungs werden auch kommen. Ich helfe auch, für den Queer-Club eine Veranstaltung für den Valentinstag zu organisieren. Ich bin mir nicht sicher, ob wir Bands haben werden, aber wenn, werde ich euch an Bord holen. Sie haben mich gebeten, als Kassier zu übernehmen, und ich habe ein Mitspracherecht bei Aktivitäten."

Max grinste. „Nächstes Jahr wird er Präsident. Ihr werdet euch noch an meine Worte erinnern."

Jeremy zuckte mit den Schultern, konnte sein Lächeln aber nicht verbergen. Und warum sollte er? Er hatte wirklich hart gearbeitet, nachdem er in dem Club angefangen hatte. „Wir werden sehen. Marjorie möchte vielleicht Präsidentin werden und ich möchte nicht gegen eine gute Freundin antreten."

„Hey, wenn wir für einen weiteren Gig runterkommen, ist es dann okay, wenn wir wieder in deinem Studentenzimmer übernachten? Deinen Mitbewohner stört das nicht?"

„Das ist absolut in Ordnung. Ich werde bei Max schlafen und Doug ist an den Wochenenden nie da." Jetzt da er tatsächlich ein Leben hatte, wusste Jeremy es zu schätzen, dass Doug oft abwesend war.

„Übrigens, wir waren gerade auf der Weihnachtsbaumfarm." Levi pfiff leise. „*Verdammt*, das ist ein attraktiver Holzfäller. Sein Twink-Partner ist auch heiß."

Max lachte, während er den blubbernden Sirup auf dem Campingkocher rührte. „Oh ja. Man sollte immer die schönen Männer auf der

Spini-Farm genießen." Er zwinkerte Jeremy zu. „Die Nadeau-Farm ist auch nicht allzu schäbig."

Errötend verdrehte Jeremy die Augen und war dieses Mal definitiv nicht in der Lage, sein Grinsen zu verbergen.

Der Tag verging wie im Flug, hunderte von Besuchern kamen vorbei. Jeremys Handy summte, als er mit Max auf die Veranda trat. Die Sonne ging hinter den verschneiten Bäumen unter. „Meine Eltern", sagte er. Tief einatmend, nahm Jeremy den Videoanruf an. „Wie ist Jamaika?"

Das Gesicht seiner Mutter füllte den Bildschirm. „Hallo, Jeremy. Es ist wunderbar." Sie drehte das Handy und Seans pickliges Gesicht erschien.

„Hey, Bro! Wie läuft es so?", fragte Sean und erfreute sich sichtlich an der missbilligenden Grimasse ihrer Mom.

„Mir geht es gut. Jede Menge Schnee auf der Farm. Sag Hallo zu Max."

Max legte seinen Arm um Jeremys Schultern und grüßte sie. Jeremys Dad tauchte ebenfalls auf und sie unterhielten sich über das Resort, erzählten haarklein vom Essensangebot, während Jeremy und Max nickten und lächelten.

„Wir wünschten, du wärst hier", meinte Jeremys Mutter nach ein paar Minuten. „Wir hören uns bald wieder."

Jeremy legte auf und lehnte sich dann an Max' Schulter. „Nun, das lief ganz gut."

„Es wird beständig mehr als zivilisiert", stimmte Max zu. Er drückte unter dem Rand seiner Mütze einen Kuss auf Jeremys Schläfe. „Vielleicht sollten wir uns nächstes Weihnachten nach Victoria wagen, es sei denn, sie sind wieder irgendwo unterwegs."

„Hmm. Vielleicht." Jeremy war für ein paar Wochen allein nach Hause gefahren, bevor das Sommersemester angefangen hatte, und es war mit seinen Eltern hauptsächlich peinlich gewesen. Aber sie gaben sich Mühe und sie hatten ihm nicht den Geldhahn zugedreht. Er hatte Sean erzählt, dass er schwul war und Sean hatte die Augen verdreht und gesagt: *Und? Wen kümmert es?"*

„Weihnachten hier ist ziemlich perfekt", überlegte Max. „Ein absolutes Winterwunderland."

„Victoria kann in so vielerlei Hinsicht nicht mithalten."

„Wenn ich Lehramt studiere, kann ich es mir wahrscheinlich ohnehin nicht leisten, wegzufahren. Wir werden sehen."

„Du bekommst die Zulassung."

Max stöhnte. „Ich weiß nicht. Vielleicht."

„Definitiv." Jeremy machte sich wirklich keine Sorgen. Max' Bewerbung war überragend. Er würde angenommen werden. Jeremy hatte ihm einen Apfel aus geblasenem Glas gekauft, wenn er es schaffte, aber er wollte es nicht verschreien, indem er ihm den Apfel gab, bevor es offiziell war. Er hoffte, dass Max sein Geschenk, ein Deluxe-Cocktail-Mix-Kit, mögen würde, das Jeremy unter den Baum gelegt hatte, zusammen mit Geschenken für den Rest der Familie. Die Arbeit hinter der Bar war vorübergehend, aber Max hatte eine Leidenschaft dafür entwickelt, Cocktails zu mixen.

Später in dieser Nacht, als alle anderen im Bett lagen, half Jeremy Max, Geschenke einzupacken, weil Max dieses Jahr entschlossen war, nicht bis zur letzten Minute zu warten. Das Feuer brannte und im Fernseher spielten Weihnachtslieder. Jeremy entdeckte etwas am Kaminsims, das ihm vorhin entgangen war. Er trat näher und strich mit seinem Finger über die glitzernden Schreibschriftbuchstaben auf dem roten Filz. „Hier hängt ein Strumpf für mich."

Max konzentrierte sich darauf, das Geschenkpapier auf einer Seite einer Schachtel festzukleben. „Ja, natürlich. Du hattest letztes Jahr auch einen. Jeder, der zu Weihnachten hier ist, bekommt einen Strumpf."

„Aber auf diesem steht mein Name." Er kratzte vorsichtig an einem der Buchstaben. „Dauerhaft."

Max kam zu ihm und schaute ihn lächelnd an. Er drückte Jeremys Schultern. „Sieht in meinen Augen gut aus. Als würde er hierhergehören."

Jeremys Kehle war wie zugeschnürt, seine Augen brannten. „Ich liebe dich."

„Ich liebe dich auch, Baby.“

Sie küssten sich vor dem knisternden Feuer. „Silent Night“ füllte die warme Stille.

Oben schloss Jeremy die Tür von Max' Zimmer hinter sich. Es fühlte sich immer noch seltsam gewichtig an, obwohl sie schon oft das Bett in Max' Apartment geteilt hatten und manchmal das schmale Bett in seinem Studentenwohnheim. Der verängstigte, einsame Jeremy von vor einem Jahr schien ein ganzes Leben entfernt zu sein.

Max zog sich neben dem Doppelbett seinen Pulli aus. Alte Football-Trophäen glänzten im schwachen Licht auf dem Bücherregal. Ihre Blicke trafen sich und Hitze raste durch Jeremy, als er den Hunger in Max' Augen sah.

„Denkst du, wir können leise genug sein?“, flüsterte Max.

Jeremy grinste und hob dann einen Finger an seine Lippen. „Psst.“

ENDE

Über die Autorin

Keira strebt in ihren schwulen Liebesromanen nach der perfekten Mischung aus Charakter, Handlung und Leidenschaft. Sie schreibt alles Mögliche, von abenteuerlichen Piratengeschichten bis hin zu herzerwärmenden Weihnachtsromanzen. Ihre liebsten Genres sind Enemies-to-Lovers, Altersunterschied, erzwungene Nähe und leidenschaftliche erste Male. Und obwohl sie ihren Protagonisten weder Herzschmerz noch Drama erspart, garantiert Keira immer ein Happy End!

Mehr unter:

keiraandrews.com

9 781998 237760